遺恨傳奇

鍾曉陽

王德威主編　當代小說家 3

Edited by David D. W. Wang,
Professor of Chinese Literature, Columbia University.
Published by Rye Field Publishing Company,
6F-5, 82 Hsin-Sheng S. Rd., Sec. 2, Taipei Taiwan.

當代小說家3

遺恨傳奇

作　者／鍾曉陽
主　編／王德威
責任編輯／周韻禮、黃秀如
發 行 人／蘇拾平
出　版／麥田出版股份有限公司
台北市新生南路二段八十二號六樓之五
電話：(〇二)三九六五六九八
傳眞：(〇二)三五七〇九五四
郵撥帳號／一六〇〇八八四九　麥田出版股份有限公司
印　刷／凌晨企業有限公司
登 記 證／行政院新聞局局版臺業字第五三六九號
初版一刷／一九九六（民八十五）年十月一日
售　價／二四〇元

ISBN／957-708-445-1

【當代小說家】

編輯前言

王德威

八〇年代以來，海峽兩岸的文學相繼綻放新意，而且互動頻仍。其中尤以小說的變化，最爲多彩多姿。或由於毛文毛語的衰竭，或由於解嚴精神的亢揚，新一代的作者反思家國歷史的變化，觀察欲望意識的流轉，深刻動人處，較前輩只有過之而無不及。

回顧前此現代小說的創作環境，我們還眞找不出一個時期，能容許如此衆聲喧嘩的場面。政治依然是多數小說家念之寫之的對象，但「感時憂國」以外，性別、情色、族羣、生態等議題，無不引發種種筆下交鋒。更不提文字、形式實驗本身所隱含的顚覆玩忽姿態。宋澤萊、張承志從小說見證意識形態的眞理，王文興、李永平則由文字找到美學極致的依歸。共產烏托邦裏興出了莫言、賈平凹的《酒國》與《廢都》，而白先勇、朱天文的孽子荒人正要建立同志烏托邦。蘇童《妻妾成羣》，李昂《暗夜》《殺夫》。尤有甚者，平路的國父會戀愛，張大春的總統專撒謊。歷史流散，主義量產。彼岸要說這是「新時期」的亂象，我們不妨稱之爲「世紀末的華麗」。

我們的世紀雖自名爲「現代」，但在建構文學史觀時，貴古薄今的氣息何曾稍歇？魯迅曾被神化爲絕世宗師，彷彿新文學自他首開其端後，走的就是下坡路。而寫實主義萬應萬靈，從當年的爲人生爲革命，到今天的爲土地爲建國，正是一脈相承。所幸作家的想像力遠超過評者史家。他（她）們不但勇於創新，而且還教我們「溫新」而「知故」。阿城、韓少功的「尋根」小說，使沈從文的風采重見天日；林燿德、張啓疆的台北都會掃描，竟似向半世紀前的海派作家致敬。而張愛玲傳奇的歷久彌新，不正來自張迷作家的活學活用？文學史的傳承其實是由無數斷層所組合。當代小說家的成就未必呼應任何前之來者。但也正因此，他（她）們所形成的錯綜關係更凸顯新文學的傳統，原就應當如此曲折多姿。

然而反諷的是，小說家如今文路廣開的局面，也可能是一種反高潮。從魯迅到戴厚英，從吳濁流到陳映眞，小說家曾與國族的文化想像息息相關。他（她）們作品的流傳或查抄，無不成爲社會象徵活動的焦點。影響所及，甚至金庸或瓊瑤的風行或禁刊，也可作如是觀。但曾幾何時，小說家發現他（她）們越能言所欲言，他（她）們在家國「大敍述」中的地位反而每下愈況。經過半世紀的磨鍊，現代中國小說的可讀性與日俱增，昔日的讀者卻不可復求。世紀末影音文化的風靡騷動，不過是問題的一端而已。

一種文類的興盛與消亡，在過往的文學史裏所在多有。中國「現代」小說，果不其然要隨著二十世紀成爲過去？有能耐的作家，早已伺機多角經營。他（她）們或爲未來的作品累積經驗，或藉已有的文名隨波逐流，是非功過，都還言之過早。與此同時，就有一批作者寧願獨處一隅，以千言萬語博取有數讀者的讚彈。寫作或正如朱天文所謂，已成一種「奢靡的實踐」。彼岸的王安憶更以一本《紀實與虛構》，道盡小說家無中生有、又由有而無的寓言。從自我創造，到自我抹銷，滿紙是辛酸淚，還是荒唐言？兩百五十多年前曹雪芹孤獨的身影，依稀重到眼前。而我們記得，

《紅樓夢》寫了原是爲一二知音看的。

這大約是當代中文小說最大的弔詭了。小說世紀的繁華看似方才降臨，卻又要忽焉散盡。以時間的觀念而言，當代意味浮光掠影的剎那，但放大眼光，（文學）歷史正是無數當代光影的投射。〔當代小說家〕系列的推出，即是基於這樣的自覺。以往全集、大系的編輯講究回顧總結、成其大統。這套系列既名爲當代，注定首尾開放，而且與時俱變。所介紹的作者都是以其精鍊風格或實驗精神，在近年廣被看好。世紀將盡，這羣當代小說家也許只能捕捉一時光芒——他（她）們甚至可能是羣末代小說家。但只要說故事仍是我們文化中重要的象徵表義活動，下個世紀的中文小說風景，應由他（她）們首開其端。

在編輯體例上，這套系列將維持多樣的面貌。除了精選作品外，也收入評論文字及作者創作年表。作爲專業讀者，我對每位作者各有看法，也有話要說。這些話將見諸每集序論部分。評者的讚彈，當然是見仁見智之舉。以一己之（偏）見與作家對話，我毋寧更願藉此機會表示對他（她）們的敬意：寫小說不容易，但閱讀好小說，眞是件快樂的事。

王德威，文學評論家，美國哥倫比亞大學東亞系及比較文學研究所教授。

序論

腐朽的期待

——鍾曉陽小說的死亡美學

王德威

越年輕越愛想死亡的問題
越想死
越牽戀今生的未了

——鍾曉陽〈未了期〉·《細說》[1]

一九八一年鍾曉陽參加聯合報小說獎，以《停車暫借問》一作一鳴驚人。小說以東北少女趙寧靜爲重心，述說她的愛情傳奇。時間由抗戰末期輾轉到六〇年代初，地點則由奉天（瀋陽）、上海而香港。亂世兒女的故事，我們看得多了，但《停車暫借問》仍要以細膩的人事風采，淒惻的情愛滄桑，獨樹一格。更何況彼時的鍾曉陽（一九六二—）年紀不滿二十，而且是家在香港的「華僑」呢。

八〇年代初正是臺灣又一輩女作家紛紛崛起的時刻。蘇偉貞、廖輝英、袁瓊瓊、蕭颯等個個有備而來。但把漸行漸遠的大陸情事寫得如此老練多姿，香港的早慧的鍾曉陽出手畢竟不凡。無怪前輩如司馬中原、朱西甯等讚譽有加。與此同時，她也結識了《三三集刊》的一羣年輕作者，如朱天心、朱天文、丁亞民等。一時隔海唱和，鍾曉陽的才女之名更不脛而走。隨著《停車暫借問》的一紙風行，鍾自己也成爲彼時文學熱潮的傳奇之一了。

《停車暫借問》後，鍾曉陽的創作多集中於中、短篇，這些作品分別收入《流年》、《愛妻》、《哀歌》、《燃燒之後》等集中；另一冊《細說》則是散文與詩的合集。比起不少同期女作家的多產，鍾可謂惜墨如金。這期間鍾曾留學美國、移民澳洲，但這些「身外之事」似乎並不影響她的創作視野。中國古典詩詞說部是她靈感的源泉，香港是她時空想像的座標，而最重要的，腐朽與死亡是她頌之不輟的主題。以才女之姿躍登文壇，鍾必早嘗盛名之累。無論她的新作如何，我們免不了要以《停車暫借問》的標準衡量。一路寫來，鍾是夠辛苦的。近年她屢求突破的努力在在可見，成績則見仁見智。新推出的《遺恨傳奇》是她《停車》之後的第一個長篇❷。比起當年寫關外傳奇的顧盼流轉，《遺恨》顯然陰鷙沉重得多。但鍾對於死亡的思索迷戀，對以文字註解死亡的熱中，卻是一如既往。恰如她的臺灣文友朱天心等，漸入中年的鍾曉陽終可名正言順的以「老靈魂」自居了❸。套弄她的小說篇名〈腐朽和期待〉，鍾曉陽的死亡美學不正是一種腐朽的期待——或期待的腐朽？

一、或許，一個人，要死了後，才能眞的得到寧靜❹

《停車暫借問》共分爲三卷，分別以（擬）古詩章句爲題：「妾住長城外」、「停車暫借問」、

「卻遺枕函淚」。鍾曉陽借題發揮，敷衍了三段愛情亂離的故事，遙擬古典而不落俗套❺，自然討好。故事的女主人翁趙寧靜生長於僞滿州國的奉天，戰爭末期，邂逅了日本青年吉田千重。這段異國情緣注定要黯然收場；漢賊不兩立，哪裏容得下兒女私情？但小說這才引入正題。在第二卷裏，寧靜得識商人林爽然，隨即難以自拔。但好事多磨，林已有婚約，又乏經濟背景，待到醫生熊應生介入，幾番陰錯陽差，寧靜終嫁作熊家婦，而東北已經淪陷。第三卷設在十五年後的香港，寧靜竟巧逢爽然。只是大難以後，再多情的往事也要令人惘然以對。

《停車暫借問》依稀有鍾曉陽家庭背景的影子：鍾的母親是東北人，想來提供了時與地（甚至情節？）的框架；爲寫此作，鍾並回瀋陽、撫順蒐集材料❻。證諸小說內唯妙唯肖的地方色彩及語彙特徵，她的敏慧可見一斑。除此，故事中熊應生的印尼華僑家世，又與鍾父的出身相似。但這些具體的人事比附不是我們關心的重點，鍾曉陽風格上的師承才更值得爬梳。如前所述，小說的基本意象，必是得自崔顥的樂府〈長干行〉。然而看她那樣寫一對愛人的好事多磨，亂世生命的懸宕蒼涼，不免令讀者聯想此中有人，呼之欲出——張愛玲的《半生緣》不也講了個此情可待成追憶的故事？鍾曉陽是「張派」最佳駐港詮釋者。數年後她要自承張愛玲於她，「有時是陰沉沉的倘堂，有時是垂老的、有無限記憶的陽光，溫暖而親近，就算死了，也是個死去的親人。」❼

正如張愛玲一般，鍾曉陽也是《紅樓夢》的愛好者。《停車》中的寧靜三番四次的展讀《紅樓夢》，可以思過半矣。行有餘力，寧靜也能填詞賦詩。雖然她東北大妞的明媚形象不可能脫胎自林黛玉，但卻一樣有著「還淚」的稟賦。書中寧靜幾次的哭，因此饒富深意。「淚流乾了，她欠這人世的，也就還清了。」❽當寧靜與爽然的愛情再難轉圜，她以淚水還贖人生的遺憾。小說最後，爽然不告而別，終以「寧靜的眼淚，很快的，也就乾了」❾作結。鍾曉陽顯然爲「還淚」說著迷不已，在散文裏幾乎要現身說法，簡直比趙寧靜更林黛玉：「天地荒荒，竟沒有一樣是眞的……究竟要流多少淚，才能把欠這人生的淚還清呢？」❿這眞是人生模仿藝術，有點耽溺過頭了。

但鍾曉陽與張愛玲還是有所不同。張得自《紅樓夢》的，更多一分對世路人情的精警世故，也絕不避諱其中的俚俗卑瑣。《紅樓夢》外，張亦受教於之前的《金瓶梅》，及之後的《海上花》、民國鴛鴦蝴蝶派小說，不是偶然。相對於此，鍾曉陽顯然更傾心於《紅樓夢》感傷豔情的面向。趙寧靜情到深處，發而爲詩。而我們很難想像張愛玲的白流蘇、葛薇龍，或王嬌蕊會有這番雅興或能耐。張愛玲「以庸俗反當代」，鍾曉陽就是寫俗人俗事，也是俗得雅。她以小說見稱，鍾情的卻是詩詞⓫：從古詩樂府到納蘭性德，一個聲情並致、工整精妙的文字世界，中國美學的極萃表現。《細說》中的詩輯是了解鍾曉陽心思的重要管道——雖然這些詩本身寫得實在不怎麼樣。

朱西甯論《停車暫借問》，強調鍾曉陽的「得天之幸尙不在閃爍的才華，是有仙緣在中國詩詞的養育裏呵護長大，只這一點便可以造就她是個天驕」，進而更封她爲「中國正統小說的言者，一言興邦而大爲開脫了今之西化小說艱危的絕境」⓬。面對七〇年代末以來政治、文化的暗潮湧動，朱西甯對鍾曉陽的讚嘆毋寧更寄託了自己的塊壘。由是推之，素以詩禮江山爲職志的「三三」諸子以鍾爲同道中人，也是良有以也了。鍾曉陽沒讓她臺灣的老少知音失望：現實生活中她擫笛度曲、塡詞誦詩，一派古爲今用的模範。不，她簡直是「今之古人」嘛。

我用這樣的成語來形容鍾曉陽，倒並非全出於嘲弄。「三三」的蕭麗紅不早說過，「就怕小羊是個早夭的天才。」⓭朱天心也隱有所懼，「面對最美好的事物總教人憂心它的能否存在。」⓮一個禮衰樂頹的時代，容不得詩的長存；玲瓏剔透的才女，怎抵得過淘淘濁世的銷磨。縱有「仙緣」「天驕」，死亡與衰敗的陰影如影隨形。蕭麗紅、朱天心的評語確是有感而發。然而最有先見之明的，恐怕竟是鍾曉陽自己。《停車暫借問》以詩情入小說，講的卻是個盛年不再、恩義蕩然的故事。張愛玲靡麗的末世觀當然啓發了鍾，但鍾學不來祖師奶奶的譏誚冷冽。對張而言，天地不仁，是她角色**存在**的條件；張的許多重要人物儘管歷盡風霜，卻都「不徹底的活了下來」。鍾曉陽其生也晚，卻對死亡有出奇的愛戀。不僅此也，在腐朽與死亡的期待中，她竟找到了詩的烏托邦。彷彿生命的缺憾，終要由最精緻的文字來彌封。在詩詞的世界裏，時間停擺，人事昇華。更要緊的，她的七寶樓臺蓋了是要給亡靈居住的。詩與屍、絕唱與絕滅，構成她死亡美學的基礎。

在《停車暫借問》的第三卷裏，趙寧靜與林爽然香港異地重逢。寧靜已成棄婦，而爽然則是惡疾纏身的廢人。儘管舊情綿綿，終是大勢已去。幾番掙扎，爽然喟然嘆道，「或許，一個人，要死了之後，才能眞的得到寧靜。」寧靜是詩，是桃花明月的化身。爽然對她的熱愛，何曾或減？但是身體反成爲他「得到寧靜」的最大障礙。他最後不告而別，遠匿天涯，以象徵性的自我泯滅來成全他對寧靜一腔詩情愛意的最後敬禮。而現實中的寧靜已是發福的中年婦人了。

爽然所代表的男性耽美傾向，以及寧靜所透露的女性柔韌性格，是鍾曉陽將一再處理的題材，下文當再論及。這裏要說明的是，即使在少作中，鍾已對詩與死亡間的曖昧關係，展開思索。在一切歸諸死寂的威脅下，生命藉詩至美風格的凝聚，才得一現光影；但相對而言，詩以晶瑩無性的符號形式來「包裹」六界色相，似乎反及早隔絕了生命流動的無窮變數。詩可以超越死亡，詩也可以召喚死亡。是擺動在這些詩的可能之間，鍾曉陽苦苦的寫著。在近現代小說傳統中，她其實有前例可循。晚清魏子安的《花月痕》（一八七二）寫「誓死如歸」的才子與佳人，淒淒慘慘不在話下。而相傳魏正是先累積了大量哀詩怨詞，再據之敷衍成小說的⑮。從「生年不滿百，常懷千歲憂」的浩嘆，到黛玉葬花「花落人亡兩不知」的自憐，太多鍾的作品借（詩）題發抒死亡美學。在她最好的時刻，鍾曉陽爲飛揚跋扈的當代小說抹上鬼魅陰森的一筆——她是這些年來「女」「鬼」作家的重要聲音⑯。然而過分沉浸在詩與死亡的世界裏，她必也常有不得其門而出之苦。當戀詩與戀屍成爲一種重複演述的姿態，再多再好聽的故事也總像是一個「故」事。

朱西甯等評家以鍾曉陽的詩詞「仙緣」，見證中國說部文學的新天地。「三三」作家繼承胡蘭成禮樂詩書的別傳，亦視鍾爲知己。他們的詩觀講究明豔的正氣，爲百世開新局的生機。《停車暫借問》的風格哀而不傷，大抵可以滿足這些看法。但我卻以爲這不是鍾曉陽的本色。從《停車》之後，她要細說《哀歌》、演義《遺恨》。臺灣前輩或同輩對她的厚望，她以一部部輓歌氣息的作品回應。說她頹廢或自戀，或許都言之成理。但她畢竟起步特早，未來仍有太多可能。令人莞爾的是，當年「三三」那些有好生之德的仰慕者，曾幾何時，也都紛紛頌讚死亡，賞玩腐朽了。比起這些「老靈魂」們，鍾曉陽倒眞是先走了一步。

二、未死先哭臨棺日，至今猶覓再生魂⑰

《停車暫借問》之後的十餘年間，鍾曉陽出版了四本小說集，《流年》、《愛妻》、《哀歌》、《燃燒之後》，及一本散文及詩詞合集《細說》。這些作品都有不俗的反應，鍾的風格也越發明顯。識者每每稱道她的白描功夫，像是〈翠袖〉即是一例。女主角上海小姐翠袖年屆摽梅，擇港商耕耘而嫁，卻終難耐一腔情事。她要紅杏出牆，但權衡輕重後，到底悵然而退。上海女子還是有她的精明的——一晌貪歡哪裏比得上一世的安穩。小說細繪翠袖的柔情及心計，不啻是向張愛玲小奸小詐式女性致敬，而內含香港與上海兩個城市想像間的拉鉅，則是意外的收穫。

鍾曉陽也曾創作了幾則有關婚姻勃谿的黑色喜劇。像是〈憶良人〉，寫妻子與丈夫及丈夫的摯友間，合縱連橫的感情及肉體關係，剪不斷理還亂。又像是〈未亡人〉，嘲弄女性間鉤心鬥角的情誼，在其間男性所能扮演的竟只是那逝者。是踩在丈夫／情人的屍體上，我們的時代女性繼續演著姊妹情仇的好戲。而〈普通的生活〉裏，作著一魚兩吃美夢的男主角，最後落個一無所得。這些作品都證明鍾觀察或想像男女戰爭的潛力。她既婉約又諷刺的筆觸，很使我們想起早年的凌叔華。

但鍾曉陽的最愛，還是具有古典氣息的戀愛加死亡故事。從這一觀點來看，《愛妻》是她風格最爲統一的小說集。一篇篇傷逝悼亡的故事，藉著詩筆娓娓訴來，眞是對極了鍾的胃口。中篇〈愛妻〉幾乎像是寫來要刻成墓誌銘的作品。滿懷哀情的男性敍述者，回首他與亡妻間的癡迷關係，以及他無奈的婚外情事。前此我已指出，鍾描摹敍述者與愛妻的邂逅與閨房之樂，活脫是現代的《浮生六記》[18]。香港人事的浮華倥傯，擋不住一對男女擬古的情懷。然而香港的芸娘是製餅師傅，現代的沈三白是旅行經紀，外加一段外遇插曲，使全作既似才子淑女的絕代佳話，又似匹夫匹婦的警世姻緣。另外短篇〈良宵〉更爲精緻。花燭之夜，戀愛成婚的新郎新娘居然生份緊張起來。復古的洞房裏囍燭高燒，佳人紅巾蓋面。只是這喜興的裝置怎麼透露鬼魅的氣息？窗外夜色洪荒，救火車淒厲的警鈴沒來由的尖叫著，愛情悲劇《帝女花》的唱詞隱隱在耳。紅綢貼著新娘的頭部「熊熊燃燒,像一種赤色的禍」;而「紅綢因爲新娘的呼吸而微微震盪的情景因而顯得說不出的詭異」。新郎看不見新娘的臉孔,「越想越是驚疑不定。會不會是鬼?他想起童年時代聽過的有關鬼新娘的故事。洞房之夜，新郎發現與他交拜天地的竟是一心復仇的鬼新娘，紅綢背後現出骷髏頭。」⑲

能把現代花月佳期寫成毛骨悚然的宿冤孽緣，鍾曉陽果然是另有懷抱。今夕佳人，明朝枯骨，再美好的事物都是衰頹腐朽的前奏。寫作於鍾而言，成爲點滴鏤刻死亡的儀式。敍述的完成不帶來欲望或意義的（暫時）滿足，反而是又一次面向身體與形式毀滅的警兆。如是重複，不免使人不安。在〈良宵〉中，《紅樓夢》的寓言詩歌（「昨日黃土隴頭埋白骨,今宵紅綃帳底臥鴛鴦」，甄士隱註〈好了歌〉）、《帝女花》的訣唱戲文是鍾曉陽的想像根源。但她既乏前者超拔的哲思視景，又無意比附後者的歷史深情，所能成就的，無非是深化一種悲涼的情緒。即便如是，〈良宵〉有幸是個短篇，因此止於其所當止，留給讀者相當低迴的空間。

就著〈愛妻〉、〈良宵〉這樣的小說，女性主義者大約可說鍾曉陽用女主角們病態的造型，表達了她個人對兩性關係的憂疑戒懼;對死亡的嚮往何嘗不反證了一種不可言說的厭世衝動。從十八世紀末的古堡恐怖小說(Gothic novel)到狄瑾遜(E. Dickinson)的詩歌，死亡與女性欲望的辯證關係一直是西方女性話語的重要母題。鍾曉陽與當代其他「女」「鬼」作家如鍾玲、蘇偉貞等的對話網絡，因此頗値得探討。這裏所要強調的是鍾女性原型的另外一面。〈愛妻〉中的妻子慘白陰寡，活著就是一副死相。面對丈夫的移情，她儼然是個弱者。然而她不動聲色，終以死亡來征服丈夫。〈良宵〉裏的丈夫，而不是妻子，面對恐怖的洞房夜瀕於崩潰。在《愛妻》另兩篇作品中，我們也見到類似的安排。〈盧家少婦〉翻寫聊齋式故事，外加古堡恐怖小說的變奏[20]。陰森的巨宅、垂死的病人、神祕美豔的少婦，一切布置就緒，就等我們的書生飛蛾撲火。〈柔情〉中，兩個男子都心繫一位飄忽詭異的女子。一夕兩人相約的守候，恍然之間已成一世蹉跎。朝如青絲暮成雪。以短篇小說模式來照映剎那已如隔世的荒謬，頗具匠心。等待佳人成爲等待死神。鍾曉陽筆下的女子是柔情詩意的化身，也是死亡的見證。

相對於那些陰陽不分的女性角色，鍾曉陽的部分男性人物毋寧更爲出色。他們來自各行各業，多有耽美易感的本質。骨子裏他們都是藝術家兼詩人。〈愛妻〉中的旅行經紀，愁腸百轉，曲折的心事，尤勝妻子三分。〈盧家少婦〉中的書生則是個莎士比亞的愛好者。除了《停車暫借問》外，鍾日後的作品以男性觀點、或男性第一人稱自述者，更具可觀性。〈二段琴〉中落拓的琴師、〈喚眞眞〉中的畫家、〈拾釵盟〉中的攝影家等都是角色藉職業現身說法的例子。他們愛慕女性或爲其所愛，但心中一點對至情絕美的執著，使他們更嚮往肉體以外的純淨世界。陷在人世的網羅中，他們是不快樂的生存者。他們的戀愛患得患失，無不透散著「惘惘的威脅」。我們當然可說這些角色都是郁達夫以來，浪漫文人的原型變化。但比照前述的死亡美學，這些角色對女性的迷戀或逃避，竟有儀式性的巫蠱氣息。前引諸例，可以爲證。鍾曉陽荏弱的女主角們其實正是陰陰操縱一切的女祭司。鍾談不上是女性主義者，但她作品中曖昧的兩性角力，卻也可觀。

一九八六年出版的《哀歌》，可以看作是鍾曉陽總結上述議題的嘗試。小說開宗明義就是，「近日我常想到死亡的事情」[21]。女性敍述者向已遠走海角的愛人訴說滿腔柔情，全作以散文長詩的形式呈現，算是一大嘗試。鍾要詩化她的敍述的意圖，顯然未曾或已。女性敍述者的愛人受過高等教育，但卻放棄岸上工作，下海作漁夫。整個故事回溯兩人相愛相守的過程，以及男主角不告而別，獨釣大海的抉擇。作了漁夫的男主角是鍾的男性藝術家人物裏最激進的詮釋了。我們的女性敍述者或許啓發了心上人對大海的嚮往，卻也加速了他對世事的絕望。他航向未知，一去不返。但他眞的能走遠麼？女性敍述者想像他仍在左右，更以如泣如慕的「哀歌」，編織羅網，眞個是如影隨形。

面對良人遠遁的難堪，鍾所安排的女敍述者望海對話，聽來倒像喃喃自語。她冗長的篇章記錄了無盡詩語，彷彿小說縱有多少不近情理之處，都可以種種詩化意象解決。但可怪的是，這篇唯美的哀情小說其實充滿行文措辭的焦慮。鍾的詩語是一種語焉不詳的逃避，也顯露她「失」語的病徵。如果語言究其極是父系的、男權的文明記號，那麼「我們所看到的世界，沒有言語可以形容」。這是女性不落，或不能，言詮的世界，也是死亡的世界。一曲哀歌，怎不嗚乎哀哉？不只此也，鍾的女性敍述者更願死後化爲大樹，「生長於天地之間，讓你臨終來我樹下棲息。我吸取由你的屍骨所化成的養料，越長越高。你在我體內流動，我因爲你，把枝葉伸向天空。」「那時我們眞正成爲一體。」[22]鍾的想像由嗜詩發展成爲食屍(ghoulish)，詩與死的辯證莫此爲甚。

三、戀師，戀詩，與戀屍

一九九二年，鍾曉陽出版了《燃燒之後》。這本選集號稱是全新出發，卻不免要讓讀者失望。

從部分寫香港中下層社會風景的作品裏（如〈燃燒之後〉），不難看出她求變心切；然而離開她的詩詞寄託，鍾曉陽顯然尚未找到適切的話語敍述方式。〈腐朽和期待〉是選集中另一野心之作。鍾鋪陳生死兩茫茫的淒涼戀愛，似在重寫《停車暫借問》的母題，但嫌造作多了。

蟄伏數年後，鍾曉陽推出了長篇《遺恨傳奇》。遙望當年她第一部「趙寧靜傳奇」——《停車暫借問》，十五年倏忽已過。鍾的新傳奇故事可有進境？這本小說講香港豪門情仇，勢將引起正反兩極的評價。乍看之下，《遺恨傳奇》幾乎像是煽情影劇小說的翻版。男主角于一平是個中學數學窮教員，幼年因姑母于珍再嫁珠寶富商黃景嶽，攀上顯赫的親戚。于珍的婚姻並不美滿。她前夫在巴西之死疑雲重重；婆媳不睦的壓力幾乎使她自殺。這只是黃家家務糾紛的開端。黃的兩個女兒，元配生的金鑽與于珍所出的寶鑽，還有收養的故友之子原靜堯，靜堯的未婚妻施紘娣，外加女傭玉恆與兒子程漢，展開多重轇轕。通姦、亂倫、謀殺、自戕、奪產、綁票、疾病、瘋狂，看得我們眼花撩亂，而不由自主陷入糾紛核心的，正是于一平。

識者當然可說鍾曉陽編出這麼個奇情故事，其實反映了她視野狹仄，每下愈況。但細讀之後，我們倒可說《遺恨傳奇》之所以若是，不無脈絡可循。這本小說是她以往作品執念與風格的大盤整。詩與死亡的辯證在此有了更繁複的表現。尤其重要的，九七「大限」的陰影悄然而至，連看似不食人間煙火的鍾曉陽，也有意無意的托出她歷史、政治情懷。比起當年《停車暫借問》中「時代兒女」式的寫法，《遺恨傳奇》中的畸情與暴力或更能說明作家本人的迷惘吧。

小說最重要的人物是于一平。前文已經提過，鍾曉陽描述耽美多感的男性，別有心得。于的專業是數學，但他的興趣不在程式遊戲，而在於數學所投射的一個絕對象徵秩序。經由數學，于在追求一種詩化美學意境，此與他自幼對詩詞的自然愛好，相互照映。因此小說的第一章裏，一平向原靜堯解釋數學「歸根究柢它是一門藝術」。比起詩文，數學具有更純淨的形式。面對「到處氾濫成災、白紙黑字的紙上智慧……文字與現實之間永遠無法跨越的鴻溝」，「至少數學的世界裏，一切可以化爲零。」

但「化爲零」對鍾曉陽或對于一平而言，又意味什麼？是虛無？是烏有？是死亡？一平的「肉身是年輕的，但是他覺得自己彷彿背負著一具活了太久的靈魂，在人羣中失魂落魄地行走，兩眼無神地看著周圍的人興致勃勃地爲了各種目標奔走」。他眞是老靈魂的楷模！但就在一平參透數字美學玄機前，他已無可奈何的墮入紅塵世界，不能自拔。他先後與黃家兩姊妹及未過門的媳婦發生肉體關係，外加一段露水姻緣，眞是忙活得很。但一平生不如死：他誠摯懦弱的本性一再爲人所用；與金鑽奉子成婚卻又發現兒子的爹另有其人；他最後捲入黃家的財產糾紛，不得好死。他「經歷著情慾與婚姻。結果他發現匯聚在他周圍的人爲與非人爲的力量遠遠超出了他的肉身與靈魂的力量。他墮入了無邊的荒謬之境，無力的雙手和雙足無法助他安全著陸，粉碎也許是必然吧」。

《遺恨傳奇》以一平意外被謀殺作結，這一安排戲劇化得可以。但對臺港「老靈魂」作者們，卻應深具道德命題意義。「欲潔何曾潔，云空未必空。」一平死得不明不白，爲亟亟要作「預知死亡紀事」的作者讀者，不啻是最沉重的教材。更不堪的是，他身後的是非榮辱，還有待那些活人操縱。從鍾的死亡美學來看，一平的死原應是順理成章的事——死亡是數學或詩學想像的歸零或極限。但一平死是死了，卻顯然死與願違。一切機關算盡，卻猶有遺恨。生命偶然的變數，留給我們太多的迷惑與不甘。由著這些迷惑與不甘，倒使鍾曉陽熱烈擁抱死亡時，多了一分猶疑。比起以前的作品，鍾在想像死亡的條件時，畢竟成熟得多。

與于一平先後發生關係的四位女子，倒顯出鍾曉陽獨特的女性（主義？）觀點——這也是她對過去女性角色的再思。一平與黃家長女金鑽墜入情網，殊不知金鑽的示愛另有隱情。以後爲了孩子的父親是誰，故事情節要急轉直下。金鑽委曲求全，但隨故事的發展，她柔韌的個性逐步流露。原靜堯的未婚妻施紘娣則是肉欲的化身，不顧自己的身分，一次次與于一平暗渡陳倉。至於于在大嶼山邂逅的嬌妹，來去自如，又是一種對身體充滿自信的女性角色。

但鍾曉陽最要著墨的是黃家二小姐寶鑽。寶鑽十二歲時由一平擔任家教，小小年紀，已生情愫。多年之後她自英回港，不計一切獻身已成姊夫的一平。寶鑽對老師的暗戀，可能有鍾曉陽自己經驗的影子。散文集《細說》中的〈細說〉、〈春在綠蕪中〉，都是寫小女生對男老師一廂情願的愛慕。少年鍾曉陽多思善感，面對臺上的老師敢戀而不敢言。一腔幽怨，如是反覆，令人嘆爲觀止。毫不意外的，她心目中的老師／情人，落拓多才，憂鬱浪漫，恰是日後許多男主角的原型。

這四位女士編成的情網，讓一平難以脫身。女性主義者或要批評這四美一男的架構，未免太拾「殺豬」牙慧，但故事終了，她們，而不是一平，活了下來。這裏的陽消陰長，其實耐人尋味，更不提長一輩女性的成績：于珍儘管自閉抑鬱，其實有兩度殺夫的能耐；婆婆黃老太太死前是標準的陰謀家；甚至女傭玉恆嫂也能「堅忍不拔」的與男主人偷情生子。除了嬌妹，這羣出入在香港山頂豪宅的女性既乏自覺、也不豪爽，但兀自演出一場場陰鷙劇烈的兩性戰爭。在她們的主導下，父與子的法律與血緣名份全都攪亂了。金鑽與一平的戀曲，有著近親相姦的暗示，雖然金鑽的生母不是一平的姑母。金鑽先是與程漢私通，產下一子，但讀者知道，兩人是同父異母的兄妹。這一亂倫危機後來證實是障眼法；金鑽的情人竟是養兄靜堯。即便如是，亂倫的陰影，在全書還是揮之不去。以後一平、靜堯、程漢三人輪流爭著要孩子，而私生子程漢又切切要認祖歸宗，誰是眞正的爸爸成了小說後半部最大的危機。在這期間，鍾曉陽的女性角色們又似被動無助、又似推波助瀾。她們的男人多半不得好死。鍾曉陽從未賦予她們太多的發言權；事實上，這部分情境若更能加強，而不只停留在通俗劇的橋段設計，《遺恨傳奇》必能贏得更多女性主義者的青睞。

對精神分析學有興趣的讀者，亦可以循此找到繼續發揮的餘地。鍾曉陽的孺慕之情不因年紀增長而稍減。一位亦師亦父，又如「兄弟姊妹朋友夫妻情人」的理想老師之死，是《遺恨傳奇》的要害所在。早在〈細說〉裏，鍾曉陽的戀師情結已昭然若揭。她偷窺老師有如鬼魅般的爲學生環繞：「只見一條條潑墨潑在那片眩目的白光中，潑出幾條鬼影來，有著幻境裏才有的神光離合。那些小女孩宛如一羣快樂的小鬼魅。他幽幽影影地獨立中央。外面遍天遍地都是地老天荒。」[23]小女生不願，也不能長大。就算鍾曉陽把人間男女講得那樣有聲有色，她羞澀的盤據在戀師的想像中，而這位老師也眞正開啓她對詩之欲望的媒介。同在〈細說〉之中，鍾自稱曾夢見老師的女兒：「我對小孩子是從來沒有多大感覺的。可是既在夢裏，少不免有點反常。我比我平時的爲人有愛心得多了，非常慈祥的問那小女孩：『你叫什麼名字？』她說：『寧靜。』」[24]

這場夢大有學問。寧靜不是別人，是鍾處女作《停車暫借問》的女主角，是鍾曉陽文學世界的本命人物。如果寧靜是鍾曉陽想像的眞身，又是她夢中老師的女兒，鍾對老師的曖昧情結就更爲有趣了。吾愛吾師，吾愛吾師／父；鍾的千言萬語、情話詩話其實源自嚮往又逃避那不可言說的欲望黑洞。在現實世界裏，戀師的鍾曉陽要化爲戀詩的鍾曉陽。然而詩挪移欲望，卻不能創造出路。「到處都是門，但我們永遠也走不出去，因爲根本沒有出路」，「不需多久，便發現自己悶死在自己的軀殼中。」㉕這大約是鍾曉陽最決絕的臆想或自白了。唯有回歸死亡與鬼域，讓一切的父系文明及物質符號解體，欲望或有轉世投胎的可能？戀詩的鍾曉陽乃一躍而爲戀屍的鍾曉陽。寶鑽最後得到的是她老師／情人的一具屍體。從戀師、戀詩，到戀屍，鍾曉陽多年積鬱，好似要在《遺恨傳奇》中一次出清。只是《遺恨》到底是她寫作症候的一次大滌蕩(Catharsis)，還是一次大循環，還有待未來作品分解。

《遺恨傳奇》中，鍾曉陽初露歷史政治意識，值得有心讀者追蹤。香港作爲小說的場景外，亦爲情節發展的母題之一。東方之珠，璀璨多姿。多少商業傳奇、政經交易在此起落。特殊的殖民商埠地位，造就香港近百年的繁榮。就在黃家的家務事一樁接一樁發生的同時，我們不能忽略香港本身扮演的地緣角色。黃景嶽的珠寶業原在上海起家，大陸變色後才來港。黃與于珍相遇是在遙遠的巴西，那神祕淫猥的南美土地。相對的，無論就醫或就學，黃家的人都得到宗主國英國去。黃的養子原靜堯的雙親是猝死於臺灣島。南來北往，什麼樣的事都可能發生在這轉口港市裏。但香港自身命運，漸漸逼入人物的意識中。小說的第一句「黃老太太去世是在一九八二年底柴契爾夫人訪華之後」，已提醒我們山雨欲來的政治風雲——黃老太當家的日子不好過，但她死後天下可要大亂。于珍與一平父親決裂的夏天，正是一九六七年香港工人暴動的年月。就在慶祝維多利亞建港百年的煙花盛會晚上，黃家的厄運已經浮現。而故事結束的九三年末，中英政治談判破裂，香港吸毒人口劇增，大陸劫機打破紀錄，「打開報紙全是末日降臨的頭條」。我無意暗示鍾曉陽要排比政治與愛情的兇險。可注意的是，即使對一個甘願自閉於古典想像中的作者，政治潛意識的迷濛威脅，也必要開始留下線索。小說空嘆生命本質的虛無，早成老生常談，倒是不經意洩漏的歷史情境危機，更令讀者心有戚戚焉。

正是因此，小說開始原靜堯與于一平有關鑽石的對話，才別有意味：「鑽石永恆只是個神話故事，當然這個神話是需要大量人力和物力來維護的，從前的皇室便功不可沒……其實很多事情都是這樣的……只要相信的人多了就成了眞的了，再假也變成眞了。」此話有感而發，不料一語成讖，直指日後一平與金鑽、寶鑽的關係。但換個角度，也不由自主的點出香港傳奇的一頁寓言。作爲女皇冠上最亮的鑽石，香港的永恆莫非也「只是神話故事」？

亂世蒼蒼，何以安身？這引導我們細審《遺恨傳奇》中最重要的一首詩。一九七一年于一平的父親在保釣運動失利之後，罹病退出政治，舉家遷往離島大嶼山療養。大嶼山距香港咫尺之遙，卻別有天地，彷若世外桃源。鍾曉陽寫一平幼時住在島上，每在已失明的父親前，背誦陶淵明詩句：「嬴氏亂天紀，賢者避其世，黃綺之商山，伊人亦云逝……。」儼然只有在海角孤島上，在桃花源詩裏，年幼的一平仍能替病中的父親捕捉一鱗半爪的烏托邦幻想。然而歷史已經崩散，時光難再倒流，一平的父親彼時已似「腐化成骷髏了」。桃花源是個逝去的舊夢，桃源詩文只能追記那早已緲無所終的理想國度。從政治、文化角度看《遺恨傳奇》，鍾曉陽的感喟有其意義。更何況她又把此詩巧爲連鎖到小說的情欲主題上。寶鑽自歐歸來，向一平獻身的那晚，于老師慌亂的腦海裏想起不是別的，正是「嬴氏亂天紀，賢者避其世……」數句。寶鑽處子的身體，是一平最終追求的桃源麼？像他這樣的老靈魂，有什麼樣的資格進駐桃源？整部小說裏，一平不斷來往香港與大嶼山，而最後注定再也回不去了。對政治及情欲的桃花源憧憬，于老師皆以他的死亡作回應。

「人生本來是難以如願的，謹慎、周密，但求無愧於心，並不足以避免無心之間的錯失與毀壞。」于一平與黃寶鑽結合後，鍾曉陽如是寫著。對于老師而言，「每個人都不過是在歲月的石磨下盡力的保留全屍。」哀哉斯言。而鍾曉陽要從這裏，展開她的美學。《遺恨傳奇》因此堪稱是她寫作生涯中一個重要里程（墓）碑。它的意義，不在於鍾有任何突破，而在於她不能，或不願突破。在那幢陰涼幽閉的山頂巨宅中，她持續搬演著鬼話哀歌。遺骸似的記憶、下了葬的祕密、幽靈般的人物，僵直的情節布局，共同排比成一場盛大的死亡傳奇。鍾曉陽從沒有把她的形式與內容作如此緊密的結合。

但關心她的讀者不禁要問，她何時可以借屍——也借詩——還魂呢？本文篇首引了她少作詩歌〈未了期〉的頭三句。或許詩中的另三句可以斷章取義，作為小結。

越中年越愛想人生的問題
越想人生
越覺得它並沒有什麼

既然人生眞的「並沒有什麼」，那又何勞幽幽哀歌，切切遺恨？或許這樣反諷的讀法，可以作爲我們對鍾曉陽起死回生的期待。

❶鍾曉陽《細說》（臺北：遠流，一九九四），頁一三一。以下引自《細說》的文字，皆從此版本。

❷《停車暫借問》事實上由三個中篇形式組合而成：〈妾住長城外〉、〈停車暫借問〉、〈卻遺枕函淚〉。

❸「老靈魂」的觀念及原型，以朱天心的作品〈預知死亡紀事〉發揮得最爲透徹。見朱《想我眷村的兄弟們》（臺北：麥田，一九九二），頁一四三—一七〇。

❹語出鍾曉陽《停車暫借問》（臺北：遠流，一九九二），頁二〇六。

❺書名及首二卷卷名應是得自唐代詩人崔顥樂府詩〈長干行〉的靈感：「君家在何處，妾住在橫塘；停舟暫借問，或恐是同鄉。家臨九江水，來去九江側。同是長干人，生小不相識。」見《唐詩三百首》（臺北：大衆書局，一九七一），頁一六三。

❻見《細說》中〈大表哥〉等文。

❼〈可憐身是眼中人〉，《細說》，頁二〇七。

❽《停車暫借問》，頁一七七。

❾同上，頁二一九。

❿〈水遠山長愁煞人〉，《細說》，頁二二〇。

⓫鍾曉陽的情性其實更近於詞，而她本人也以此爲傲。此處爲議論方便，以詩一字來涵蓋鍾對古典詩詞歌賦的愛好。

⓬朱西甯〈序〉，《停車暫借問》，頁二。

⓭引自朱天文〈序〉，同上，頁三。

⓮同上。

15 見拙作 *Fin de Siècle Splendor* (Stanford: Stanford UP 將出版)的討論。

16 參見拙作〈女作家的現代鬼話〉，《衆聲喧嘩》(臺北：遠流，一九八八)，頁二二三—二三八。

17 語出鍾作〈腐朽和期待〉，《燃燒之後》(臺北：麥田，一九九二)，頁三三三。

18 見拙作〈陰森的仿古愛情故事〉，《閱讀當代小說》(臺北：遠流，一九九一)，頁二〇二—二〇四。

19 鍾曉陽〈良宵〉，《愛妻》(臺北：洪範，一九八六)，頁二五一。

20 「盧家少婦」的意象爲唐沈佺期〈獨不見〉、梁武帝〈河中之水歌〉等樂府詩等所引用。又小說中男主角名汪倫，則顯然套用李白贈汪倫七絕：「桃花潭水深千尺，不及汪倫送我情。」

21 鍾曉陽〈哀歌〉，《哀歌》(臺北：遠流，一九九二)，頁八五，亦見頁五。

22 同上，頁八五。

23 鍾曉陽《細說》，頁一六八。

24 同上，頁一四五。

25 同上，頁一六七。

遺恨傳奇

後來，當許多年過去了之後，當他和黃家之間歷經了幾許的變故，他們之間的種種恩怨到了無可化解亦無法彌補的地步的時候，一平始終並不知道一切錯亂到底是從甚麼時候開始成形的。到底是甚麼時候開始，他踏上了噩夢一般的旅程，從甚麼時候開始他從光明躍下了黑暗的深淵，在黑洞中無休無止地墜跌。甚麼時候，他才能看見黑暗盡頭的光明。那枚因果的種籽，又是何時種下的。

前事

1

黃老太太去世是在一九八二年底柴契爾夫人訪華之後。一平在報上讀到有關的訃聞，在寥寥無幾的親屬排名中看到姑母于珍的名字，孤零零地出現在「媳」的名目之下。他想到在這些凋零的後代之中，不知道有幾個是眞正的「泣血稽顙」。他和母親都沒有去參加喪禮。

屈指算來，他和姑母已經將近八年沒有見面了。自從父親去世之後，他總是避免想起過去的事情，連帶地姑母于珍也被歸入了記不如忘的往事的行列。所以當四個多月後那個有雨的初春傍晚，他接到于珍突然打來的電話，說想見他，他不能肯定是否願意重拾這份在記憶的庫藏中冷卻了的親情。

你忘了我了吧，我可是常常想起你，她帶著幾分哀怨地說，聲音很孤苦……你怎麼不來看看我，我身體一天比一天差，你知道嗎，我活不長了……

假如一平知道這是她近年來經常掛在嘴邊的一句話，也許那個晴明的午後他就不會下定決心重臨那幢坐落在山頂的黃家的門前，半在夢中地在她面前現身。久別重逢，恍如隔岸相對的兩個人，中間的河水已不知換過了多少回。

她老多了，一平在心裏驚呼出聲，不覺更是啞然。

她彷彿是聽見了，抬起一隻手近乎羞赧地理了理鬢邊鬆脫的細髮，微喟道：「老了，老多了。」

同樣的八年在他身上卻是截然相反的一幅景象：一個十五歲的寡言善感的早熟少年長成了一個習慣將憂鬱隱藏的年輕的男人。

她那靈秀的眼光顫顫幽幽越過黝暗的空間向他注視，周圍的景物像是沉了下去。她溫婉地微笑一笑，「剛剛你進門，頭一低，有那麼一下子，眞像你爸。」

「我忘記你有多像他了，」她看看他又道，「特別是那眼睛，老是有點生氣似的，眞的是一模一樣。」

睡房裏天昏地暗，凡有窗戶的地方都被厚重的簾幔密密封鎖，只亮了一盞床頭燈。如果不是一平剛從外面那天色翠朗的白晝走來，看見了羽毛豐滿的小鳥在枝頭叫跳，他一定懷疑這一切是在他神志不清的情況下所發生的夢境。

「你身體怎樣，還好嗎，」一平關切地問。「你在電話裏說不舒服，我和媽都很擔心。」

她當時說得那麼淒涼，此刻卻又若無其事，仰起下頦深吸了一口煙。「還不是老毛病，我這病就是這樣，壞起來的時候可以只剩了半條命，好起來又一下子就沒了，煙消雲散，又是一條好漢，」她輕率地笑笑。

「還是那樣嗎，還是不喜歡出門，還是怕光？」

于珍默然了一會，「前年你姑丈因爲聽說英國出了個專門治療這種心理病的女專家，成功率達到百分之五十以上，巴巴的把我送到那邊去住了半年，本來已經好了七八成，可是回來之後不知爲甚麼慢慢的又返本還原，現在一出門就頭暈眼花，簡直寸步難行。」

事實上一平從室內那幽居獨寢的景況，還有茶几上那裏面絕對不會是茶的玻璃酒瓶，便料到這些年來姑母的病狀恐怕沒有多少改善。女傭引他進來時說，她嫌客廳太亮，所以在睡房接見他。可見她平日別說這屋子的大門，就是這扇房門也是難得踏出一步的。

「那怎麼辦呢，」一平道。「難道就沒有辦法嗎？」

「我都數不清換過多少醫生，喫過多少藥了，」于珍在吞雲吐霧間道。「你姑丈最近又幫我找了個剛從麻省畢業回來的心理博士，你知道他怎麼說，他說我害怕出門是因爲當年你爸爸死的時候，我趕不上那班船，見不到他最後一面，那一次的打擊在我心靈上留下了莫大的陰影，以致日後我一踏出門口潛意識裏便非常恐懼又會發生同樣的事情，到最後索性把自己關了起來……」

「隨他怎麼說都可以呀，」于珍微諷的冷笑一笑，像在談論甚麼笑話似的不期然地流露出專業病人特有的對於周遭的人的暗地裏的鄙夷。「到底是我們老太太見解高超，她說我全是裝的，爲的是要向她報復，破壞他們黃家的名聲……哼，她以爲她甚麼都知道，殊不知直到她進棺材還是個糊塗鬼。」

「我想要是可能的話，還是徹底治療一下比較好，」一平勸道。

于珍皺著眉輕捏著自己的胳膊，半晌無聲。

「你當我不想好嗎？病不在你身上，你倒說得容易，」她帶著幾分嗔意道。「只要你能常來跟我聊聊天，我就高興，現在老虔婆死了，不必有甚麼忌諱了。」

一平只是含糊以應。

「你媽好嗎？」這是她第一次問候嫂嫂。「大嶼山那家度假屋，她還在搞？」

「是的，平常都交給叔公叔婆，她自己要有事的時候才坐船進去，近幾年我們都在島上度暑假，住上一兩個月。」

「你媽倒有那個興致，我不知道她怎麼忍受的，光是那夏天的蚊子我就受不了。」

一平總是不太喜歡于珍提起母親時那種略帶輕蔑的口吻，但還是禮貌地回答：「她將來還想在那裏養老呢，現在住在市區主要是爲了我。」

「這些年，你爸的墳，你們有去嗎？」

「有去的。」

于珍欠身斟了半杯酒拿在手上，「我好幾年前去過一次，本來以爲也許會碰見你們，結果你們已經去過了。我還記得下著毛毛雨，好多人在燒紙錢，燒過的紙灰吹得到處都是，墳前擺著你們帶來的菊花。我想你爸爸是有福氣的，至少死後還有妻兒給他掃墓，不知道我死後會有誰來給我掃墓。」

咂過酒，她情緒又是一轉，站起來打開入牆櫃，在一個抽屜裏找尋甚麼，回來時手上持著一份文件。「你當我叫你白來的嗎，你瞧這是甚麼？」她帶著淺笑拿過來遞給他。

厚厚的影印紙約六七頁，全是疏落的雜著許多法律名詞的一行行英文，上面戳著「副本」的字樣。

「我遺囑都立好了，可沒有忘記你噢，」她挨在一平椅後，帶著煙酒氣味的鼻息咻咻地吹過他的耳葉。「這兒，」她伸出沒有塗蔻丹的淺粉紅的指甲，「銀行裏的存款你和阿寶平分，沒有多少，大概每人可以分到五六十萬。」

一平心裏打了個突，首先是想于珍哪裏來的這麼些錢，于珍卻抱著歉意對他苦笑一笑，「少是少了點，你姑媽是個沒用的人。」

一平呆呆地看著面前的字，于珍又道：「你不知道那老虔婆抓得有多緊，你姑丈只顧著把錢拿來周轉生意，有時我鬧起來他才偷偷的給我一些，過後還遮遮掩掩像做賊一樣怕老媽子知道了發雌威，這十幾年好不容易才零零碎碎攢下這幾個錢……從前以爲夫妻一條心，眞是做我的春秋大夢，」于珍說著露出愀然的神色。「還有一些我歷年來收藏的珠寶首飾，你是男孩子我就不給你了……」

「你留給表妹是天經地義的，但我怎麼可以接受，」一平道。「這實在是沒有道理的事情。」

「誰跟你講道理了，我說過要留一點給你就留一點給你，這點小數目也幫不了你的甚麼大忙，但至少你可以輕鬆一些。」

一平怔了一怔，「姑丈知道這事情嗎？」

「我犯不著瞞他，他也管不著，你放心好了。」

「姑媽，你的心意我是很感激的，但我怎麼好要你的東西，表妹是你的獨生女兒……」

于珍怫然道：「我已經這樣決定了，將來怎麼處置是你的事情，你就是雙手奉送給別人我也管不著。」

一平還待再說，于珍卻搶先道：「你姑丈廠裏今天辦春季遊，阿寶跟去了，不然你們可以見見面，你還沒見過她吧，她明年就十二歲了，在唸六年級，甚麼都好，就是不喜歡讀書，上學期成績表拿回來好幾科不及格，我都不敢告訴你姑丈。去年給她請了兩個補習老師都跟她相處不來，我怕她明年派不到好學校，我知道你從前半工讀就常給人補習的，現在又是當教師，我想你總是有辦法的，我正想跟你商量呢。」

一平假裝沒有聽明白，「如果你覺得有需要，學校裏常有一些想賺外快的學生，我可以幫你問問。」

「都是從前的那個玉恆把她慣壞了，」于珍滿懷不悅地道。「甚麼都縱著她，弄得現在誰的話她也不聽。她的姊姊呢也是個不讀書的，勉強唸了個中學畢業，也不老老實實的找個事情做做，一天到晚不是玩就是睡，最近玉恆的兒子阿漢來替了從前的那個司機，她就老跟他泡在一起，也不想想自己是甚麼身分就這樣跟一個下人出雙入對，老實說對阿寶都不是甚麼好的影響……」

一平對黃家的情況不太熟悉，也聽不出所以然，只得籠統地說：「其實我覺得像阿寶這樣的情形倒不用擔心得太早，等她大一些性子定一些，說不定自己就好了，何況不喜歡讀書並不代表甚麼，對她的將來也不見得會有多大的影響。」

他話中的涵義是昭然若揭的：像阿寶生長在這樣的家境裏，雖未見得能夠任意揮霍，至少一生可保衣食無憂，何必斤斤於學校成績的優劣。他實在不太相信于珍眞的會把這種事情看得如此嚴重。

他這話卻招來了于珍含著怨意的一個側目，似乎是怪他打從一見面開始就沒有甚麼是順順當當順著她的意的，總要潑冷水般說一兩句她聽不進去的話，遺囑是這樣，現在又是這樣。

「我只是不想她像她姊姊一樣，」于珍感觸地道。「你看她現在是好，誰曉得明天怎樣呢，我不定甚麼時候就去了，我總有這麼一個預感。你姑丈是不怎麼疼她的，家裏除了我就沒有一個眞正關心她的人，我又連一個可以信賴的人都沒有，你說我萬一有個甚麼不好，她一個小女孩怎麼辦？你說我能不操心嗎？將來我要是不在了，我希望至少，你可以常來看看她……」

一平實在沒有想到今日此來，不但發現自己成了于珍的遺產繼承人，還成爲她託付遺孤的對象。他覺得房裏的兩個人深深的陷進了一種若虛若幻的境地裏。岑寂中，可以聽見園裏草木瑟瑟的微聲。他掀開窗簾的一角看了看外面的天色，回頭向于珍笑道：「現在沒甚麼太陽了，要不要到陽台上走走，我陪你去。」

于珍的臉上立刻現出一種僵木的神情，似乎是她極長的日子沒有接受過這樣的邀約、這樣的懇請了。她略作猶豫，笑了笑點頭，「也好，我去把眼鏡戴上。」

她走到梳妝桌前摸到一副太陽眼鏡戴在臉上，順勢坐下來抓起梳子梳頭。及肩的頭髮有一半已經泛白，她勉力梳了兩下便顯得氣力不繼，一平接過梳子替她梳著，那密密的梳齒輕擦著頭皮發出沙沙的刮鬍般的聲音。

「你還記得我幾歲嗎，」于珍道。「我四十四了，你看我的白頭髮，你媽的白頭髮沒有我多吧。」柔軟的髮絲一絲絲從一平的指間滑過，她像個聽話的少女端坐著任他梳理她的頭髮，他問她要不要束起來，她突然攫住他的手扳著他的指頭看，「這兒，你父親這幾隻手指總是白白的粉筆灰的痕跡，你倒還沒有。」

「我日子還淺呢，」一平道。

他想把手抽回來，于珍卻緊緊攫住了不放，她那無名指上還是戴著一平見過的那隻結婚戒指，灼亮的鑽飾晶瑩如昔，在他們重疊的手上閃耀著。

「你不會明白的，這些年我有多孤單，」她淒然道。「我瘦多了，你沒覺得我瘦多了？你看，你摸摸，你看我多瘦，」她掖高袖子展露瘦骨伶伶的手臂，把他的手放在那黏糯的皮膚上，「你摸摸，你摸摸，我吃也吃不下睡也睡不著，你不知道，你不知道我腦子裏想過的事情，我活不長了……」

她激動地扯著一平的衣服，「那個死老虔婆，那個老不死的，從我第一天進入黃家的大門她就沒給過我一天好日子過，這些年除了天天受氣我得著甚麼了，她死的時候一個子兒都沒有留給我和阿寶，靜堯有，金鑽有，連玉恆都分到一大筆退休金，她房裏有個甚麼雍正年的琺瑯彩花瓶聽說拿去拍賣要值不少錢呢，居然也留了給她，這不是故意給我好看是甚麼，她是鐵了心非要把我活活折磨死了她才甘心……死老怪物，總算死了，死了……」她哭訴著，整片臉抖動得很厲害，眼淚像流不完似的流著，「我以後想常常看見你，好嗎，除了你和阿寶我甚麼人都沒有了……」

一平靜靜擁著她，輕撥著她那披散的頭髮。本來在來此之前他已打定主意不爲任何事物所動，在他的記憶當中，一旦與黃家發生牽扯到最後一定會導致不愉快的後果。然而此刻，當于珍在他懷裏軟弱地顫抖著，他心底又重新湧起他在十五歲時曾經對于珍感到過的那微帶醉意的憐惜。

那天夜裏他躺在床上，想到人的一生是否永遠無法逃避過去的追剿和圍捕，卻又身不由己的永遠在逃避之中。果眞是浩大的宇宙間，人生的因果宛如亂藕繁絲連綿不絕，每天所碰觸的最平常的事物可能同時是花葉、果實、種籽、或者敗絮，甚麼時候才能跳出循環的軌跡不再受其牢牢的束縛？他想起八年前父親去世的那個冬天，不知多少個黃昏他和于珍在長沙的海邊漫步，默默無言的凝視著翻翻滾滾的潮水。這個情景馬上給他帶來海風掠過沙岸時那鹽香夾帶著濕沙的氣味。對於他來說那無疑就是家鄉的氣味。他記得于珍如何用一種甜苦參半的語調談論夫家的財富。她人要有錢才能確保平安，她說。她將結婚鑽戒高舉在陽光裏，碩大的金剛鑽放射出萬道光芒。她的另一隻手戴著一隻鑲嵌著小小的一枚無色鑽石的白金戒指，她突然摘下來往他手裏一塞：這個給你。不可以，他慌亂地往回推，我怎麼能要，我不能要。別傻了，她笑著說，送給你第一個喜歡的女孩子。過後她又說，將來我一定留點甚麼給你，你和我的女兒，我一定留點甚麼給你們，你等著瞧好了。

一平萬萬沒有料到于珍終於實踐了她當年一念之間曾經許下的諾言。

2

在一平兩歲時于珍便跟隨新婚的丈夫遠赴巴西，五年後回來香港，身邊已然換了一個男人，她自己也變了一個人，所有的人都說這個一臉病容的婦人已不復是當年那個青春可人的于珍了。但是隨著父母前去啓德機場迎接姑母的一平卻留下了難以磨滅的印象。也許七歲的小孩根本無法理解美之為物，但是那種女性特有的輕言細語的婉約的風情，那種由滄桑而來的眉宇間隱隱的倦意，給一平帶來了美貌以外的弦音，使他覺得于珍更像是女王一般的令人不可逼視。

中學時讀到宋詞，裏面那些螓首微低的美人曾使他浮思連篇，聯想到年輕時代的姑母。他從小便很少機會與她親近，她所寄居的國度如此邈不可及，早年的巴西，後期的山頂豪宅，比宋詞更遠了一重。長久以來她就彷佛是個沒有實體的飄逸的裙影，在他的路上忽來忽去，每次相見都不知道甚麼時候才有下一次，更教人覺得如烈酒般難忘。

在機場還鬧了點不愉快的事件。從巴西護送于珍回來的黃景嶽，事前已通知家裏善為安排，準備一下飛機便和于珍一逕回到坐落於港島山頂的宅邸，黃家的司機也已經到了機場準備將他們接走。一心一意要將闊別五年的妹妹接回家中團聚的于強自然滿心不快。這些年來他無日不在惦掛著妹妹，沒有料到她以新寡之身，家也不回便要跟另一個男人掉頭而去。最令他傷心的是這似乎出於于珍的本願。于強急怒攻心，鐵青著臉指摘黃景嶽用心不良。那是一九六七年夏，社會正爲了工人暴動鬧得滿城風雨，宵禁戒嚴，荷槍實彈的防暴警員嚴陣以待，兩個男人在大庭廣衆公然吵鬧，很可能導致嚴重的後果。于太太說好說歹，于珍也答應過兩天搬回娘家與兄嫂團聚，才暫時平息風波，但是一平那天晚上聽見父親憮然嘆道，阿珍不會再回來了。

姑母和父親的不快樂就如冬季與寒衣一般的不可分割，這是一平自小就習慣了的。每逢觸及與姑母有關的話題，父親的語氣總是難以釋然。那時的父親彷彿一個人踏入了無人的墓地，在碑石間想著不爲人知的事蹟。尤其是于珍去了巴西之後，他總覺得自己沒有盡到爲人兄長的責任。

關於他們的歷史，一平都是從母親那裏聽來的：在幼童期父親便席捲了家當離家出走，從此下落不明，把兩個子女丟給任職醫院護士的妻子獨力承擔，幾經艱辛才將他們撫養成人。比于珍年長三歲的于強身兼父職，兩兄妹過著孤兒式的相依爲命的生活。于珍先天體質就弱，長年與藥爲伍，對兄長十分依賴，更決定了他們相親相剋的宿命。這情況持續到成年之後，兩人的關係發展到動輒彼此傷害的地步，越到後來，越是變得苦多於樂，更爲于珍的婚事鬧到幾乎決裂的地步。

有關姑母的前夫一平所知不多，只知道他是個在巴西經營寶石出口的華僑商人，年紀比姑母大很多。從相片中看來，他和于珍可以說沒有任何一點匹配的地方，眉毛微禿的多肉的臉，眼睛半閉著，厚厚的嘴唇上下分拔，壓擠著顯得有幾分萎縮的下頦。總而言之是一張表情呆滯、與外界完全隔絕的臉。但是于珍一意孤行，不理會兄長的反對便與此人閃電結婚，跟他去了巴西。

在巴西的于珍極少來信，于強只能從每年僅有的三四封信件中揣摩她的生活和心境。她很不快樂，這是毫無疑問的。丈夫是個酒色財氣的小商人，沒有多久便對妻子生厭，恢復婚前那種王老五式的毫無家庭觀念的生活。但是于強屢次寫信勸于珍回家都沒有音信。然後就在第五年時局動盪的香港仲夏，突然傳來那人被殺的消息，據說是在酒吧間醉酒生事，混亂中被人在腰部刺中一刀傷重不治致死的。

家庭裏的一個成員死了，而且是被人殺死的，這在當時的一平來說猶如畢生難得的奇遇，同時又感到幾許驚惶，就像一個人在黑暗的野地突然觸摸到冰冷的蛇身。也是第一次，他忽然明白到原來死亡也有各種各樣不同的方式，而一個人在遙遠的異國酒吧，倒斃在自己的血泊之中，又是多麼寂寞的一種方式。

後來他再也沒有聽到大人們提及巴西。在那裏發生的一切彷如一夜雷雨，天明即逝。有時他會想起素昧平生的姑丈掩著傷口不支倒地的情景……小學三年級上地理課，讀到巴西舊都里約熱內盧，他記起那是姑母在巴西時居住的城市。里約熱內盧，多麼奇異的字的排列，老師說原文的意思是一月的河流……

沒有人知道在那裏究竟發生過甚麼事。

3

結果一如于強所料，于珍再也沒有離開過黃家。經過巴西的打擊，此時的她已是羸弱不堪，心臟衰弱加上營養不良，不能否認黃家具備更適合于珍療養的環境和經濟條件。若以她的健康為前提，吃好藥、看好醫生、定期做檢查，都不是于強的經濟能力負擔得起的。硬逼著于珍跟他們在小屋裏擠著，反會妨礙她的康復——于太太以此勸慰著于強。

黃家是香港有名的珠寶世家，在黃氏珠寶的旗幟下不但擁有頗具規模的首飾製造工廠和發行網，在本地和東南亞都有相當不錯的銷售市場。黃景嶽當年就是爲了擴展業務，亟欲打開國際間的供求網路而途經巴西。有關黃家的創業史蹟流傳著許多獵奇式的傳說，一說是黃景嶽的先祖從滿淸中葉伊始便在朝廷內庫供職，早在溥儀撤出故宮之前，陸續從大內私運出來的奇珍異寶便不計其數，南遷後便全靠這些珍寶讓他們得以創業中興。又一說是這些全是淸末黃家的一個旁支在山東落草爲匪劫掠而來的不義之財。無論如何黃家得以在香港另起爐灶，闖開局面，是得力於先祖餘蔭，這是連他們自己也不加否認的。到了黃景嶽這一代，由於家族凋落，加上面臨世界經濟的新秩序，不得不敞開門戶吸納外資，這個源遠流長的家族企業才開始變質。

至於黃景嶽其人，于珍在巴西的來信中沒有提過片言隻字，雖然兩人的關係顯然已非一朝一夕，否則他不會對于珍如此悉心照料，處理善後又護送回港，把她接到家裏當貴賓。他和于珍的前夫早就在生意上有所往還，這是很多人都知道的，也不難加以推斷。但是這三人間的私誼到底發展到甚麼程度，有無不尋常的關係，意外發生前後，黃景嶽爲何適值人在巴西，其中種種經過，即使在于黃兩家結爲姻親之後，仍然鮮爲人知。

于珍在黃家的療養期間，于強曾去探訪多次，對黃景嶽倒是漸漸改觀，認爲他不失爲一個律己嚴格的正人君子，對于珍也十分體貼，看來不是沒有誠意。當時的黃景嶽已是個年逾四十的中年人，青白的長形臉不大出現笑容，高聳的前額加上西方人的身段，使他看上去儀表堂堂，頗有一種領袖的風範，不是細心注意，很難發現他的右肩有點傾側——他的右足不良於行，必須撐扶著枴杖。

那是五年前的一次車禍所造成的殘障。在那次車禍中喪生的除了黃景嶽出身豪門的前妻，還有他生意上的夥伴兼好友原清浩及其妻子。他們原是去台灣接洽一宗玉石交易，打算忙完了公事順道遊山玩水，因此都帶著妻子同行。就在中部橫貫公路的宜蘭支線，車子因路滑失控翻落山崖，黃景嶽被摔出車外，是唯一的生還者，右腿的膝蓋骨卻受了重傷，做過多次手術都無法還原，再也不能像正常人一般的走路了。

當時黃景嶽的女兒金鑽才滿週歲，原氏夫婦卻遺下了一個五歲的男童。他們的家族誰也不願負起這個無了期的責任，都在推三阻四，落得這小孩在親戚間輪流借住，境況堪憐。基於故人的情誼以及一種大家同是受害者的同病相憐的情懷，黃景嶽自覺義不容辭，將原靜堯收爲養子。

這些陸陸續續探聽回來的黃家的狀況，使于強更爲于珍的前途憂慮。最令他不放心的是黃老太太，一望而知是個脾氣刁鑽極難侍候的古怪婦人，第一次看見于強便毫不客氣地向他指出兒子完全是因爲五年前的喪妻之慟才會幹下這等糊塗事，將一個只剩了半條命的敗柳殘花帶回家中，花上許多錢給她治病，言下之意于珍根本是財迷心竅，黃景嶽受了她那副楚楚可憐的外表所蒙蔽，上了她的當。奇怪的是身處如此不利的環境之中，于珍仍舊矢志不渝，不肯聽從兄長的勸告，一心一意留在黃家。大勢已定，不是于強所能左右的，第二年春天，于珍便和黃景嶽結婚了。

4

少年時代的一平曾經問過母親，她和父親度過青春期的年代到底是怎樣的一個年代，那時節的香港是怎樣的一個香港。于太太雖然不止一次的慨嘆今不如昔，然而當一平問到她到底從前有甚麼令她懷念的地方，她卻往往說不上來。當然比現在窮得多了，她第一句話就說。放眼而望社會一片工商落寞，政治氣候又保守又官僚，許多從大陸流入的難民都是些驚弓之鳥，在百廢待舉的戰後低潮掙扎求存，爲三餐米折腰，根本不知何去何從。他們都不將香港這個地方當作久居之地，只盼著終有一日尋到一個安身立命之所——然而，不管怎樣人心仍然是樂觀的，于太太道。人與人之間仍然保持著質樸的風貌，使灰暗的前景並不是徹底的灰暗。

同生一代的年輕男女在于太太的腦海中留下了純美、溫馴、果敢的形象。大家在患難中熱誠相契，猶如步行於同一片天空下，以生命爲試驗冒險創造。他們彷如飲川的長鯨貪婪地吸取藉以茁長的新時代的氧氣層。六〇年代末，以美國爲先鋒的新生思潮狂風般披靡而至，猶如在他們稚嫩的脊椎吹了一口通向永生的靈氣，使他們更其奔放、摯情、朝氣蓬勃。不論是愚昧或偏執，憤怒或悲憫，在于太太來說，他們以本身生命所擦亮的火花確然來自正義的火種。儘管其後的幾代人在許多方面比他們生活得更爲圓融得體，有多少只是糊里糊塗的墜入社會這部大機器中，不能自拔地騎在自己所屬的齒輪上受其奴役，似乎是缺少了往日那種寬大莊嚴的意志。

「說句過了時的話，就是沒有理想吧，」于太太道。

一平想著母親所說的話，眼前彷彿出現了面目秀淨的三名青年——父親、母親、姑母——同行於那個遙遠如荒漠的天空底下，如仙人降世，姿態天然優美，太陽的光線如同洗刷得纖塵不染的玻璃葉片，將他們罩在當中，那個剛烈深沉的是于強，在他旁邊，那個飄飄欲起的搖晃不定的人影，那是于珍，臉上帶著神經質的傲慢的笑容，再過去是于太太，坦蕩耿直，像是沒有絲毫的憂慮。

就是在那樣的希望飄搖於有形無形之間的氛圍中，在公立中學任職教員的于強被捲入了保釣的風潮。一平記得這段時期家裏爲一股異乎尋常的氣氛所籠罩，父母經常爭吵，這是前所未有的情形。在七月七日維園示威于強被捕的當天，于太太去警察局將他保釋出來，回家收拾衣物，一聲不響帶著一平跑到大嶼山的長沙投奔她叔叔家。

那是一九七一年，十一歲的一平獨步於水沙漫漫的長沙灘岸，開始意識到他一直賴以成長並視爲永恆的人生的基石，原來竟有破裂的可能。他很不習慣這些新來的感覺。

有一天于強來看他們，神色凝重，很長的時間不說一句話，後來一平才知道他在學校和校長發生了衝突，學校可能入他傷人罪。晚上躺在房間，可以聽見客廳傳來父母的竊竊私議：

「……無論如何總不應該動粗，萬一鬧出了人命怎麼得了……」

「……我哪裏有傷到他，是他自己不小心絆了一下……」

「……你當我不知道你這火爆脾氣，一定是你用言語先衝撞了他……惡言惡語向來是解決不了問題的，枉你爲人師表，這點道理你怎麼想不透……」

「……我早該想到他會趁機興風作浪，他向來就視我爲眼中釘，反對我的教學作風……開始的時候他對我暗中表示精神支持，結果在校董會面前栽我煽動學潮，公開發表激進言論，無視學校的中立立場，剛好前兩天有學生的家長來學校投訴，說我教唆學生參加政治活動，這一來他更是正中下懷，加上維園那天他們又記了我襲警罪……」

「……你就當是得一次教訓……」

「……現在想起來好像都不知爲了甚麼……也許你說得對，我不應該當教師，辱沒了萬世師表的道德精神……」

「……不見得有這麼嚴重，解僱公務員不是這麼容易……」

「……你不知道，這是非常時期……不管怎樣在學校是無法立足的了……」

一平在床上聽得熱血沸騰，恨不得拿把刀飛身去把那個校長戳個透明窟窿，他遺憾沒能親眼目睹父親懲治那個奸惡之徒的凜凜神威。保釣的聚會父親帶他去過一次，雖然他無法想像這許多大人鄭而重之地聚首一堂會是爲了一件甚麼大事，但是看見父親在講台上慷慨陳詞的勃勃雄姿，想必是非常有理的事情。他記得父親如何跪在客廳地上，用大號毛筆在白布上墨汁淋漓的書寫精采繽紛的標語口號，或者伏在案頭趕寫文章至夜深。當時的父親是如何渾身揮發著年輕燒灼的赤鐵一樣的生機，而如今又是何等的落拓蒼白，一切的豪情退卻。

沒多久便收到學校的革職通知。在當時，這宗公案是具有殺雞警猴的寓意的，處分也就格外嚴厲。本來于家的經濟還不至於立即陷入窘境，但是夫婦倆對於理財之道向來無所用心，于太太婚後專心持家育兒，家計全靠于強一份收入，有限的積蓄，在前一年已大半被他用作政治活動的經費。經濟不景，親戚朋友來借錢，于強向例問無不借，又往往有借無還，沒多久便弄得拮据起來。如今鬧得惡名在外，接連應徵幾份教職都不成功，于強漸漸不思振作，每日坐困愁城，工作也不好好的找了。

于太太這時倒是不忍心責備他了。她婚前在小學當過教師，有個朋友給介紹了一份代課的臨時工，每星期給人代兩節課，自然入不敷出。就在這時候，她把于珍在婚後陸續送給她的珠寶首飾偷偷的全部拿去當鋪典當了。嫩青色的心形翡翠，尖晶石眼睛的蜥蜴黃金鍊墜，淺粉紅吐柏斯石耳環，哥倫比亞綠寶手鐲，多色寶石白金孔雀胸飾等等，都是于珍戴過不想再戴，或者過了時不再喜歡的。當然其中也含有賙濟娘家的用意。于太太本來堅拒不受，但是卻不過于珍的好意，權且收下來留待有婚嫁場合時送人，想不到如今卻派上了這樣的用場。一平記得跟隨母親去當鋪，那包裹首飾的藍布包袱如何一打開來便引起店裏的一陣騷動。許多年後他還沒有忘記那些璀璨奪目的金珠玉串，當老掌櫃將它們舉在燈下一件件檢視，是如何的明豔動人，震動著他的心弦。

勉強捱過了大半年，到了第二年春末，業主幾次三番來追討欠租，于太太便對丈夫道：「不如找阿珍設法吧。」

唯有于珍不會因爲幫助他們影響生計。于強卻始終猶豫不決：「她在那邊的經濟情況我們又不了解，現在她有了身孕，自己也需要用錢。」

「只要過了這一關，」于太太道。「我們又不多要，幾千元儘夠了，先把房租對付了再說。」夫妻倆這樣商議著。

借貸的事于珍在電話裏很爽快地答應了。一個雨過天青的日子，于強抱著鬱鬱的心情帶著一平在山頂的巴士站下車。在一平的記憶中像是走過很長很長的路，地勢不斷升高，鑽滿排水洞的花崗岩向上傾斜，近午的陽光如大珠小珠跌滿在樹叢裏。那一帶的房子都是一間一間的隔得很遠，有些藏在深處，在高聳的圍牆與草木藤蘿之中。

黃家的花園住宅位於一片略高的坡地上，由一條狹長的小路曲折引進，隔著黑色的鐵柵欄，可以看見花木扶疏間升起一幢淡黃的複式建築，欄杆和窗花漆成朱紅，外牆淋淋披披布滿了風雨的污痕。他們沿著碎石徑穿過屋前的茶樹叢，清越的琴音從屋裏冉冉傳出，在這風吹樹梢的情景中，使人幾疑此身是夢。

一平進去之後才發現彈琴的是個銀白頭髮、容光煥發的老太太。他從來不曉得這麼老的人也可以彈鋼琴，心裏說不出的驚佩。一個十四五歲的少年坐在她旁邊翻揭琴譜。

一平知道這老太太就是姑母的丈夫的母親。她淡淡的掃了來客一眼，把一曲彈完才站起來道，于珍出去了。她的廣東話帶著濃重的上海口音，卻相當流利。她不冷不熱地接道：「我訂的兩支長白人參，藥店今早通知來了貨，我叫阿珍去幫我看看，好的話就幫我帶回來，這種事叫傭人去不放心。」

明明和于珍約好了這個時間，沒有想到她會不在。于強若有所失地道：「我等等她好了。」

「我先代表她招呼你們，」黃老太太塌著眼皮慢腔慢調地道。「我們先吃飯去，吃完飯她也就該回來了。」

「我們說好了一起吃中飯的，我反正沒事，等等她不妨。」

「我們先吃不也一樣嗎？我們是一家人了，有甚麼好客氣的，廚房都已經準備好了。」

「我不是客氣……」

「你難得來一趟，我們好好的聊聊。」

氣氛漸漸不對了起來。親家母一再力邀，本來沒有堅拒的理由，但于強已感到事有蹊蹺。他原想和于珍約在外面的，只是她出門不便，才不得不約在此地，她怎會偏偏在這個時候跑了出去？如果說為黃老太太辦事，不能別的時間去嗎？況且她腹大便便，又不是十分緊要的事情，黃老太太為甚麼非差她去不可？

兩父子尾隨著黃老太太經過一條暗沉沉的過道走向飯廳，途經廚房，不知是有意無意，她停下來伸頭進去吩咐裏面的傭人：「別讓牠吃撐了，吃完帶牠出去溜溜。」

一平這才發現角落裏蹲伏著一隻雪白可愛的鬈毛小狗，正很享受的舔食著盤裏的午餐。他很想過去摸摸牠，黃老太太回過頭來笑笑的向他道：「你吃過狗肉嗎？很補身的，雄狗尤其好，越小的狗肉越嫩，吃過之後包你上癮，用葱蒜燜狗肉，唔，說起來口水都流了……」

一平整個呆住了。

飯桌上已經擺好三副碗筷，一雙銀頭玉筷，另外兩雙象牙筷打對面比齊了放著。黃老太太在玉筷前坐下。她個子十分矮小，像個發育不全的小孩，坐在那高背椅上雙腳高吊在那裏，鞋底都不沾地，腰板卻挺得板子般直。

她從外套口袋抽出一個對摺起來的白信封，將它貼著桌面送到于強面前：「你的困難阿珍都跟我說了，我是很同情的。你也眞是的，我們是自己人，有困難為甚麼不來跟我說呢，不是阿珍來找我設法，我還不知道你們有這樣的難處。老實說你找阿珍是找錯人了，你這個做哥哥的想來也未必知道，她差不多就是光著一條身子嫁來我們黃家的，她那前夫生前欠下不少債務，不是景嶽幫忙她根本沒有能力還債，債主沒有討債討到這裏來已是天幸了，當然也就談不上甚麼遺產了。她在這裏每月的零花都是我給的，本來在這兒好吃好住，也不需要甚麼額外花費，不過女孩子喜歡打扮得入時一些，買件新衣服甚麼的，也是有的，我自然不會虧待她，但是即使在我們這些生活還算是過得去的家庭裏，還是一樣要謹守節儉之道的。年輕人不懂得賺錢辛苦，花錢往往不夠經心，所以這方面我不主張過分寬縱，免得養成了奢侈的習慣，你是當教師的，我想你也同意我的話吧。」

于強訥訥的還沒想到如何應對，便又聽到黃老太太四平八穩地接了下去：「我是個心直口快的人，有甚麼話說錯了或者說得不中聽，你不要放在心上才好。阿珍在我們家也好幾個年頭了，跟我也很處得來，雖然我們不常見面，我可沒有把你當作外人，老實說，這兩年市面很淡靜，我們做這一行的也很受影響，去年裕富基金那件事景嶽被朋友牽累，損失不小，不過親戚間有困難的時候不互相幫忙，甚麼時候幫忙呢？不夠你再來跟我說，千萬別見外，我告訴你吧，這是我的私房錢，換了別人我是不借的。」

在于強有點遲疑的道謝聲中，黃老太太的語氣微微一變，又道：「你去年的遭遇我略知一二，說眞的，我很佩服你的勇氣，像你這樣的人在這個時代是少見的，犧牲自己的精力、錢財、時間、甚至前途，拋開正事不幹，妻兒子女於不顧，去幹那些吃力不討好的事情，要不是眞的捨己爲人，爲國家爲民族著想，怎能做得到呢？像我們景嶽就做不到。年輕人總是想轟轟烈烈的幹一番事業，做點甚麼驚人之舉，博個靑史留名也好，我年紀一大把了，湊不上這份熱鬧了，要是社會上多幾個像你這樣的正義之士，不時的跟政府吵吵鬧鬧，我們這些平民百姓還會沒有好日子過嗎？只是當你們家屬的可要辛苦一些。」

不知是不是那個在客廳見過的少年在彈琴，可以隱約的聽見淸泉滴石般的悅耳的琴音。一平透過紗簾看著窗外的葉子在日影中變著顏色，從進門開始便壓迫著他的那種非人世的感覺可說是到了頂點。坐在他對過的于強的臉色更是一幅奇景，就像是病了一樣。

這時兩名女傭捧上飯來，將一大盤熱氣騰騰還在冒煙的蛋炒飯端上來擱在他們父子中間。

「來，吃飯，」黃老太太敦請著客人，「我們家中午沒幾個人吃飯，只好因陋就簡，這炒飯是特為你們做的，趁熱吃。」

她揭開面前的景泰藍小燉盅，用匙子撥了撥浮在湯面的黃油，嚐了一口。「我中午就吃點湯和冷盤，別的我吃不下。」桌上另有一盤式樣美觀的很像日本壽司的捲狀點心，中間點綴著一束翠綠的香菜，僅是那精心的布置和那一碗雞湯的隆重的容器和香味，便不能說是「因陋就簡」了。

她取過一平的筷子夾了一塊點心給他，「這是上一任日本領使的太太給我的方子，做起來可是很費手腳，非要我親自下廚不可，這回算你有口福了，來，嚐一塊。」

一平銜在嘴裏咀嚼，但覺入口清涼，說不出來的一種沖淡素雅、難分難解的味道，也說不上來好吃不好吃。

「好吃嗎？」黃老太太道。「能不能嚐出來是甚麼材料做的？這一層白的是甚麼，吃出來嗎？」

「魚肉，」一平道。

黃老太太略有點驚訝地看看他，「說對了，是鱈魚的魚肉。」她用指甲留得很長的尾指一層層指著，「最外面這一層是紫菜，就是出產在淺海岩石的一種海苔，本來是青色的，太陽曬乾之後就變成了紫色……裏面這一層淺黃的是芝士，這個紅紅的煙沙文魚，是很名貴的東西，你大概沒有吃過吧……最中間這深黃色的是煮熟的雞蛋黃，裏面擱了糖薑，所以吃起來甜中帶辣，加上煙沙文魚那種淡淡的海鮮的鮮味，和紫菜那種帶腥的鹹味，你要慢慢品味才能吃出這幾個層次的味道來……」她說著露出她那特有的淺窄的笑容，「吃也是一門學問，知道嗎？學校裏的老師沒教你吧……怎樣，再來一塊？」

「一平，別吃了，」于強忽然站了起來，沉著聲音對兒子道。「這些東西我們不配吃的，我們走。」他不再說話，也不看黃老太太一眼，拉起一平的手臂拔步往外面走去。一平踢踏著腳跟蹌地跟在父親身後，路上的景物急速地往後退卻，走廊、女傭、客廳、鋼琴、少年、門階、茶樹叢、碎石徑……

一條人影從樹叢間分枝拂葉地閃了出來，于強轉眼望去，只見翁玉恆穿著一套白底淺藍花的衫裙站在樹影裏。她是個面容瘦削的三十多歲的女人，是黃老太太的義女，在這裏當管家，據于珍說很得黃老太太的寵幸，儼如她的心腹親信，于強見過她幾次，卻沒說過甚麼話。她臉上總是帶著一種修行者一般的刻苦的表情，然而一笑起來，卻又讓人覺得撥開了雲霧似的，于強一見她便有種說不出來的好感。這時她很溫和地向他笑了一笑道：「于先生這麼快就走嗎？」

于強點點頭「嗯」了一聲。

「甚麼時候再來？」

「來幹甚麼？」于強冷冷道。「我哪裏配來這種地方。」

玉恆頓了一頓，吞吞吐吐地啓口，「我是想……跟你說，老太太那些……請你不要放在心上，她實際上不是這樣的人。」

于強毫不掩飾他對此的懷疑，淡淡地道：「見仁見智吧。」

「你不相信我嗎，」她切切地望著他，「我剛來香港的時候，如果不是她收容我，我實在是不知道會變成甚麼樣子……她脾氣是古怪一些，但她並不是一個壞人。」

「那麼阿珍呢？她究竟到哪裏去了？」

玉恆低著頭不說話。

「她到底怎樣了？」

「她沒事，」玉恆道。「我也弄不懂老太太對少奶是怎麼回事，她對其他人不是這樣的……」

于強黯然地沉默了一會，忍不住道：「她很苦嗎？」

玉恆憫然地看了看他，「幸好少爺待她很好，我想等孩子生下來後，一切都會好一些的。」

「你是說男孩子吧。」

兩人不再言語了。陽光將他們的影子黑白分明的映了一地，微風過處，便有木葉的清香在空中微微地揚起。于強忽然希望她能走近一些，他很想囑託一句請她多照看于珍，卻又不願在一場受辱之後有求於人，只是站在那裏沉吟。

玉恆卻先把話說了出來：「你放心，我會照顧少奶的，待會兒有機會我叫她給你個電話。」

于強點點頭，便帶著一平離開了黃家。到了大街，他低著頭一言不發地向前邁著步子，一平亦步亦趨，彷徨翳悶的氣氛使他喉頭哽塞，幾乎流出淚來。于強停在街角拆開黃老太太給他的信封，一平看見是一張五十元面額的支票，他想必是露出了不解的神色，以致于強伸手摸了摸他的頭，牽起他往來時的道路走去，同時用一種沉沉的語調道：「這幾句話你好好的記著——天下有二難，登天難，求人更難；天下有二苦，黃連苦，貧窮更苦。人間有二險，山高險，人心更險；人間有二薄，春冰薄，人情更薄……

「這回總算讓你大開了眼界，你能想像世上有這樣的人嗎？假如她一口拒絕了，我們就當是碰了個釘子，倒也沒有甚麼，但她認爲這樣做並不足以表示她的輕蔑，所以她想了這麼個方法，等於丟給一個討飯的乞丐半根自己啃剩的骨頭，比甚麼都不給是更徹底的一種侮辱，對方無論如何不會錯過這裏面的含意，永遠將這種恥辱銘記於心，說穿了就像小孩子玩泥沙一樣，沒有甚麼可怕的。」

他把支票撕碎了丟進垃圾箱。

「回去別告訴你媽，就說你姑媽有事出去了，沒有見著，就算了。」

一平到了此刻才敢把一直悶在肚子裏的心事說了出來：「她眞要把那隻小狗吃了嗎？」

「她是欺負你的，」于強道。「眞要吃狗肉也不會這樣買一隻活生生的回家，叫誰去宰？你沒看見那隻狗吃的是一碟蛋炒飯嗎？你姑媽告訴過我，他們家的狗最喜歡吃蛋炒飯。」

後來他們才知道那天上午黃老太太將安眠藥摻在雞湯裏騙于珍喝了下去，不讓他們兄妹會面，當于強和一平造訪黃家的時候，于珍正在樓上的臥房熟睡未醒。

當晚便發生了于珍企圖自殺的事情。

5

連串打擊使于強對於過往的教學生涯深感幻滅，已是無心重返校園，就在那一年夏天，于家得了個轉機，便舉家遷往大嶼山去了。

于太太的叔叔和叔母原在長沙下灘的海邊有一片物業，在那裏開雜貨店，兒女成長後陸續遷往市區，剩下兩老，依靠爲數不多的收入過著清貧的生活。這一年小兒子添丁，想將雙親接去同住，勸他們將產業變賣，以後跟隨兒女安度晚年。兩老自然很願意老來享點清福，與兒孫為伴，另一方面又難以決斷，一來那畢竟是以血汗辛勤經營多年的物業，心理上難以割捨，二來萬一在市區的生活不如理想，他們後無退路，情況便相當難堪了。這時他們得知于家的困境，便想了個萬全之策，建議由他們暫時接管小店，樓上一併賃給他們居住，將來無論兩老是決定留在市區抑或重回島上，可以再作商議。在于家來說這不啻是天賜良機，于太太向來就熱愛島上半鄉村式的生活，而于強正是前無去路，對於一切無可無不可，效法陶淵明式的棄絕塵網，「倚南窗以寄傲」，不失為一種聊以自慰的歸宿。

一家三口自此成為這個風景明麗的海島的居民，雜貨店在于太太的悉心經營下大有起色，乾淨而又貨色齊備，于強也開始為一些因故失學或應屆的會考生、升中生補習，生活縱不充裕，至少毋須為隔宿糧發愁。約半年多，鳩叔夫婦跟兒子過不慣，搬了回來，大家談起現在香港人愈來愈時興一到假期便跑到外地旅行，連陰曆年也不在家過，寧可飄洋過海的避歲。此一風氣從社會中上層啓始，不同階層的人選擇適合於自己的不同的地點，年輕一輩的學生則喜歡聯羣結隊就近到離島上遊玩。那一年大嶼山的巴士服務正式通車，交通更加便利，此地又是名聞遐邇的旅遊勝地，幾個人商量之下覺得事有可為，湊合一筆錢辦了一家度假屋，專門招待從市區前來度假的城市人。

事情進展得出乎意外地順利，度假屋兼營飯店和雜貨店，在于太太稍欠經驗卻以氣魄取勝的治理下漸漸上了軌道，在外面也薄有口碑，其後更在屋後闢了菜園自種菜蔬，而原來的住宅經改建後由鳩叔夫婦占住下層，于家三口仍居樓上，大家相處和睦。

繁華囂鬧的市廛在一小時航程的對岸，有時遙遠得如同地球的另一邊，往事的陰霾一點一滴在大氣中消散。日後，每當一平想起長沙這段日子，一股舒緩流暢的暖意便隨著回憶遍布他的心腹，像小時候睡前喝了熱牛奶，有點甚麼暖暖地鎮著胃。但是對於這一小撮人來說，噩夢很快便降臨了，快得就像用手指彈一彈一根煙頭的煙灰。

一平十五歲那年的秋天，于強的雙眼由於晚期腦癌導致視覺神經萎縮，幾乎完全看不見了。經醫生確診爲不治之後，他不肯再去醫院，決意在島上了此殘生。這在手續上是相當麻煩的一件事，雖然症狀已經診定爲晚期腦癌，從客觀來說可認爲患者未必死於癌症，除非經過剖驗，否則醫生不能簽死亡證。幸而于強有位舊日的同學在醫院擔任行政主理，事情才得以順利解決，于太太忍痛簽了一份自動退院證明書，答應患者死後，家屬將屍體交院方剖驗，並負責一切費用。

因爲想聽海潮聲，于強天天躺在屋外的帆布椅上抱著兩張棉被面海而坐。他們瞞了許久才告訴于珍。一平記得她得到消息那天如何匆匆趕來，滿頭新燙的頭髮被海風吹得零亂不堪，擁著貂皮大衣坐在兄長身邊，哀哀地哭。

有一天，天快黑了，一平獨自站在海邊，忽然看見于珍遠遠地向他跑來，一手按著肩上那件她家常披的黑披肩，後襬被風吹得高高地揚起，她的臉在暮色中只是飄在半空的一張白影，披肩落在地上，她理也不理，氣急敗壞地一逕向他跑來，他知道是最後了，向她迎了過去，他們無言地對視，大聲地吸不到氣似的乾咽著，然後是踉踉蹌蹌的噩夢一般的回程，他這才發現于珍赤裸著腳，雪白的腳板在冰冷的沙地上急速起落。他們互相扶持著，他陸續看見她落在地上的拖鞋，一隻在家門口的水溝，一隻反著，在大門內的梯級上，是她急著去找他，拖鞋鬆脫了也顧不得回去穿上。

結果那天只是一場虛驚，奇怪的是一平日後總有個錯覺，覺得父親就是在那天死去的，在那灰不見底的暮色中，那噩夢般的回程上。每逢想起父親的亡故，于珍那兩隻遺落在地上的拖鞋便會以當日的姿態浮現在他的眼前。他會想起于珍傷痕累累的雙腳，他跪在她面前幫她塗紅藥水，突然抱著她的膝蓋痛哭失聲的情景。

于強斷氣是在一個多月後冬意轉濃的時節，外面自天黑始便颳起了這個季節罕有的風雨，幾乎像要下雪。剛巧這天于珍因爲女兒生病回夫家去了，到了晚上十點多，一平再也按捺不住，流著眼淚跑到與度假屋毗鄰的飯店打電話到黃家。

那飯店是架在露天的一個四面敞開的帳篷，雨布高捲著沒有放下，腳下的水泥地被雨水打得濕淋淋的，他在桌椅間碰撞著，摸黑找到電話撥了于珍的號碼。風雨聲中，可以清晰地聽見對岸山頂那幢深宅大院的電話鈴聲叮嚀叮嚀捅過長夜響了起來。

有人提起電話，一平也沒問明是誰便急著說要找于珍。一個冷哼哼的嗓音在那邊慢騰騰地開了腔：「你找她幹甚麼呀，甚麼事這麼著急，你是她的那個姪兒是嘛，小孩子別毛毛躁躁的一點禮貌都不懂。」

一平硬著頭皮道：「我找姑媽。」

「找姑媽？找姑媽幹甚麼呀？是你爸爸吧？怎麼，差不多該是時候了吧，這樣捱下去只是活受罪，橫豎這狗日子過不過下去也罷。」

「你叫我姑媽來，誰要聽你說話，」一平怒道。

「你怕死嗎，嗯，你怕死嗎？誰也逃不過一死呀。你不想想我這把歲數了天天坐在家裏不就是等死？可一天死不了，一天就還得起床、刷牙、洗臉、穿衣服、吃飯、大小便，你不想想我這日子是怎麼過的？小孩子，我跟你說，死了倒好，一了百了，你也別爲你爸爸難過了。」

一平忍不住落下淚來，但是他是絕不願意在這個曾經侮辱過父親的女人面前哭泣的。他竭力咬住牙關，不讓自己發出哭音。

黃老太太慢條斯理的又道：「你不覺得這風雨來得有些奇怪嗎，這個季節很少颳這種風雨的，每逢天氣反常的時候我心裏總是很不自在，有點陰陰凍凍的，我總覺得這是天給人的一個警告……」

等于珍趕到碼頭，最末一班開往大嶼山的渡輪已經啓航快十分鐘了，她沒能趕得上見于強的最後一面。

直到一平在報上讀到有關黃老太太去世的消息，他不時仍會聽到她那冷僻的聲音在他耳畔咄咄地逼問：你怕死嗎，嗯，你怕死嗎……

聽說她死得並不安寧，不住的將兒子從床邊趕走，說他擋著她的光。

第一章

1

一九八三年夏，與于珍重逢後的那個暑假，一平開始每星期三天到黃家給寶鑽補習。雖然他從高中開始便累積了不少補習的經驗，但是年紀這麼小的學生，他還沒有教過，何況這學生又是他的表妹，他不禁感到患得患失。

儘管從大學出來從事教學行業不過一年，一平已大致確立了自己的個人風格，在課堂上他是個公事公辦、閒話少說的老師，從不主動涉及學科以外的話題；在課堂外，他不拘小節，偶爾也跟學生有說有笑，但是並不鼓勵他們將他當作傾吐心曲的對象或者對他們表現出超乎師生界限的關懷。在現今的教育制度底下，教員的職責充其量不過是一名教書匠，他也就將計就計將自己當作一名教書匠，他覺得這樣更合乎他缺乏積極性的個性。

誠然，這與父親當年在他心目中所奠定的理想教師形象已然相去甚遠，他很明白自己欠缺了父親那種爲人師表的信仰與熱誠，當然現今的學生也大不相同了，有許多都是一些急功近利、得寸進尺的小滑頭。他們有他們的世界，一平認爲彼此之間並無必要互相了解，或者在課堂外作更進一步的溝通。儘管如此，學生們還算喜愛他，因爲他不端架子，不講大道理，在分數上好商量。

他第一次看見寶鑽便感覺到她是個叛逆心極強的女孩，而且風聞前兩任的補習老師都是「拂袖而去」的，他決定採取一貫的以不變應萬變的態度。起初幾課她摸不清他的路數，倒是規規矩矩沒有甚麼不安分的行爲，但是沒有多久她便開始挑戰他了，首先是他交下來的作業全部交白卷，然後開始發明各種各樣要求縮短上課時間的藉口，無非是肚子痛、頭痛、牙痛、要不就是「這裏」

痛——她輕皺著眉頭仿效西施捧心。

在學校裏碰到這類學生，他一般都聽其自生自滅，絕不會去浪費唇舌循循善誘，然而現在有于珍的這層關係，他難免興起一種責任感，希望至少不致使于珍感到失望。

一天來上課，他對寶鑽說今天不講課了，叫她攤開作業簿，將歷來欠交的功課全部給他做出來。吩咐完畢，他將椅子拉開一邊，十分悠閒的捧起一本書慢慢翻閱，不再理會她，也不再說一句話。寶鑽整個在那裏僵住了，垂著兩隻手一動也不動，卻又不走開，只是鼓著腮幫子低頭坐著。一平從眼角偷偷覷看她，只見她一臉倔強的表情，一點也沒有屈服的意思。

僵持中，到了女傭玲姐送點心進來的時間了。于珍關照過玲姐到了一定的時候便送些點心或糖水慰勞他們，今天是蓮子雪耳糖水，一平吃完他那一碗，問寶鑽道：「怎麼不吃，不喜歡嗎？」

寶鑽一聲不吭，連碗帶湯一把掃到了地上，瞪著眼惡狠狠地對一平道：「我叫爸爸炒你魷魚。」

「求之不得呀，」一平回敬道，起來到洗手間把濺到褲管上的糖水洗掉。他回到房間收拾東西，對寶鑽拋下了一句：「你不把作業做好，下次還是不講課。」

下山的時候一平十分沮喪，幸好當初曾與于珍議定以暑假的兩個月爲期，學校開學後工作很忙，黃家又路途甚遠，多半便無法兼顧。等到暑期結束他便算是達成任務，可以卸下這份擔子了，雖然這種避難就易的想法不是他可以感到驕傲的。

到了下一課，寶鑽換上了一副前所未見的態度，笑口盈盈地迎接他，一平以爲她一定是把功課都做好了，豈料把作業簿打開，一切還是老樣子。一平也不跟她多說，仍舊像那天一樣拿起一本書坐在一旁翻看，腦子裏卻在快速地轉著各種可行的策略。寶鑽卻做出一副又輕鬆又快樂的樣子，索性把一個錄音機的耳機戴在頭上聽起音樂來，身軀隨著節拍有一下沒一下地搖擺。

一平只是假裝沒看見。過了一會，她開始搭搭訕訕地跟一平道：「你知不知道我爸爸去年賺了多少錢……他賺了好多好多錢，他說等我生日用十萬塊幫我開一個銀行戶口，完全是我自己的，有紅簿仔甚麼的，只是不能開支票，因爲我還沒有成年……」

她又明目張膽地問道：「你一個月賺多少錢，我想你一定沒我哥哥賺得多……你有沒有女朋友……」

一平全然不加理睬，寶鑽像是不以爲意，鍥而不舍地又道：「你知不知道媽媽的遺囑有你的名字？只有你和我兩個人的名字，連姊姊都沒有，你知不知道這房子是媽媽的名字，本來是爸爸的，他瞞著婆婆偷偷給了媽媽，她說將來也會留給我，她叫我不要跟別人說……」

一平忍不住放下書道：「看你講得這樣興高采烈，你知不知道遺囑是幹甚麼的？」

寶鑽呆了一呆，「我知道呀。」

「是人死後才拿得到的，你覺得這是很值得高興的事是不是？」

寶鑽作聲不得，一平又往下道：「你爲甚麼要這樣子？你是眞的不想讀書了還是怎樣？乾脆你不要再到學校去，反正你有個有錢的爸爸，又有十萬元的銀行戶口，還辛辛苦苦的讀書考試幹甚麼……」

玲姐剛好在這時送糖水進來，今天是紅豆沙。等玲姐走了出去，寶鑽端起一碗糖水送到一平面前，「這碗給你。」她突然把碗微微一歪，滾燙的糖水澆在一平的大腿上，燙得他整個直跳起來。

他一把推開她，跑到洗手間清理衣服，氣得整個人嗦嗦地顫抖著。他氣沖沖的走回房間準備離去，又發現寶鑽將紅豆沙倒在他隨身攜帶的書包裏，暑期班的學生作業、教科書、一些雜物、書包的布襯，全部沾滿了黏糊糊的還在冒著熱氣的紅豆沙。他感到自己從脖子以上轟然一熱，站起來滿臉怒色地看著她，也不知道自己到底想把她怎樣。寶鑽毫不畏怯的紅著臉回瞪他，似乎就在等待他發作，等他動手打她。

然後一平提起書包，頭不回地走了。平常他總會到于珍的房間與她閒談兩句，今天也沒有心情去了，一個人懶懶地下山。他實在不能相信自己會鬧到如此束手無策，幾乎要哭了出來，她只是個小孩子呀，平日在學校裏自以爲還過得去的涵養功夫不知都跑到哪裏去了，不應該說那些揭她短處的話。也許他根本不懂得怎樣跟小孩子相處，他不是這方面的材料。

那天回家後他反覆思量，考慮怎樣向于珍解釋半途而廢的原因，或者索性就此缺席，等于珍追究時再作道理，但是最後他還是決定不動聲色，照舊依時到黃家給寶鑽上課，照舊給她留作業，就像一切都沒有發生過。他自顧自的依書直說，不管寶鑽有沒有聽進去或者交不交功課，時間一到便收拾東西走他的路。橫豎距離暑假結束沒有多少天了，這樣總算對于珍有個交代。

就在準備向寶鑽宣布將要結束他們的課程的那一天，他發現他多了個新書包，寶鑽說是「賠」給他的，樣式和大小尺寸與他原來的十分相似，只是顏色花花綠綠的鮮豔得多，而且她把幾乎沒有碰過的作業全給做了出來。一平心裏頗有點感動，但是他並沒有因而改變初衷，上完課他對她說，下一課完結之後他就不能再來了，他任職的學校將要開學，他必須全神投入工作，沒有多餘的時間兼顧她的學業。

「開始的時候我就跟你媽講好了的，假如你願意我可以給你介紹另一位老師，你說好不好？」

一平道。

寶鑽接下來的反應是一平完全意想不到的，她像是靜止了一般坐在那裏一聲不出，眼睛圓圓地瞪著桌面，眼眶浸浸地紅了，大滴的淚水剔剔嗒嗒落在課本上。她哭得心碎腸斷，越哭越傷心，彷彿受了世界上最大的委屈，纖細的肩膀劇烈地抽聳著。一平愣住了，坐在一邊不知是勸好還是不勸好。

「你哭甚麼，哪裏值得你這樣哭？」他碰了碰她的手臂道。

寶鑽只有變本加厲，卻僵直的還是保持著原來的姿勢，甚至不抬起手來擦眼淚。

一平去把于珍找來，她看見這情形也吃了一驚，抱起女兒又吻又哄，好一會才搞明白是怎麼回事。

「你就先答應著她吧，」她向一平打著眼色，「剛開學或許不那麼忙，你就多來兩個月，到了實在忙不過來的時候自然不會勉強你。」

「姑媽，我對她幫助實在不大……」

「你要怎樣才肯答應呢，算我求你好不好？」

在這樣的情形下，一平實在狠不起心腸一口拒絕，雖然後來——甚至許久以後的後來——他仍然在不斷地後悔著。

2

發生在她出生以前的上一代的事情，寶鑽最耿耿於懷的莫過於母親的企圖自殺。當時的于珍正懷著八個多月的身孕，若不是發現得早，搶救及時，鬧不好便是一宗一屍兩命的人命案。聽說于珍當時很有牽涉刑事法律的危險，被黃景嶽費了不少周折才得以無事。嬰兒卻不得不剖腹早產，依賴著防菌箱以及許多用金錢換回來的先進醫術和科技，好不容易養活了下來。寶鑽認爲這是她比同班同學矮小許多的主要因素。母親在她出生以前便想殺死她，也正好說明了她的存在並不爲這個家庭所歡迎，上一代三緘其口，更鼓勵了她這種偏激的思想。

這件事情的內幕，一平可以說是擁有第一手資料的少數幾個人之一。他永遠不會忘記那天父親帶他到黃家來的種種經歷，黃老太太那尖刻的面容以及那清清冷冷的琴音。但是，如何告訴一個十二歲的小女孩她母親所報復的對象實際上是她的祖母而不是她？如何告訴她一切禍害的起源與她母親是個出身貧門的再婚婦人有關？有時一平很爲寶鑽感到痛惜，因爲她是個十分孤單的小孩。黃景嶽是個日理萬機的大忙人，在家的時間本就不多，又是向來不苟言笑，金鑽和靜堯各有各的世界，于珍又大部分時間沉湎在一種半醉半醒的慵慵的狀態之中。看來只有從前的玉恆跟寶鑽比較親近，可惜去年黃老太太去世之後她便以退休爲由離開了黃家了。

可幸寶鑽畢竟是小孩心性，很少把不愉快的事情念念的掛在心上。最近她開始從自己身上制訂審美的標準，把一大堆舊照片找了出來讓他審閱，並且要求他判定：「你說我漂亮還是我姊姊漂亮？」

「各有各的漂亮，」一平總是說。

平心而論，一平不得不承認寶鑽是個足以教人眼前一亮的女孩，玲瓏的五官和線條優雅的臉型分明是于珍的賜予，那開闊的前額及高挺的鼻樑卻是黃景嶽的，最吸引人的還是閃動在眉宇間的那種清純中的野性，是黃家的其他人都沒有的。此外她有一頭鬆鬆鬈鬈、姿態蓬勃的長髮，一平喜歡看她剛洗完頭，肩上披著小毛巾，頭髮濕濕的還滴著水，臉蛋紅得像是塗過胭脂，身上穿著白花邊的小紅睡衣，使她看來俏皮可愛。

但是她顯然沒有充分的自信，常常就近的拿她姊姊來做對手，比著照片不厭其煩地追問：「你說我的鼻子漂亮還是姊姊的鼻子漂亮？你說我的眉毛好看還是姊姊的眉毛好看？」樂此不疲。一平纏不過她，自訂了個評分制，「唔……這一張嘛，你有九十分。」

「姊姊呢？」

「八十九分。」

這樣就不至於覺得太對不起金鑽。說來奇怪，一平對金鑽的容貌向來並不如何注意，她的美貌與否他從來沒有去關心過，但是自從寶鑽這樣一而再地逼著他充當選美評判，他自然而然地便在碰見金鑽時多看了她兩眼。比起寶鑽來她像是抽象一些，遠距離一些，而且一平漸漸發覺她很會裝扮。她的風格是莊重中帶點懶散的味道，耳環的搭配，領巾的圍法，腰帶上一個結子的樣式，似乎都恰到好處又不顯得過分刻意。她淡紅的唇邊總是含著淺笑，不參與的，卻又不漠然，文靜的蛋形臉使她有種東方古典的畫意，單眼皮的眼睛分得很開，從鼻脊兩旁帶著幾分渾沌地看人。

爲了遷就一平的工作，現在他來黃家都是臨時打電話約時間，多則一星期來三次，忙起來便減至兩次甚至一次，莫名其妙的寶鑽的成績倒漸漸的好了起來。在這段日子裏，三次中總一兩次會在客廳、後園、或者走廊上碰見金鑽，兩人往往只是點頭招呼，話也不說便擦身而過。有幾回從寶鑽房外的陽台居高臨下，可以看見她在後園的游泳池邊曬太陽或游泳，橙黃交織的花泳衣在水波中自在穿揷，劃出一道明豔的彩線。

一平想起父親的彌留期間，于珍常常來大嶼山探望他的那段時期，有一天，黃景嶽和金鑽也來了。那一年的金鑽十四歲，已經長得長身玉立，酡紅的膚色健康的圓臉，短頭髮薄薄的披著耳朵。一平只比她大一歲，卻把她當作小孩子，母親囑他帶她到處走走，他不大樂意地答應了，一路上對她很冷淡。她安安靜靜地跟在他旁邊走，忽然問他，爲甚麼你爸爸生病不住醫院，不住醫院病怎麼會好。過後她想起來，改口稱舅舅。

他便有點負氣，冷冷地道：「你不用叫他舅舅。」

他加快了腳步，她便也加快了，一直守在他旁邊。他們的右手是海水，左手是一列形狀略似芭蕉的襤襤褸褸的植物牆，跟隨著灘岸往前迂迴。風像是從四面八方吹來，沒有太陽，只有天空一角降下濛濛亮的光線。她把手揷在大衣口袋裏，低頭看著鞋底踩出來的深淺不一的腳印。

她說不知道原來大嶼山這麼遠，坐船要坐許久，她不習慣，有點頭暈。

「現在好了嗎？」一平道。

「好了，不要緊的，媽媽說多坐幾次就沒事了。」

「你知不知道這裏是全香港最長的海灘，」他說。「有兩公里長，我們可以一直走到頭，再走回來。」

「兩公里有多長？」

他抬手向前指著，「就這麼長，一眼見底的。」

「走過去，又走回來，豈不是四公里了，」她有點擔心地道。

「平常我一個人常常這樣走，並不覺得遠，不過你要是怕累，想回去，就跟我說。」

她回頭看看他，彷彿要看清楚他是眞心的還是假的。

望出去海水異常渾濁，除了淡綠還有濃濃的土色，像一鍋煮得濃濃的黃湯，一艘灰撲撲的貨船靜靜地伏在地平線上像是許久都沒有移動。

「我去年夏天才學會游泳，不過只在游泳池游過，還沒去過海灘，哥哥說香港的海灘太髒，」金鑽道。「這海灘可以游泳嗎？」

「當然可以，夏天很多人來游泳。」

「那麼，我夏天也來游泳，好不好？」

「只要你不怕髒，隨你呀，」他板板地道。

他們一前一後挨著水線繼續走了一段，她忽然一低身子撿了根枯木，揀了一處平坦的沙地開始在地上寫字。「你知不知道這是甚麼字？」

一平走過去，看見她筆劃整齊地寫了個「驩」字，笑道：「你想考我？這是歡喜的歡，不過是不同的寫法。」他說著心裏暗叫僥倖。不是近半年來常給失明的父親誦讀古詩詞，一定要給她難住了。

金鑽不禁露出折服的神氣。她走得熱了，脫了大衣挽在手上，口袋裏的物事剔哩嗒拉掉了一地。

「你眞是，」他蹲下來幫她撿。

她有點窘迫地一味低著頭不看他。有梳子、連著鑰匙的小錢包、滋潤唇膏、手絹、髮夾……

一陣風將夾在裏面的一張薄紙颳走了。

「哎呀，哥哥的信，」她失聲叫道。

一平拔腳就追，眼看著那封信被風捲起老高，迅即變成一顆小小的雪花，輕飄飄的落在海面上。金鑽在後面追著嚷著。他踢掉鞋子撲進水裏，像是跌進了冰窖一般，使他幾乎尖叫起來。他勉力游了幾個圈子，卻哪裏還有那封信的影子。

「對不起呀，」他濕淋淋地回到岸上。

「我叫你不要下去，你沒聽見，」她把自己的大衣脫了給他，很大人地笑了笑。「快披上吧。」

「不用了，我沒事，」他脫了濕外套。「不見了不要緊吧，是他從英國寄來的信？」他知道靜堯在英國唸寄宿學校，已經快畢業了。

「不要緊，反正看過了，我是帶來給你看的。」

「給我看？」

「是呀，」她忽然顯得有點忸怩似的，「我想……你也許會想看，裏面講到好多有趣的事情，學校選了他去參加鋼琴比賽甚麼的……」

一平看了看這個對她來說還是個很陌生的女孩，不明白爲甚麼她會有這樣細的心思。她堅持要把大衣給他穿，笨拙地搭在他肩頭上。他有點煩她這樣，又不便說她。

「回去吧，你得換衣服，」她說，笑了笑，「下次來再把這兩公里走完。」

但是金鑽來過這一次之後，就沒有再來了。沒有來把沙灘走完，夏天也沒有來游泳。父親去世之後，兩家完全地斷絕了來往，更沒有見面的機會了。

有一回他不知跟寶鑽說起了甚麼，順口提到金鑽當年到長沙來的那一次，寶鑽馬上說：「你甚麼時候帶我去長沙？」

「暑假吧，暑假帶你去，」一平道。

「可是我還不會游泳。」

「那更好了，到時候再學不更好玩嗎？」

事後卻不知她去和金鑽說了甚麼，一平再來上課的時候，金鑽突然在補習時間敲門進來，捧著點心熱茶。一平忙起身說不好意思，今天怎麼要你送來。

金鑽笑道：「我在跟玲姐學做點心，這是杏仁蛋糕，剛從烤爐拿出來的，你趁熱嚐一塊，」說著將點心放在桌上。

「別壓著我的書，」寶鑽懊惱地將盤子推開。

蛋糕做得很精巧，上面綴著一小撮椰茸和月牙形的甜酒櫻桃。一平咬了一口，說香極了，原來還有一層蓮蓉夾心，還是滾燙的。

金鑽懶懶散散地將手抱在胸前，靠在門邊跟他閒聊了一會。她那天看來跟往常有點不太一樣，不知爲甚麼特別有光采似的，穿著一件方領藍白花短袖的長裙，襯得她的腰長長的彷彿到了很低才成爲她的腿，她那豐潤的臂膀袒露著，給人的感覺也分不出是冷還是熱。

她走了之後，寶鑽用一種奚落的口吻道：「媽媽說她不正經。」

「別亂說，怎麼是不正經？」

「她老跟阿漢在一起，媽媽說不應該跟自己家的司機好，因爲身分不同。」

「他是你們以前那個管家的兒子，是不是？」

「是呀，媽媽說他又懶又好賭，不是好人。」

「交交朋友沒甚大不了的。」

「人家未必是眞的喜歡她，只是看中我們家的錢。」

「你怎麼說這樣的話，」一平加了幾分嚴峻的語氣，「這是你姊姊的私事，外人怎能隨便亂講。」

「不是亂講的，玲姐也這麼說，」寶鑽不服氣地爭辯。

「她喜歡跟誰在一起，這是她的自由呀，」一平隨口說著。

對於于珍這樣在女兒面前搬弄另一個女兒的是非，他實在不敢苟同。是身爲續弦對於丈夫前妻的兒女始終心懷芥蒂嗎？他不禁對金鑽感到一絲淡淡的同情。

3

黃家屋後設有一道後門，有門鈴直通位於房子左翼車房樓上的傭人的住處。自從一平發現後門有捷徑通到巴士站，以後便從這裏出入，多半由園丁全伯給他開門。他是在黃家服務多年的老僕，生得膀闊腰圓，卻不像一般胖人的愛說話，眼神很精明，彷彿沒有甚麼能逃過他的眼底。由於他的元老身分，黃家的人都是聽其逍遙，很少過問他的工作。有時一平看見車房樓上亮了燈的窗口，他的人影在那裏，俯視著花園靜靜地吸煙。來給一平開門的次數多了，他大概覺得這個表少爺還配跟他說話，才開始跟他交談兩句。他很注意一些社會上的問題，每回談論著甚麼，總是很認眞的請教一平，你是讀書人，書上是怎麼說的。

十月中旬的一天，給寶鑽上完課，一平照常走過後園，正是晚飯前的入暮時分，在高處的天空還是很亮，然而在低處，已經是煙藍之中混合著淡黃的餘暉了。園裏的花樹在清風中發出颼颼的溪流一般的嗚聲。天氣很好，正適合放煙花。今天是香港慶賀百週年的日子，維多利亞港有放煙花的慶典，寶鑽說靜堯答應帶她去附近山上的景點看煙花，叫他一起去，可是要到九點鐘才開始，他便說不去了。經過游泳池，他聽見有人叫他的名字，只見二樓的欄杆斜倚著一個白衣的人影，手中夾著一根煙，正是靜堯。

「上來坐坐，」他向一平叫道。

一平遲疑了一下，便從游泳池旁邊的梯級走了上去。那走馬式的陽台非常寬敞，從一頭直伸到另一頭，與二樓所有面向後園的房間都有門可通。經過最近連續兩次的颱風襲港，花槽裏顯得空盪盪的，至今尚未回復舊觀。一套歐式純白的鐵鑄桌椅占據著陽台一角，旁邊有酒車，靜堯拿起一瓶兀自冒著霜氣的白酒向一平示意：「來一點？」

「飯前飲酒，你不怕醉嗎？」一平笑道。

「一點點沒關係，這酒沒甚麼力，味道還不錯，」他給一平斟了半杯。

一平淺啜了一口，一股冷泉沿著前胸順流而下，隨後彷彿一朵涼涼的大花在腹中綻開，十分舒暢。

靜堯向他遞煙，一平搖搖頭說不抽，他便自己點了一支新的，先是探問寶鑽近來的學業狀況，說自己事務太忙，沒有時間多管束這個小妹妹，不過聽說她成績很有進步，人也比從前乖順得多，不得不歸功於一平。

「其實她很聰明的，」一平道。「從前不肯讀書，也許是想吸引大人的注意吧。」

「也許吧，我們的確有點疏忽了她，家裏全是大人，跟她年齡相差太遠，也難怪她會驕縱一些。」

「很多這樣的小孩會養成孤僻的習性，幸好阿寶還喜歡交朋友，她在學校裏有幾個很要好的朋友。」

「這樣就好了，我們家的人本來就夠孤僻的了。」

「所以我覺得她的個性實際上是很和善的，」一平道。

靜堯泛泛地「哦」了一聲。

他們隨意地閒聊，從最近的黑色週末——港元大跌引起的超級市場搶購風潮，扯到香港面臨九七的種種問題——「香港這批只知發財的政治嬰兒，也到了該覺醒的時候了，從這個角度來說未始不是好事，」靜堯道——繼而談到政府接管恆隆銀行，佳寧集團的案情發展等等。他似乎知道不少內幕消息，他說佳寧集團案是從一個馬來籍財務公司副經理的謀殺案開始調查的，現在的報導卻提也不提，給外界的印象純粹是一宗商業詐騙案。

「其實現代人的做事方式與部落時期也沒有甚麼分別，只是掩蓋得比較巧妙而已，法律愈複雜，掩蓋得愈巧妙，兩者是相應而生的，說穿了就是爲了財，爲了情，甚麼都做得出，」靜堯吸著煙，姿態優雅的伸長了頎長的身軀。

「你去看看那些大公司大財團的董事名單就知道了，裙帶關係，叔舅關係，表兄表妹關係，沒有關係的就是你給我茶錢我給你茶錢，跟部落哪有兩樣。」

靜堯儘管滿口月旦，一平卻有個感覺他不是眞心的在抨擊現狀，只是以揭發事物的眞面目爲樂。也可能這只是他的一種談話技巧。

一平也就順水推舟地說，人在江湖，這些都無可厚非的。

「也可以說是天下烏鴉一般黑，」靜堯仰天而笑。

他轉而將話題引申到香港的經濟前景，他對未來十年的經濟展望還是相當樂觀，比起去年的低潮期，出入口都有增幅。目前由於匯率變動，許多出口所得的外匯囤而不放，使得港元總是穩定不下來，其實只要廠家們放膽一些，促動資金周轉，經濟自然會復甦。

一平知道他是倫敦經濟學院畢業的高材生，談到經濟自然滿腹經綸，他更是接不上話，只能表示興趣地充當聽衆。不諱言靜堯的確具有引人入勝的口才和魅力，那一刻他在一平眼中就像個外國高等學府的大學生在宿舍的陽台上與同學侃侃議論著天下事，連彈落煙灰的動作都帶著書卷氣。

「在商場是只進不退的，」他不疾不徐地往下剖析，「不像一個家庭，拮据起來省儉一些，多少可以維持一些日子。做生意就不同，一旦遇上困境就該馬上想辦法打開出路，在這個時候若只知道收縮營業，死守現狀，那是非常不智的，很多廠家就是這樣倒閉的。早在去年碎石銷售開始轉活的時候我便跟爸爸說，趕快入貨，趕快入貨，他不聽我的，一味說觀望觀望，現在好了，鑽石市道回升到七九年的最高峯，存貨淸出了七八成，不止我們，別人也一樣，需求量一多，貨源那邊一緊，我們便錯過了提高競爭性的機會了。」

靜堯說得多了，漸漸的便將他對黃景嶽的諸般不滿忍不住在字裏行間表露出來，說他太保守，對經濟氣候不敏感，偏偏又一意孤行。

「我最近向他提出一個方案，叫他派人到東南亞物色面臨危機的珠寶店，連貨帶店以低價買入，我知道美國有個珠寶商就是以搜購危店打好基礎的，但是他說在外國行得通未必等於在這裏也行得通，這樣做形同乘人之危，他覺得沒有必要，」靜堯不以為然地道。

「不過聽說有色寶石在香港會像今天這麼流行，姑丈的功勞很不小。」

「他是占了子承父業的便宜，」靜堯立刻接口。「他不像謝瑞麟是白手興家的，當年在上海他們家就專門給上流社會提供珠寶首飾，一九〇七年卡地亞有兩個代表從巴黎到了上海，還到他們店裏選購巴羅克珍珠，多少行家羨慕他們，可見他們在外國也有名氣。」

一平不便再說甚麼，靜堯似乎也有所覺，稍微沉默了一會，調整一下話題的方向道：「不瞞你說，我覺得珠寶業是很有可為的，香港的消費力愈來愈強，尤其是適合中上階層人士的有色珠寶，在未來的十年會有很大的需求量，設計方面將會大大的革新，與現代科技產生更緊密的關係，用太空金屬做首飾就是個很好的例子，但我不妨給你一點實用的忠告，有錢的話，買樓，買地，甚至買米，千萬不要買鑽石，鑽石是不保值的。」

「很多人買鑽石不正是為了保值嗎？」

靜堯發出清亮的笑聲：「伊莉莎白泰勒那顆接近七十克拉的無名鑽石，她向卡地亞買來的時候花了一百多萬美金，十年後她以差不多兩百萬轉給另一位買家，但是這個期間的通脹率何止兩倍而已。假如以她買入時的美金計算，她賣出時所得的差額，完全掩蓋不了她這十年所付的保險金、轉手稅、還有許多其他的費用，在此之前她想叫價四百萬賣出去，根本辦不到。」

他以陳述某種學術理論的口吻道：「鑽石永恆只是個神話故事，當然這個神話是需要大量的人力和物力來維護的，從前的皇室便功不可沒，可以說它的精神價值遠遠超過了經濟價值。其實很多事情都是這樣的，說破了一點也不稀奇，只要相信的人多了就成了眞的了，再假也變成眞的了。」

一平倒是沒有料到靜堯也有這哲學家的一面，不由得附和道：「是呀，倒過來也是一樣，再眞也可以變成假的。」

靜堯笑了起來，「你是搞數學的，那麼我問你，一加一等於二，是眞的還是假的？」

「在沒有人提出反證之前，當然是眞的。」

「但是數學的眞理早就存在於宇宙之中了，不是嗎？只是在發明了數字以後人類才能夠完整地將它表達出來。既然這樣，爲甚麼還不是絕對的眞理？」

「不是這麼說，」一平搖了搖頭，「比如說這兩隻杯子，」他把桌上的兩隻高腳玻璃杯並列起來，「在人類發明數字以前，我看見的客觀事實只是酒杯和酒杯，觀念中也只存在著酒杯和酒杯，並不存在著一加一等於二。想想看，有的只是酒杯和酒杯，數學的眞理在哪裏？」

「我明白，酒杯的數量一多，便只能說很多很多隻酒杯了。」

「而負一隻酒杯，卻是誰也沒有看見過，」一平笑道。「所以有人形容數學是人造的宇宙，因爲它完全是抽象的，不牽涉任何物質，一個表面上再無稽的論點，只要無法由既定或新設的論點將它擊破，它就可以成立，在紙上是可行的就是可行的。」

「那豈不是子虛烏有嗎？」

「你要這麼說也可以，但是也正因爲這樣，它同時是最嚴謹的。一個詩人會跟你說天上的星星多不勝數，數也數不清，說得天花亂墜，對一個數學家來說就沒有這回事，一個數目無論多大，多小，一定還有個數目。一的後面有一百個零，這是個非常大的數目，但是經過調查，自葛頓柏聖經印行以來，所有曾經出現在世界上的印刷文字的總和，比這個數目還要小得多，所以再大的數目還是有得數，有得計算。」

靜堯透過裊裊上升的煙霧注視了他幾秒鐘，忽然問道：「我記得你父親是教文史的，你怎麼會選數學呢？」

一平想不到他會突如其來問一個這樣切身的問題，有點難以適應的停頓了一會，沉吟道：「也許因爲它是混亂之中的秩序吧，也許因爲我希望當有人問我天上有多少顆星的時候，我會切切實實地給他數出來。我討厭浪漫和不著邊際，存在於宇宙之間的眞理是甚麼我不知道，我想數學最終所要做是以人造的宇宙去接近自然的宇宙，了解它和更完美地呈現它。」

「歸根究柢它是一門數的藝術，而最早的時候是爲了數財富，」一平莞爾而笑，「假如不是我們的祖先要搞清楚自己擁有幾隻牛，幾隻羊，就無所謂數學了。沒有數學就建不了樓，建不了橋，上不了月球，也就無所謂經濟了。所以到頭來還是得多謝物質主義。」

「物質主義萬歲，」靜堯舉起酒杯。

兩人都笑起來。不知不覺間，已是夜之初至，全伯不知何時已將雜處在花樹間的照明燈亮了起來，一輪欲圓未圓的杏月懸在當空，因在薄雲裏，顯得有些浮游不定，如水中之花。一平想到和靜堯這樣面對面談天，而且談得這麼多，這是第一次。談話的結果，彼此的了解算是增進了幾分。

後來他還是留在黃家吃飯，跟他們一起看煙花去了。山頂上人頭湧湧，凡是看得見維多利亞港的地方都擠滿了人，他們幾個彼此緊靠著擠在人叢中，他和靜堯合力搭了個「手轎」讓寶鑽騎在上面，金鑽扶著他的肩膀，踮起腳尖向海港的方向眺望，他們跟周圍的人羣一齊驚呼讚嘆。那一刻一平覺得他彷彿是他們家庭的一份子，而這個家庭是個和樂友愛的家庭。

那天夜裏他躺在床上回想今天在黃家的情景，一種寂寞的愁緒像實物似的壓迫著他。他從多年前在黃家客廳看見靜堯彈鋼琴的時候想起，轉而想到對方那從容而沉著的舉止，敏捷的談吐，眼神中掩飾不住的定力和信心，在在顯示他將是個有所作爲的青年。他今年三十還不到，已儼然具有獨當一面的企業家的風範，前程無疑是遠大的。而自己呢，他的肉身是年輕的，但是他覺得自己彷彿背負著一具活了太久的靈魂，在人羣中失魂落魄地行走，兩眼無神地看著周圍的人興致勃勃地爲了各種目標而奔走，要自由，要幸福，要快樂。他不知道他的冷眼旁觀是因爲他本能地選擇了較容易和安全的道路，抑或是較難的。他跟自己說他只想做一個亂世裏的閒人，然而他不知道這是否只是他自己在自圓其說。

他想起中三選擇文理科時所面臨的矛盾。一方面，他對理科那邏輯先行的世界覺得較有把握，成績也較高；與此同時，散布於文史世界裏的那種人的氣味亦深深誘惑著他。由於父親自幼的薰陶，對於後者他更有一種先入爲主的親切感。有一段時期他甚至想效法父親的文人行徑，寫了兩篇文章登在校刊上，結果父親過目之後將他訓斥了一頓。文章不爲空言而期於有用——他引用了歐陽修的話。文章倘若只顧言情，不行道於字裏行間，不能起到發人深省的作用，與無病呻吟何異，與人何益，不如留著一張白紙還可免於誤人誤己。鑑於這次經驗，一平再也沒有勇氣提起筆桿，漸漸的也覺得父親的話很有道理。他慢慢的開始厭倦了到處氾濫成災、白紙黑字的紙上的智慧，厭倦了文字與現實之間永遠無法跨越的鴻溝。至少在數學的世界裏，一切可以化爲零。

大學畢業的前一年，一整年，他做著出國留學的夢。他知道那終歸是不可能的。撇開經濟環境不談，他不能扔下日漸老邁的母親不管。那時他已大致料到畢業後將順理成章地投身教育行業，步父親的後塵。他並不討厭教書，相反地他還非常喜愛，但是他又直覺地感到那不會是他心靈所寄的獻身的事業。他曾經心血來潮寫信到加州的一家大學索取研究生的報名表格，按照章程寫信去報名，幾個月後他收到獲得錄取的通知信。翻看著隨信附寄的有關那家大學的資料手册，他的眼前浮現出加州亮藍的海岸和天空，高速公路的兩條雪白的雙行線筆直的伸到天腳底，樹上結著果實的校園明麗如畫，陽光照耀著春風人面的草坪——

畢業後他毫不費力地找到待遇優厚的工作，教務之餘，有時他還會不期然地想到，假如當年出國的心願得償，不知道他現在又會怎樣？果眞從此便脫出牢籠翱翔四海嗎？營營此軀到底有甚麼足以令他感到不枉此生？有時他覺得如果生活在古代，那個忠君、忠國、信義仁勇的年代，一切或許要簡單得多。至少他會覺得有所憑藉，在天地間立地生根，生死都得其所，即使是爲了一個最最無用的昏君血濺當場也是心甘情願，頂天立地。人類的智慧如此偉大，才能如此高絕，爲何事到如今人們的道德精神卻陷入了一片無止境的虛空？找尋寄託的人們，搖搖晃晃地走上了虛無和厭世的路途上了，他自己是不是也是這一羣中的一個例子？想到這些他心裏便感到非常的茫然。

4

阿漢姓程，據說他十幾歲的時候父親便拋棄了妻兒與另一個女人同居，因此很早便學會了獨立，中學沒有唸完便踏入社會自力更生，因此他雖然與一平年紀相若，從外表看來卻更爲老成，眉宇間有種歷經世變的精悍的神色，而臉部的稜角和輪廓也突出了他這個感覺。他常常表現出一股樂天派的爽氣，對一平表示得很友善，好幾次邀他一道去喝酒。一平認爲這是因爲他將自己視爲同一階層的人，都是黃家的僱傭，但他覺得事實上他們沒有任何共通的地方。婉拒了幾次之後，他們沒有更進一步的接觸，直到有一天晚上在後門相遇，兩人從斜坡一起走到巴士站。

程漢那天穿著一件銀灰色的太空夾克，頭上戴著一頂鴨舌帽，他問一平住在哪裏，一平說青山道。

「那我們很近，我在長沙灣，」程漢道。「有空到我家坐，我媽會做很好的上海菜，包你在外面吃不到。」

「你媽也是上海來的？」

「是呀，我爸媽是五七年從上海出來的，剛下船就來投奔這裏的老太太，就是去年過世的那個。」

「我知道，我很小的時候見過她。」

「我外婆和她在上海的時候就認識的，還是很要好的金蘭姊妹，住在同一條衖堂裏，我媽一出世就認了她做義母了。」

「這就難怪了，」一平道。「看來也只有你媽媽可以和她相處，不然也不會在這裏待了這麼些年。」

「可不是嗎？」程漢會意地笑笑，「連她自己的兒子都對她畏如蛇蠍，從前的那個——就是你姑媽前面的那一位——也跟她鬧得不清不楚。黃先生本來是不願意娶她的，是老太太硬逼著他娶的，聽我媽說一天到晚就是愛打牌，幾乎無日不開局，鬧得家裏烏煙瘴氣，後來黃先生跟她的感情弄得很糟……這裏現在是很冷清了，曾經有一段日子，幾乎是每個星期都有派對的。」

「這個太太，你見過嗎？」

「沒有，她死的時候我還不會走路呢，我媽很少讓我到這裏來，怕我粗里粗氣的得罪人。」

「她不反對你在這裏工作嗎？」

「是我自己直接找黃先生的，她不大高興，不過也沒說甚麼。」

「現在她一個人待在家裏，不會覺得無聊嗎？」一平莫名地有點關心她。

「所以雖然這裏有房間，我還是寧可每天晚上回家陪陪她。」

一平不禁想道，人與人之間的關係總是一旦開始了便牽連不斷的，由於黃老太太故世，程漢的母親離開了她棲身多年的黃家，而繼她之後，程漢卻來了，就好像填補她在這裏所遺下的空缺。反觀他自己何嘗不是如此，斷絕來往多年之後，竟然變成黃家的常客了。

「在這裏，最好是有名牌車開，」程漢說這話時完全是個天真的年輕人，「不過這不是我眞正想做的事，我想做那種特技人，你知道，他們拍動作片常常需要懂得特別駕駛技術的人做替身……」

「不是很危險嗎？」

「所以要瞞著我媽，不能讓她知道……你們教書的一樣不安全呀，你知道上一任補習老師是怎樣被我們的二小姐趕跑的？」程漢笑嘻嘻地道。「她結結實實賞了對方一記耳光，眞的是一巴掌啪的一聲抽在那人臉上，直到他走出大門那五個手指印還淸淸楚楚地印在上面。」

「豈止是這樣，」一平笑道。「還要防止利筆刺身，戒尺砍頭，而且隨時有被紅豆沙灌入耳朵的可能。」

程漢笑個不迭，又道：「我記得我從前的中學有個老師老是咳嗽咳個不停，大家都說是因爲他教書年份太久，粉筆灰吸多了成了癆疾，整個肺都是粉筆灰，是不是眞會這樣？」

一平笑著回答：「所以我總是用粉紅色的粉筆，死也死得好看一些。」

程漢更是笑得收不住口，嘹亮的笑聲在靜悄悄的山路上盪得很遠。

兩人氣氛融洽地來到巴士站，一平以爲程漢一定是同路，但他說約了朋友，要在前面乘小巴。這樣說完，他卻又流連著不走，兩隻腳挪來挪去，最後才有點難爲情地向一平一笑，道：「我還以爲今天發薪呢，原來是我記錯了，不是今天，出來的時候又忘了帶錢，現在口袋裏只有十幾塊，偏偏今天又是星期六，還約了朋友……」

一平沒說甚麼，把身上的幾百塊全給了他。

「下星期一定還，」程漢十二分誠懇地道了謝，舉手在帽簷行了個敬禮，便匆匆走了。

沒有五分鐘巴士就來了，一平坐在沒有幾個乘客的上層，找了個窗邊的位置。這是他喜歡的一段路程，尤其是這種夜靜時分，這種季節，乾爽的秋風吹得人像是玻璃飾物似的晶瑩剔透。車廂顚顚盪盪忽左忽右沿著山路行駛，有時又像是忽高忽低，山腳下針點似的燈芒朦朦朧朧彷彿沉在深黑的海底。他想起十多年前在黃家的茶樹叢中見到玉恆的一幕。現在她的兒子都這麼大了，而當時就在他的身邊的父親不復存在於這個人世。他不由得茫茫夢夢的想得癡了。

5

黃家的女傭除了玲姐還有一個昆姐，與全伯一樣也是黃家的老功臣，是黃景嶽的前妻過門時從娘家帶來的，主母死後便留了下來，一手帶大金鑽，黃景嶽對她極其禮遇。與全伯不同的是她仗著勞苦功高，未免有點恃寵而驕，如今年紀大了，氣燄更是高張，一平每次去黃家都只是看見玲姐忙進忙出，很少看見昆姐動一動指頭的。他知道他和寶鑽都被她視爲「于系」的人——屬於于珍的派系，因此她看見他總是一副愛理不理的嘴臉。

這天傍晚他來到黃家卻是玲姐來給他開門，她就像是看見了救星一般，緊緊張張急不及待地向他報告，二小姐被老爺關在房裏已經一整天了，起因是中午吃飯的時候二小姐鬧脾氣將一碗熱粥潑到昆姐身上，把她的手燙傷了，老爺偏巧今天回來吃午飯，當時就把二小姐揪到房間，把門鎖上，吩咐衆人誰也不許放她出來，晚飯也不許放她出來吃。他把鑰匙交給了昆姐便逕自回辦公室去了——他們一邊往屋裏走，玲姐一邊忙忙叨叨的將來龍去脈告訴了一平。

「四點多的時候小姐嚷著要去小便，我去找昆姐要鑰匙，說甚麼她都不肯給，我打電話到公司想找老爺說情，他已經出去了，少爺也不在，我急得了不得，現在二小姐也犯了彆，我想向她要你的電話，敲好幾次門她都不答應，她嬌生慣養的這樣關一整天不給飯吃怎麼得了，偏偏大小姐又有事出去了，幸好我知道你今天要來，我就一直在後門守著……」

「太太呢？」一平問道。

「在房間，你找她也沒用，鑰匙不在她那兒。」

一平鑑貌辨色，便知道于珍大概不管用了，但是經過她房間時他還是停了下來，將門推開一線往裏察看。裏面鴉黑的，依稀看見有個人影平躺在床上，發出微細的蟲豸般的鼻鼾聲。

「她昨晚又一夜沒睡，」玲姐悄聲道。

「怎麼回事？」

「我半夜醒來上廁所，從窗口看見她在後園散步。」

「不是夢遊吧？」

「我想不是。她有失眠症，有時半夜在園裏散步。」

一平到寶鑽房間敲門，裏面靜靜的聞不到一點聲息。

「也許睡著了，」玲姐忖道。

一平端詳著那個門鎖，是那種圓球形看不見螺絲的門鈕，從這邊是無法把它拆開的。只有從陽台那邊設法了。

昆姐在傭人休息間，一重重包著厚厚的紗布的手揣在懷裏，正坐在桌邊喝湯。空氣裏瀰漫著濃濃的番茄和肉類的香味。

一平一看見她那副小人得志的嘴臉便氣往上沖，也懶得跟她客氣，冷冷地道：「我要給阿寶補習，玲姐說鑰匙在你這兒。」

昆姐翻了翻眼皮，生硬地動著嘴唇道：「老爺吩咐的，不得他同意鑰匙誰也不能給，我作不了主的。」

「你就跟他說是我要的，我會向他解釋。」

「我是在這裏打工的，老爺怎麼吩咐我怎麼做，別的我都不管。」

「你是不給了，是不是？」一平就是要她親口說出來。

「不是我不給你呀，我已經跟你說了，是老爺吩咐的，你要我怎麼樣？除非你找到老爺，他親口跟我說了，我才能把鑰匙交給你，不然老爺要是怪罪起來我怎麼向他交代。」

一平知道這個「老爺吩咐的」將會是她有恃無恐的護身符，玲姐被她欺慣了，縮在他身後半聲也不敢吭。但是就此撤退倒是便宜了她，他冷笑一聲道：「你這麼一大把年紀了，這樣來對待一個小孩到底知不知羞恥？別說一個小孩子，就是一個大人，也不可以這樣對待，我不相信黃先生會叫你虐待他的女兒，這回我算是開了眼界了。」

昆姐從桌前直跳起來，一直以來那種強自鎮定的風度消失殆盡，噴著唾液破口大罵，但也不過是顛來倒去重複著剛才說過的話，一平不再聽下去，和玲姐循路走到屋後的陽台，全伯不知甚麼時候也出現了，默不作聲地跟在後面。

通到寶鑽房間的玻璃門垂著窗簾，從隙縫間可以看見裏面沒有開燈。一平又高聲叫阿寶，這回她答應了，微弱的叫聲從裏面飄了出來。

「平哥哥，」她叫道。

一平不由得心裏一陣發痛。從他進門聽到玲姐向他敍述寶鑽的情況他便感到一股怒火在胸間醞釀著，玲姐和全伯你言我語的向他提供著把寶鑽弄出來的辦法，他都沒有聽進去，只感到胸前有條火線灼灼地燒著。他霍地轉身，一把抄起欄杆邊的一張鐵椅，大聲的叫裏面的寶鑽走開，別靠近門，兩手把椅子抓緊了向著玻璃門用力撞去，對準玻璃片的核心「篷、篷」的一下、兩下，聲勢極猛，先是喀勒勒出現幾道長長的裂紋，然後出其不意的，似乎是忽然間失去了抵抗力，整片玻璃唏哩嘩啦像瀑布般垂直傾瀉，濺了一地碎片。那恐怖的巨響以及水洩堤崩一般的景象煞是驚人，以致所有的人包括一平在內都怔怔的呆住了。全伯和玲姐嘴上沒說，心下都不免駭然，不約而同的反應都是：這怎麼得了，老爺知道了怎麼得了。一平也不由得心驚肉跳，一不做二不休，提著椅子把門框周圍的玻璃敲落。

「你別動，等我進來，」他說著，踩著遍地碎屑，撥開窗簾極小心地從那破洞踏入房內。

寶鑽躺在床上把被子從頭蓋到腳，這時便把被子掀了下來，眼光爍爍地看他。一平去開了燈，她迎著燈光猛眨眼睛，睫毛上下搧個不停。

一平笑起來，「怎樣，餓了吧？」

她哭過的眼睛還沒消腫，兩條辮子睡得蓬蓬鬆鬆的。

「我去擺上飯，」玲姐站在外面道，不知怎麼不敢進來似的。

「不用了，」一平道。「我帶她出去一下。」

他仔細端詳寶鑽後確定她沒有受傷，脫下了外套，將床頭床尾前前後後拂掃一遍，在床沿坐下來道：「我揹你出去。」無意間一伸手，摸到床褥上濕涼涼的，立即明白是寶鑽忍不住小便尿了床。她這時才嚶嚶地哭泣起來，身體軟綿綿的伏在他背上，淚水從領口滴落他脖子上。餓了一天，哭的力氣都沒有了，兩隻手卻緊緊的挽住他的頭。一平也說不出話，把外套披在她頭上以防有未清除的玻璃從上面掉下來，揹著她從洞門走了出去，到樓下找玲姐幫她找一套衣服換。

後來他一手牽著她，她一聲不響地靠在他旁邊，一起在鋪滿落葉的山路上等計程車。秋天的涼味很濃。她久久不發出一點聲音，冷凍的小手休克了似的沒有任何暖氣，以致他常常不放心的回頭看看她。在灣仔下了車，他找了家小飯館，叫了許多菜，兩人飽餐一頓。他打了個電話回家對母親說明原委，問她黃家有沒有來過電話。

「沒有，」于太太道。「這樣吧，你先帶她回來，我們晚一點打個電話過去看看是甚麼情形，要是他們等不及了也會打電話來的。」

於是又坐車過海到九龍。一平心血來潮問寶鑽有沒有去過荔園，兩人便乘興到荔園遊樂場玩了個飽，在燈光燈影裏乘搭各種電動遊戲機，寶鑽特別喜歡旋轉木馬，央著一平坐了一遍又一遍，直玩了個多小時才盡興而歸。

于太太在家早已等急了，看她那樣子分明是黃家來過電話，但是誰也不願在寶鑽面前提起。這一天的經歷在她來說可說是前所未有的多姿多彩，情緒又大起大落，累得眼瞼都抬不起來，于太太進房換了床單，就讓她在自己的床上睡。

這時兩母子才有機會好好地坐下來說話。他們坐在飯桌邊，于太太放低聲音說金鑽來過電話，請他回來打電話過去。

「姑丈回家了沒有？」

「我問了她，她說回家了，也沒說別的。」

「那麼一定是姑丈叫她打來的了，」一平道。

于太太對任何事情的反應是感性而直接的，兒女是母親的責任，所以她首先指責于珍。她說：「你姑媽是怎麼回事，家裏出了這樣的事，她怎麼一點都不管。」

一平本能地為她辯護，「我看她也是無法可施，乾脆躲在房裏吃藥睡覺。那個昆姐根本一點都不怕她，從來不賣她賬，姑丈這人又是很固執的，我看她也是一肚子苦水。」

「我看你姑丈當時只是想嚇嚇阿寶，以為昆姐一定早就把她放出來了，又或者是他在氣頭上沒有交代清楚，過後在公司忙起來就忘了，我不相信他眞會這樣對待自己的女兒。」

「這也有可能，」一平道。「不管怎樣他平常對昆姐一定是任其作惡，否則她哪敢這樣自把自為，誰都不放在眼內。」

「你姑丈能有多少時間在家？我看是老太太死後沒了管束，以致底下的人有點亂來了。」

「你說得是，連以前那個管家也不在了，姑媽又不管事……」

于太太是不喜歡將一件事情反反覆覆的推敲探討的，這時她笑咪咪地瞅著兒子道：「你膽子也眞不小呀，眞就把人家的玻璃給打碎了，沒傷著人算你運氣。」

一平也覺得好笑，「我到現在還心驚肉跳呢，當時實在是氣昏了頭，簡直想都沒有想……不過我也是看見裏面掛著很厚的窗簾，覺得有個東西屏擋著，才敢冒這個險。」

「你還打算回去嗎？尤其你姑丈那裏，見了面豈不是尷尬。」

「我是不想回去了，可是阿寶呢，她怎麼辦？」

「你能怎麼辦？你管得了那麼多嗎？連她母親都管不了。」

一平不覺沉默了。沒多久金鑽就來了電話，談話的內容直截了當，她馬上過來接寶鑽，問他要了詳細的地址。一平告訴她樓下不方便停車，把附近的一條橫街指示給她，說他會和寶鑽在那裏等候。

因爲還有時間，他讓寶鑽多睡一會，差不多還有十五分鐘才去喚醒她。他摸黑走到床邊，藉著門外的光看了看她熟睡中的天眞安詳的小臉，實在有點不忍心，但是最後還是不得不輕推著她，叫道，寶，寶。

看見她睜開眼睛，他說：「起來吧，你姊姊來接你了。」

「我不回去，」寶鑽馬上道。

「不回去怎麼行，在這裏過夜嗎？」一平笑道。

接著又道：「快起來吧，她在等你呢。」

寶鑽聽見他這樣說便哭了起來，擁著被子嚷道：「我不回去，不回去，以後都不回去……」她背轉身把臉朝著裏面咿咿嗚嗚的發出哭聲。

于太太聽見哭聲走了進來，也幫著一平相勸。一平禁不住心軟，向于太太道：「明天是星期天，就讓她在這裏過一夜吧。」

于太太皺了皺眉，「不太好吧，他們那邊也不會答應。」

兩人都沒了主意，又不便把寶鑽硬拖下床。一平看看時間到了，就說先去找到金鑽再說，正要出門，卻有人在外面按了門鈴，是金鑽自己摸上門來了。「我看不見你們，索性跑上來，」她有點氣喘地說。「不著急，阿漢看著車子。」

于太太還沒見過長大後的金鑽，沒料到當年的黃毛丫頭已然出落得如此出色，莫名地拘謹起來，倒了杯茶給她道：「請坐……一平帶她去荔園玩了兩個鐘頭，她玩得累了，剛剛睡醒。」

「這麼好玩，早知道我也來了，」金鑽笑道，看了看一平。

「她不想回去，我們正在勸她，害你跑來，」一平道。

「這小人，野了一天還不夠，家裏都在等她回去呢。」

「坐下來喝杯茶，」于太太讓道。

「不用了，我馬上就走，」金鑽忙道。

大家儘管微笑著，客氣地交談，但是誰也沒有忘記金鑽是被派來充當外交大使的。誰也不提玻璃的事。她站在客廳當中，漫不經心地四面環顧，不時撥弄著垂過肩際的柔髮，一點也不知道在另外兩人眼中她形成了多麼活色生香的畫面。一平從來也不覺得自己居住的地方有甚麼不對，然而此刻，他覺得這地方是如此不可原諒的簡陋與寒傖，被她的光采掩蓋得黯淡無光，她的形體將眼前的空間整個占滿了，彷若獨秀一枝的白荷亭亭立於池中。

說著話，寶鑽自己從房裏出來了，臉上的淚痕已經拭乾，鞋子也穿好，逕自走去站在金鑽身邊。金鑽親切地摟著她，說她這樣打擾人家，還不快點謝謝舅母。寶鑽聽話的謝了于太太，對一平卻眼角也不掃過去，就像沒看見他這個人。

「我送你們下樓，」一平道。

這是一幢五層的唐樓，一平家在第四層，梯間的照明燈有兩個燈泡滅了，以致一路下來影綽綽的有點陰森。他讓姊妹倆走在前頭，他自己殿後，又不放心地叮囑道：「小心點走，慢慢走。」

到了街上，金鑽帶路到程漢停車的所在。夜深了，商店的招牌都熄了燈，然而這個日間相當熱鬧的區域總不會完全的岑寂，還有許多行人和亮著方向燈的汽車在各自的路上來來往往。一平仍然走在後面，跟隨著她們在街燈下的身影。他看見金鑽的腿後那纖細的腳筋隨著她的步子姍姍而動，有一次她回過頭來看了看他，隨即又回過頭去，在她小腿周圍飄舞著的裙裾彷彿就落在他視野範圍的正中央，在那裏畫著一個個圈。

頃刻間黃家那輛金色的朋馳便已在望了，程漢正倚著車頭吸煙，遠遠的向一平揚了揚手。一平輕碰了碰寶鑽，「還生氣嗎？」習慣地搭著她的肩膀，卻被她一搖身子甩脫了，跑去上了車。

他望了望金鑽，兩人互相解窘地笑了笑，接著他便向她點了點頭，轉身往回走，她卻在他身後「喂」了一聲，追了上來，他便站住了等她，向她看著。

「我有東西給你，」她有點慌亂地說，從裙子口袋掏出一個白信封。「這是還欠你的補習費。」一平本能地伸手去接，卻又半途頓住，淡淡地道：「叫你爸爸留著買塊新玻璃吧。」然而，看見她那揑著信封的無所適從的樣子，他不覺放緩了語氣，「沒關係，我知道會是這樣。」她欲言又止，到說話時，聲音卻異常地平板，「他最氣你的是你不考慮是不是會傷到阿寶，萬一有塊玻璃揷傷了她怎麼辦，還有……你對昆姐很不客氣……」

「怎樣都好吧，」一平有點銳利地打斷她。

彼此算是交代過，金鑽走回去上車，一平的腳卻又不由自主的跟她走了回去，想著再跟寶鑽說一次再見。她的臉本來緊貼在窗旁，一平彎下腰敲了敲那扇窗，她便斷然地把臉撥向裏面不肯看他，順勢抬手抹了抹眼淚。一平看見她這樣，也是非常的悵然。他知道她心裏在譴責他，不該將她救了出來，最後又送回虎口。他心想你哪裏懂得，我是無能為力的，你想我做英雄，但我不是英雄，我又能怎樣，現在你還不知道我不會再到你家呢。他一個人走回家，一顆心如同灌了鉛的鉛球沉沉欲墜。

第二章

1

黃家今年準備在家舉行聖誕舞會，為此僱人將房子的外牆髹漆一新，然而工程進行到大半勞資雙方發生了糾紛，以致房子變成一張鴛鴦臉，一半雪白，另一半烏黑。那天早上一平來到，看見黃家所有男女壯丁——靜堯、金鑽、寶鑽，此外有程漢和全伯，正在一人一把毛刷不遺餘力的趕工，新髹的油漆散發著刺鼻的很有生氣的氣息。一平也加入了他們的行列。幸而剩餘的面積不多，幾個人在太陽下有說有笑，到了下午便完工了，還乘興拍了幾張合照留念。

自從那回的「玻璃事件」，于珍幾次三番打電話勸一平回去，屢勸無功，又換了靜堯上陣。他的戰略主要是挑起一平的責任感，希望他不要半途而廢。事實上一平也十分惦念寶鑽的情況，但是強烈的自尊不容許他稍有動搖，他以教務繁忙為由堅決推搪著。

「我放棄了，」靜堯笑道。「雖然阿寶會很失望。不過我也沒騙你，她真是病了，已經發了兩天燒，你來看看她怎麼樣，朋友生病了探望一下很平常吧。」

結果一平發覺他到底還是上了當，寶鑽不但毫無病態，並且正歡歡喜喜蹦蹦跳跳地戴著報紙做成的小帽充當油漆工人。

後來他們一起裝飾聖誕樹，合力把燈串、彩球、棉絮、金銀錫箔等，毫無系統地紛紛往樹身上披掛，一平攀著梯子爬上爬下照顧較高的部位，寶鑽則咭咭呱呱的補述他們停止上課以來在學校發生的各種瑣事，她忽然做出鬼鬼祟祟的樣子，小聲道：「哥哥要訂婚了。」

「哦，是嗎？」一平有幾分驚訝地道。

「舞會那天晚上宣布。」她趕快又道：「你別說我告訴了你，他不想預先洩漏了風聲。」

「準新娘是誰？」

「叫施紘娣，你沒見過的。」

「見過的，在報紙上。」

有名的企業鉅子施伯祺的獨生女兒，在上流社會甚爲活躍，報章雜誌不時有她的花邊新聞。一平不禁忖道，黃家攀上了這門親戚，無形中便多了個有力的靠山，在商場上將會是無往不利了。

「哥哥祕密極了，我都不知道他原來在拍拖。」

「他們拍拖又不用你在場，你怎會知道呢，」一平笑道。

「我知道他們常在一起打網球，不過都是有其他人在一起，哥哥告訴爸爸的時候爸爸也很意外。」

「他一定很高興吧。」

「是呀，不過我不喜歡她，化妝又濃，又造作，自以爲是天下第一美人，眼睛看你的時候當你透明的。」

一平忍不住發笑，「有這樣的本事？那我倒要領教了。」

舞會當晚，一平來到的時候已是賓客滿門，各式名牌房車歪歪斜斜停滿屋外的山路。屋頂、窗戶、欄杆、前後院的花圃和樹叢，清一色的橙黃燈串掛得密密麻麻，如同一座電力充足的小城市，綠衣紅袖豔光四射的男女來往於這個城市之內，各種香水古龍水的氣味在空氣裏擁擠著。寶鑽打扮得十分醒目，綴著淡紫花圈的傘式的白紗裙，長髮披了一肩，用紫色的細繩纏繞其間。她看見他便嗔道：「來得這麼晚，亮燈儀式都過了，是我按的燈掣噢。」此後她一直跟隨著他，旁述員一般給他講解這個是誰，那個是誰，哪兩個是便衣的保安人員。

黃老太太去世之後房子內部經過大規模的整修，青紋大理石取代了從前的木板地，義大利眞皮沙發取代了從前的仿明家具，此刻全都挪開了，空出中間的一片空地作舞池，托著酒盤的年輕侍應在滿屋懸掛的汽球底下穿來插去，賓客們指間夾著香檳或香煙，同時做著吸煙喝酒談話嘻笑的繁複動作。沒幾分鐘一平便覺得眼花撩亂，像是站都站不穩。

連極少在公衆場合露面的于珍也出席了，挽著黃景嶽那隻沒有撐著枴杖的胳臂，有幾分怔忡又有幾分怯場地笑笑地望向人羣。她顯然已喝過兩杯壯膽，眼光出奇地明亮，身上穿著一件暗紫調子的落地晚裝，項間的卡西米亞藍寶項鍊放射出藍中透紫的多層次的光芒，而腕上的手鐲、戒指、耳環，全是同一系列的橢圓藍寶，以致每一移動便鑽光流盪，令人目眩神馳。一平雖非行家，卻也看出定是價值不菲的物事，不少小姐太太圍上來讚嘆觀賞。

一平「復職」之後便沒有和黃景嶽直接談過話，對於這個姑丈他還是沒有完全消除戒心，但是人旣來了，總不能不去和主人道聲聖誕快樂，難道整個晚上鼠頭鼠腦一看見他就躱？

于珍看見他走來臉上便現出由衷的喜悅，親暱地挽著他道：「你到底來了，我聽阿寶說你不一定來呢。」

黃景嶽今晚似乎心情特佳，擺明了不記前嫌，和顏悅色地與他寒暄，問于太太好。「你應該叫她一起來，」他對一平說。「我們老也看不見她。」

「她不習慣這種場合，」一平道。

晚會的高潮自然是寶鑽事先向他透露的內幕消息，當施伯祺夫婦偕同女兒出現在黃家的大門，在場的賓客掀起了一陣騷動，較機警的立刻拿出照相機將閃光燈連閃。

「有些是哥哥請來的記者，」寶鑽偷偷告訴一平。

準新郎新娘交換過訂婚戒指之後還有個別開生面的「加冕儀式」，由靜堯將一個熠熠生輝鑲滿紅寶石的頭冠，鄭重地安放在他未婚妻施紘娣的頭上。這又引起另一次的舉衆譁然，歡呼聲、道賀聲、喝采聲響成一片。一平遠遠的看到黃景嶽笑得嘴都合不攏來。

由靜堯和施紘娣開始了第一支舞後，許多賓客仍然意猶未盡的在私底下議論紛紛，這件事對企業界可能造成的影響，兩家是否在密商甚麼大展鴻圖的計畫等等，女客們用欽羨的口吻估量著頭冠上那些鴿血紅緬甸紅寶的克拉和價值，這一手做得眞漂亮，有人說。

舞池已經有不少人開始雙雙起舞，寶鑽問一平要不要跳舞。

「我不會跳，」一平道。

「所以才找你呀，」說著硬把他拉進舞池。

他們不能像別人那樣搭著肩膀而是手拉著手，隨著節拍慢慢舞動。歡快的氣氛加上優美的樂聲，使一平很快便融入旋律之中，欣然領略舞蹈的那種盪漾悠揚的樂趣。他們一大一小，一高一矮，在舞池中忘形地轉了一圈又一圈，從一頭轉到另一頭，其樂融融。

直到一平連呼吃不消的時候他們才退下去找吃的。兩張寬寬的長桌擺滿各式美點，兩人各堆滿了一盤，向年輕貌美的女侍應要飲料。她穿著帥氣的西裝制服立在桌後，手上戴著白手套，問他們要喝香檳、雞尾酒、甜蛋酒、汽水、還是礦泉水？

「這蛋酒不錯的，很多客人都說好，」那女孩向一平推薦。

「好吧，就聽你的，」一平微笑道。

寶鑽要了可樂，女孩用不同形狀的杯子把兩種飲料倒給他們。

「你怎麼不去跳舞？」一平搭訕著問道。

「我去跳舞誰看攤子呀，」女孩說起話來聲音很嬌柔。

「就你一個嗎，其他人呢？」

「誰知道，大概躲到後面抽煙去了。」

「我幫你看攤子怎樣？」

「眞的？」

「眞的，這沒甚麼難的。」

「可是你看攤子，我跟誰跳舞呀？」

一平被她逗了這麼一句，頓時臉上一紅。這時玲姐從裏面捧出一盤新出爐的咖喱餃，女孩幫她掉換盤子，一平便訕訕地走開了。

寶鑽斜睨著一平，「你喜歡她？」

「我是看所有的人都在玩，就她一個工作，好像不太公平似的。」

「玲姐也要工作呀，你也覺得不公平嗎？」

一平瞪了她一眼。他看見靜堯和施紘娣坐在蝴蝶琴邊跟朋友說話，想起還沒有向靜堯道賀。

自從訂婚的消息宣布以來，許多人將這對未婚佳偶圍得水泄不通，根本擠不進去，現在情況稍見好轉，他便走了過去，靜堯倒在人隙中先看見了他，親切地摟著他給未婚妻介紹，連聲說他書香門第家學淵源甚麼的。施紘娣還像皇妃一般戴著那頂頭冠，免不了應酬式的和他對答幾句。一平覺得她彷彿在用三隻眼睛將他從頭到腳、從前心到後心打量了一遍，眼皮沉沉的使人想起某種鱗甲類的動物。她有個微微抬起下頦的習慣，寬寬的嘴唇紅浸浸的對著人說話，令人不住的想看它。談了一會一平便識趣的作勢走開。

「待會我們跳支舞，」她將三隻殷紅的指甲搭了搭他的衣袖。

一回頭，寶鑽又在他後面了。一平失笑道：「你打算整晚跟著我嗎？」她將一隻手指勾在他的皮帶上笑笑的不說話。

以下是以抽籤形式交換禮物的項目，赴會的賓客早在事前已獲得通知，每人攜來一份禮物。一平在這方面向來沒甚麼心得，臨時去逛百貨公司，看見價廉物美的日記簿，想著倒是男女老少咸宜，便隨手買了一本。

侍應們開始端著托盤讓來客抽籤，寶鑽暗暗將一張紙籤塞給一平，「給你的。」

「是我給你的禮物，」她接著道。

「詭計多端，」一平拍拍她的頭，不由得暗怪自己沒有特別爲她準備一份禮物。

衆人憑號認領自己那一份，當場開拆，少不得又一番熱鬧。寶鑽抽到一個很好玩的使人臉孔變形的哈哈鏡，拿去到處招搖，一來也是藉故避開一平拆開她的禮物時的窘境。

一平拆開一看，卻是一幀寶鑽自己的相片，微笑著站在前院開滿了茶花的茶樹下。不久前寶鑽把許多舊照片找出來給他看，他說過最喜歡這一張，因爲相片裏的她顯得這樣天眞開朗，這樣的充滿不可抑制的笑意。她告訴他是去年院子裏的茶花開得特別多又特別美，她選了個陽光好的日子特意留影的。現在她卻送了給他。

金鑽不知甚麼時候來到他身後，一拍手道：「啊，你們作弊。」待她看見一平臉上那種不自然的神情，她便不再取笑了，在他旁邊坐下道：「這相框還是我陪她一起去買的，怎樣，還可以吧？」

一平早就注意到她手中拿著的禮物正是自己帶來的日記簿，不料竟被她抽中。他忽然覺得這禮物實在太一本正經，太古板了，放在這喜氣洋洋的氣氛中實在是太不協調。他作賊心虛，也不敢聲張。

金鑽無聊地翻了翻簿子的白頁，苦笑了笑，「可惜我這人不寫日記的，你呢，你寫不寫日記？」

「我也不寫，」一平道。

「那麼……跳舞嗎？」金鑽笑問。

進了舞池，她很自然地偎著他擺好起步的姿勢，隨即風吹柳條般緩緩扭動起來。她的舞姿是稍微有些懶洋洋的，一平不知爲甚麼有點臉紅耳熱，兩隻手伸得直直的像是怕她靠得太近。他是不高不矮的中等身材，而金鑽在女孩中算是較高的，此刻穿著兩寸半的高跟鞋，比一平還要稍高一些，她身上穿的又是流線型的一瀉到地的晚裝，更突出她高䠷的身段。

那音樂是一首十分流行的英語情歌，調子很抒情，早已有人調暗了燈光，雙雙共舞著的男女身體互相依靠著，從表情上多少能夠分辨出到底是夫妻、情侶、或者像他們這樣還是處於有點陌生的階段。一枚淚滴形的黃寶鍊墜緊貼她的喉骨，在半暗中吞光吐豔，十分奪目。一平總是稍側著臉，免得呼吸撲到她的臉上。他的右手如同蝴蝶標本固定在她的脊樑，雖是隔著衣服，但那黑底黃線的尼龍料子偏又極薄，以致他彷彿是將手直接放在她的肌膚上，完全可以感覺到他掌底是何等一種難言的騷動，那些精密的零件似的骨骼，隨著她的舞步彷彿拆開了又重新合併起來。他的雙手漸漸有點沉甸甸的，像衰老了似的，而這個青春妙齡的女人在他的臂圈內卻是如此的活力四射，幾乎要反抗他似的亂動著，有一刻他感覺到自己彷彿在抱著一個火紅火熱的裸體的女人在舞蹈一般。

金鑽似乎想跟他說甚麼，還沒有說，他先自己從耳根熱了起來。但她想說的卻是關於另一個人。

「你覺得施紘娣怎樣？」

「甚麼怎樣？」他訥訥地道。

「你說她和哥哥配不配？」

「配呀，很配。」

「是呀，誰都說他們天生一對。」

「我向來是服從輿論的。」

「她很美是不是？沒有一個男人覺得她不美的，這個你也服從輿論？」

「美也有很多種吧，」這是他第一句由衷的話。

「她是哪一種？」

「我不說了，我不會說，」一平笑道。他忽然想起施紘娣與他訂下的「舞約」，不知道她會不會記得抑或只是隨口而出的一句話……

舞罷，無言地各自分開，陡然一隻手從後面伸過來用力打了他一下，寶鑽滿臉促狹地笑道：

「我知道姊姊抽到那份禮物是誰的，我認得那包裝紙。」

一平一把揪住了她，「你不能說，你絕不能說……」

「我要說，我一定要說……」

她咕咕的笑著逃開了，一平緊追不捨，兩人在人羣中躲躲閃閃地追逐著。

2

復活節過後，天氣一天一天地暖和起來，人們開始在日間穿起了單衣，花落花開，葉尖吐納著熱烘烘的暑氣，已是夏天的前兆了。

一天下午一平來到黃家，正好看見寶鑽和程漢在泳池裏游泳。程漢在教她自由式，開懷的笑聲使後園那草木葱蘢的景物更增添了一股豐盛的氣息。她穿著天藍色的泳衣，柔實的胴體和四肢在水中有力地揮打著，濺出白箭般的泡沫。一平不覺也感染了她那單純的喜悅，想著讓她多玩一會，便沒有叫她，逕自來到二樓的陽台。傾斜的太陽將游泳池照耀得如同一塊立體的玻璃磚，周圍一圈琴鍵般的白瓷磚映著化學藍的池面，予人一種不眞實的布景感。程漢的體魄要比一平想像中壯碩，卻沒有肌肉發達的感覺，而是整體的均勻和修健，使人想起在公園裏看見的屹立於噴泉中的黃銅塑像。

等一平意識到這幅看來平靜祥和的畫面有點甚麼地方不對的時候，他沒有立即相信自己的眼睛。過度的震動使他感到手足無措，幾乎想奮不顧身跳進下面的水池。

「寶，」他高聲叫道。

池裏的兩人都抬起頭來看他。

「寶，幾點了，還不快上來。」

寶鑽笑著不依，「多玩一會兒嘛，十五分鐘。」

一平看也不看程漢一眼，「不行，你馬上上來。」

他從來沒有用過這種語氣對寶鑽說話，以致她不敢再討價還價，乖乖地爬了上來。

她換上一條裙子，一邊用毛巾抹頭髮一邊走進房間，眼神有點戒備地看著他。

「我問你，你甚麼時候開始跟程漢學游泳的，」一平道。

「昨天是第一次，今天是第二次。」

「以前呢？」

「前陣子老下雨，哪裏能游。最近找人來清潔過，又通了通水道，才開始的。」

一平笑一笑道：「你先不要跟他學了，好不好？」

「爲甚麼？暑假去長沙，我就不會游了。」

「你姊姊呢，爲甚麼不叫她教你？」

「我不喜歡她教，」寶鑽翹起嘴道。

「我不是不讓你玩，可是現在期末考快到了，我怕你玩分了心，以前的心機都白費了，」一平也覺得這理由有點牽強，執起她的手，「暑假你到長沙來，我來教你。」

但是那天他給寶鑽補課卻始終無法集中精神，腦中不斷閃現他在陽台上目睹的情景。一整課，他不斷看見程漢的手，那骨節粗豪的精於駕駛的手，如同狡獪的魚團團包圍著寶鑽的身體，在她的陰部靜靜地停留並暗暗地揉擦，或者在她的乳房周圍捏著、掃著、摸著、有意無意的擦過那花苞般的乳尖，或者將他自己的下體推向她的胯部上下地蠕動。

一平不知道除了游泳的時候平常有沒有發生過類似的情形。程漢在黃家出入無阻，如果對寶鑽存心不良，可以說到處都是機會，防不勝防，誰能保證不會發生更嚴重的情況？寶鑽雖然只有十二歲，正是發育快速變化萬端的時期，少女的氣質已然呼之欲出，僅是看她今天穿著泳衣時那嬌嬈的體態，矯健的腰腿，便可以感到她的身體在如何迅疾地茁長。但是另一方面又不能忘記她仍只是個小孩，因此一平覺得更需要謹愼從事。

補完習他走到于珍的房間，希望找機會把自己的發現告訴她。她的情況每次之間可以有很大的差別，有時精神很好，坐在窗邊看書或者聽音樂，有時她就像今天這樣，幾乎是奄奄一息地躺在床上，一張臉白得像骨，在那暗光中，那白色的髮絲像是銀的一般。她的鼻息有餿了的麵包所發出的酸味，煙、酒、藥丸，像貢品一樣供奉在床頭。于珍拍拍床沿，示意他坐下。

「怎樣，阿寶有沒有惹你生氣？」

「沒有，她很好……」

一平待要說下去，正在斟酌措辭，于珍卻已接口道：「剛剛夢見你爸。」

她夢見于強的次數遠比一平多得多。

「我快要結婚了，做了很漂亮的婚紗，但你阿嫲不喜歡看見我穿那件婚紗，她逼我脫下，把它撕破了，我哭了起來……然後不知怎麼我和你爸爸坐在一輛巴士上，周圍是荒涼的景物，有很大的紅紅的塵土，我們像是要旅行，在一個地方下了車，那裏有很多動物，但都不是眞的，只是畫在一幅幅土牆上的彩色的畫，有長頸鹿、大象、斑馬，很多很多，我們跟著那些牆往前走，路上開始有車，有很多人，都是跟我們同一個方向走，你爸爸忽然在人堆中看見一個他認識的人，追了上去，我在後面追趕著，叫他不要去，我從來沒見過那個人，穿著白衣褲，戴著草帽，大概二十幾歲，他停下來和你爸爸說了幾句話，好像叫他到某個地方去，我叫他不要去，不要去，心裏很著急，就醒了過來了……這個夢教我想起巴西。」

于珍懶懶地揮揮手，「幫我點支煙。」

一平將一支煙塞在她嘴唇間，幫她點著。

她彷彿振奮了些，又道：「說句公道話，你姑丈待我可以說得上仁至義盡，這麼多年，我沒有爲他做過甚麼，帶給他的只有無盡的麻煩，但他從沒有過半句怨言……我記得剛遇到他的時候，忽然間整個心好像都不是自己的，他每次到巴西來都會到我們家吃飯，跟我丈夫談寶石的事，兩個人坐在一起，我就知道我嫁錯了人了……」回憶著，她臉色也變了，眼珠浮上一層晶瑩的膜，「他第一次到我家，我還清清楚楚的記得那時的感覺，我想我爲甚麼不早點遇見他……沒說幾句話，我就知道他甚麼都懂，有種人是那樣的，甚麼都不用多說，好像他天生就知道痛苦是怎麼回事，但他自己卻顯得那樣堅強，雖然他有一隻腳不好，但這些我都不管，天天只是想著我一定要跟他，無論如何要跟他，我跟自己說沒有他我是活不下去的……」

語聲中斷了，但一平有個感覺那回憶的聲音仍在她的內心繼續著，如一張緩緩轉動的唱片。

她似乎已經忘記了一平的存在。他好幾次想打斷她，然而到了最後他只是默默地坐著。

再說話時她換了一種較冷靜的聲調道：「可是現在我已經說不出到底還愛他不愛了。我來到這裏，他的忙，他的嚴肅，他母親，把我對他的愛一點一滴慢慢的消磨掉了。男人就是這樣，往往只看得見自己的需要看不見女人的需要，像帽子戴得太低的人只看得見自己的腳，女人就不同了，爲了她的男人甚麼都做得出來，甚麼都可以忍受……」

沒多久一平便離開了那對他來說有如另一個世界的房間。至於程漢的事，卻是無功而回。

3

一平爲程漢的事煩惱著，與于太太商量，于太太也認爲不能袖手不管。

「將來萬一發生甚麼事，那就悔之無及了，」她說。

「我也是這麼想，可是應該怎麼處理呢，我怕姑媽大驚小怪的，對阿寶反而不好。」

「這也是沒辦法的事，」于太太道。「她遲早是要懂得的，總不能永遠當個小孩子，再不然你找金鑽商量一下。」

「你忘了？他們都說程漢是她男朋友。」

「哦，是的，」于太太有點悵然地說，轉念又道：「那不是更該讓她知道嗎？」

「但總不能由我來告訴她。」

「那倒是的，你還是和你姑媽好好的談一談，這麼重要的事，再怎樣她也會清醒個三五分鐘的。」

一平從未如此熱切地等待著補習的時間到來。他總結了一下這些日子以來程漢所給他的印象，自從借過三次錢不還，程漢便很機警地意識到一平不會再借，沒有再來找他。對於這些一平都一笑置之，但是有一回，程漢趁于珍酒醉進入她的房間偷了一串珍珠，被他在房外撞見。當時一平只是以爲于珍有甚麼工作吩咐程漢，絲毫沒有懷疑到別處，程漢卻作賊心虛，在屋後的山路上等他，對他說，欠他的債很快可以還清了。

然後他以一種「彼此是老朋友」的心照不宣的語氣向一平道：「她現在越來越懵懂了，用過的首飾隨隨便便放在當眼的地方，我大搖大擺地走進去，又走出來，她一點都不知道，還在呼呼大睡。」

「你偷了她多少東西了？」一平很生氣。

「別說得那麼難聽好不好？」他露出滑頭的笑容。「老實說只此一次，她大門不邁的根本用不著戴甚麼首飾，除了她那個心理醫生來看她的時候，她才稍微的打扮一下。」

最令一平氣短的是程漢料準了可以肆無忌憚的在他面前恣意炫耀而可保無恙。他也的確不知道該怎麼辦。向他直接討回來嘛，徒然自討無趣，報警嘛，似乎小題大做，去告訴于珍，又怕她受到刺激，何況在背後密告別人的罪狀，哪怕證據確鑿，在一平來說總是不十分磊落的行爲。是否程漢看準了他懦弱的本性才放心大膽的在他面前暴露原形？但是這回他對寶鑽所做的事情卻不是他所願意寬縱的。趁著這個機會揭發他的惡行也好，免得養虎貽患，給黃家帶來更大的禍害。他連帶地想到程漢的母親，她看來是個很善良的人，卻不知爲何會養出這樣一個兒子，倘若她知道了眞相說不定會有多傷心呢。

再到黃家是個星期六，事有湊巧，在巴士站下車徒步前往黃家的途中，靜堯正好開車經過。他停下那輛雪白的寶馬，叫一平上車。自從訂婚之後他顯得更是神采飛揚，假如有人說他生命中還缺少了甚麼，一平一定會感到驚奇的。

程漢的事他從沒有想過和靜堯商量，因爲直覺上那是屬於女性的敏感的問題，不適宜跟一個男人談論，然而此刻，接觸到靜堯那穩重的氣質，予人信心的清醒的談吐，一平不覺衝口而出道：「有點事我想跟你談談。」

靜堯不免有些意外，看了一平一眼道：「甚麼事？」

「是關於阿寶的，」一平道。「前天我來給阿寶上課，她正在跟程漢學游泳，我本來也不在意，過了許久才開始覺得有點不對，怎麼說呢，我也怕是我眼花看錯冤枉了好人……」

駛上黃家的斜坡，靜堯索性把車子停了下來，兩人在幽寂的樹林間靜靜地坐了一會。靜堯先發話道：「我因爲喜歡自己開車，跟他接觸不多，不過我總覺得他有點流氓氣，這事情我一點都不意外。」

「我本來想跟姑媽說，可是那天她有點不舒服，不過我已經用期末考做理由叫阿寶先別跟他學游泳了。」

「阿寶是個美人胚子不是？」

這是始料不及的一句話，一平不禁呆了一呆。

「我也不知道是當時的情況使他一時的情不自禁呢，還是……」

「這沒甚麼，把他辭掉就是了，」靜堯道。「本來家裏根本不需要全職的司機，是爸爸看在恆姐的份上把他僱來的……不過我叫他走他也不能不走，何況是這樣的事情，爸爸也無話可說了。」

一平倒沒有想到這麼容易便解決了，三言兩語便決定了程漢的命運，他心裏感到隱隱的不安。

「他跟我說，想做特技人。」

「是嗎？」靜堯笑道。「這樣一來倒是成全了他。」

靜堯由始至終沒有表現過一點點驚怒或者憤慨的情緒，這似乎只是他每天都會處理的幾百件公事的其中一件，談笑間便指揮若定的化解於無形。對他來說似乎一切都來得那麼輕易。不像我，一平心想，似乎沒有甚麼不是艱難的，必須經過一番掙扎。在這一點上也許他和程漢反而比較接近了。

無論如何總是放下了這兩日來壓在心頭的一塊大石，因此那天傍晚離開黃家時他的心情是輕鬆的。他走過游泳池，然後便是通往後門的一道窄窄的小徑，上面鋪著青石板，兩旁是剪葺得十分整齊的吊鐘花叢，密密的紅花在綠葉間垂著狹細的腦袋。他小心地踐踏著凹凸不平的路面，偶一抬頭，只見前面那棵高大的玉蘭樹下，一隻蘋果綠繡著金線的女裝密頭拖鞋露在有光的所在。他認得那是金鑽的拖鞋。也許是她聽見了聲音，一隻勻稱白皙的腳板忽然從暗處伸了出來，將腳趾一挑，把拖鞋穿在腳上。

「是你？」金鑽站了起來，理了理衣服，神色不定地望著他笑笑。

「對不起，沒嚇著你吧，」一平道。

「沒有，剛補完課？」

「嗯，你怎麼坐在這兒？」

「在這兒看看書，屋裏悶得慌。」

她把書抱在身前，手指夾在看到的扉頁間，身後樹叢的照明燈把她整個的線條鮮明地浮突了出來，草綠色的短裙和白襯衫，圓潤的膝蓋。

一平想起今天在車上和靜堯說過的話，心想不知靜堯跟程漢攤牌了沒有，看情形金鑽還不知情。倘若她知道了程漢是一個這樣的人，她會怎麼想呢？程漢走了之後，她就少了個朋友了——而這件事卻是他促成的。

「今天沒出去玩？」他說。

「中午跟朋友去打網球。」

「哦，今天打網球正好，不太熱。」

「你會嗎？」

「不會，我在學校打的是籃球。」

「哪天你一起來，不難的，學學就會了，球拍我可以借你。」

一平摸不準她是對每個人都這樣的抑或是絕無僅有的，他忽然發現他很想知道這答案。

「好的，看哪天有機會的，」他微微笑道。「你們該吃晚飯了，我出來的時候聽見玲姐在擺碗筷。」

金鑽點點頭。待他轉身向門口走去，她似乎覺得應該以主人的身分送一送他，跟上來走在他旁邊，裙裾極輕微的拂著他的褲管。她順手摘了一朵吊鐘花將花萼拔掉，把花的根部放到嘴裏吮吸，微笑道：「你小時候有沒有這樣玩過，吸這裏的花汁。」

「沒有，」一平笑道。「甚麼味道？」

她把花夾在指間捻著，「甚麼味道也沒有，不知為甚麼小時候卻覺得甜甜的，那時候好像甚麼都甜一些。」

一平默然了一會，回頭向她道：「你喜歡看電影嗎，哪天我請你看電影。」

語氣很平淡，但是他自己的驚訝程度絕不會下於她。他沒去看她的表情，但是從她那微微前傾的姿勢和溫柔的緘默中，感覺到她是允諾的。來到門前，他們相對著踟躕了片刻。

「你說甚麼時候？」她說。

「就明天怎樣？」一平道。「我聽說倫敦戲院在演的電影很不錯。」

「好的，你說幾點？」她微仰著頭，看他的眼神很認真。

「看五點半好不好？十五分鐘前在大堂碰頭。」

「好的，」她又說，滿意地微笑一笑。

剛剛還覺得很可留戀似的，但是忽然之間卻又巴不得這一刻快點過去，於是兩人很決絕地道了再見，不再多說一句話便分手了。

4

一平懷著異樣的心情下山。春天還沒有完全過去，山上的草木散發著涼涼的夜氣，絲絲縷縷沁入人的關節。走著走著，他突然發現路旁站了個人。因為那人是站在潑墨般的濃濃的樹影下，等他發覺有異的時候，已經距離那人很近了。是程漢。一平心裏打了個突。

「回家？」程漢在暗處發話。

「是，」一平道。

程漢趨前兩步，銀灰的夾克一眨一眨地反著光。一平忽然心生警兆，正待後退，腹部已是受到重重的一擊。他彎下腰，緊接著，下頦又捱了一記。程漢是忿而出擊的，凝聚了全身的勁力，在一平的感覺就好像被一個巨大的車頭迎面撞中，登時眼前發黑，甚麼都不清楚了。接著他便感到被程漢扭住了衣領拖進路邊的樹叢，劈頭劈臉一陣毒打。他盡力掩著頭臉，不住有拳腳落在他身上腿上，使他痛呼出聲。程漢呼吸重濁地喘著氣，一平扳住他的小腿猛的將他拖倒，他粗暴地詛咒著，兩人便在地上扭成一團，砂石和草屑揉進他們的頭髮和衣服。最後到底是程漢力氣大些，掙脫了一平對著他又是一陣拳打腳踢，一平癱睡在那兒連叫也叫不出聲，也不知道程漢是甚麼時候離去的。

模糊醒轉的時候他才知道自己失去過知覺，睜開眼睛，好一會才看清眼前的事物。星星出來了，一彎弦月險險地勾在空中，那清爽的光線撒在梢頭，以致那高枝上的葉子顯得分外明亮。他呆呆地看了片刻，忍不住發出呻吟，那遍布身心的痛楚使他想起父親死去時他曾經感到過的、那種再也無法忍受生命的感覺。這使他失去了爬起來的勇氣。他蜷縮著身子又靜靜地躺了一會，想著就這樣死去了也好，就這樣死去了就可以不必再起來了。但是地上太冷了，他不受控制地顫抖著，像一隻受了重傷的動物，沒多久他又睜開眼睛，看著鼻尖前面從泥地升起的一朵小小的野花。這個發現激勵了他。他扶著身旁的樹幹勉力站了起來，這才發現右腿的腳踝扭傷了，而且不知何時弄了滿手的鮮血，口鼻都是乾結了的血跡。他一瘸一瘸的靠在路邊走著，吃力的走回黃家。

「表少爺，」全伯驚愕地叫道，過來扶他。一平話都說不出來，已經快要倒下了。從不高聲說話的全伯破開嗓子往屋裏叫人，於是一屋子人連于珍在內全跑了出來。靜堯和全伯合力托起他的胳膊扶他進屋，在燈光下他臉上的腫傷顯得更是可怖，女的都失聲驚呼，金鑽看來就像要暈倒似的，寶鑽哇的一聲哭了，大家亂哄哄的一陣聒噪，于珍一疊連聲叫人拿白蘭地……

一平讓他們扶著在客廳的沙發躺下，已是臉色鐵青，金鑽重複的叫著一定要叫救傷車，全伯也是這樣的主張，一平忍著痛用眼睛找著靜堯向他暗示著，靜堯便道：「我看這樣吧，先找個醫生給他看看再說，叫了救傷車難免就驚動警察，大家都麻煩。」

自從多年前的自殺不遂，于珍最怕的便是醫院和警察，這時問明了一平是遭人搶劫，也附和靜堯道：「叫警察有甚麼用，早逃得遠遠的了，醫院的急救室也不是救人的地方。」

靜堯說他有個相熟的醫生住得不遠，可以叫他來一趟。黃景嶽在外面應酬未歸，家裏自然而然便由靜堯主持大局，他這樣說，衆人都沒有異議。

「阿漢呢，叫阿漢去接他去，」于珍道。「晚上怕他找不著路。」

「阿漢辭工了，」靜堯道。

衆人都很感意外地望著他。一平不由得注意了一下金鑽的神色，只見也是滿臉的驚異。

「辭工？怎麼會突然辭工的？」她衝著靜堯問。

「他來跟我說的，我還沒來得及告訴你們……先別管這個，何醫生來過的，他認識路，」靜堯說畢便去打電話。

於是暫時把程漢的問題擱下了。等著醫生來，于珍用清水替一平清理臉上和手上的血跡。「真奇怪，這一帶向來很太平的……把錢搶去也就是了，還把人打得這麼傷，眞是變態。」

「是呀，幸好他沒用刀子甚麼的，」金鑽道。

「我也是這麼想，」一平道。

「我看你今晚別回家了，」于珍憂形於色。「大嫂看見你這個樣子嚇都要嚇死了，你的腳又走不動。待會兒我打個電話給她，就說你下樓梯扭了腳，留你在這裏住一夜，你說這樣好不好？」

一平也認爲這是個好主意，于珍便吩咐玲姐預備客房。

何醫生經靜堯在電話裏說明，連縫針的儀器也帶來了。他給人一種胸有成竹的稍微有些傲慢的印象，手勢俐落地給一平縫針、敷藥、裹傷。「皮肉傷就是這樣，看起來要比實際上嚴重得多，」他檢查了一下肋骨又道：「我感覺只是淤傷，沒有斷裂，不過要是你不放心明天可以去照一下，就是斷裂也是同樣的療法，多休息少動作，讓它自己慢慢癒合，其實連紗布也可以省了，不過爲了表示愼重……」他又替一平量了血壓，囑咐他服下藥片好好睡一夜。

這一鬧，已接近晚上十點，黃家的人吃飯吃到一半，玲姐和昆姐去把菜回了回鍋，重新擺上飯。這時一平才騰出空來向一直怔在一旁的寶鑽招了招手叫她過來，他拿起她的手，卻不知說甚麼好。「別怕，」他只是說。

然後仍由靜堯和全伯把他攙到樓上走廊盡頭的客房。于珍向靜堯要了一套睡衣，等人都出去了，向一平道：「來，我幫你換上。」

何醫生幫他包紮胸腹時已脫了上衣，這時于珍幫他套上睡衣袖子，就像幫一個嬰孩穿衣服，仍不免痛得他齜牙咧嘴，到了該換褲子的時候一平很有點難爲情，于珍笑著拍了拍他的大腿，「害甚麼臊，你小時候我幫你換過尿布呢。」她微嗔著又道：「你是不會記得了，那時候我成天抱著你在屋裏走來走去，大嫂就笑著說，給你吧，給你吧。」

靜堯的身材比一平高大，于珍把袖子和褲腳細心地捲起來，又把換下來的衣服疊整齊了放好，然後她出去了一下，回來手上托著白開水和兩枚藥片。

「我打電話給大嫂了，她本來想跟你說幾句話，我說你喫了藥睡著了，」她說著把藥片送到一平唇邊叫他服下。

「我服過何醫生的藥了，」一平道。

「這是我平常喫的，喫了好睡一些，不然我怕你睡不著。」

「可是……」

「我不騙你，聽我的。」

一平只得服了。于珍又無微不至的幫他掖好枕頭和被子，讓他躺得舒服些。

「行了，姑媽，你去吃飯吧。」

于珍卻不願立刻就走，幫他撥了撥頭髮，若有所思地看著他。平常總是他守在床邊陪伴于珍，現在他們對調了位置，輪到于珍守在床邊陪伴他了。一平很快地感覺到藥力引起的睡意迅速地掩到眼簾，直到靜堯進來對于珍說，爸爸回來了，等你吃飯呢，她才不太情願地起身出去。

靜堯虛掩了房門踱到床邊。

「是不是程漢？」

「是他，」一平掀起腫脹的嘴唇道。

殺了。」

「這不能怪你，換了我也是一樣，不過我沒想到他會生這麼大的氣，當時我眞以爲他會把我

「眞對不起，這事我也有責任，」靜堯抱歉地道。「我不能不提到你，否則他不會心服。」

「我想他還沒這麼大的膽子，」靜堯道。「你身上的錢呢，他都拿去了？」

「是呀，一毛錢都不剩。」

「早知道我不給他雙糧了。」

兩人都有點覺得滑稽地相視一笑。

「也許因爲我跟他說了些不太客氣的話，他把氣出在你頭上，」靜堯又道。「這事情你是爲了阿寶——也就是爲我們而起的，我應該多謝你，如果你有甚麼需要幫忙……」

「你千萬別這麼說，別讓阿寶知道就行了。」

「你打算就這樣讓他去嗎？」

「甚麼讓他去？」

「以牙還牙啊，我可以在公司找兩個人……」

「不必了，」一平忙道。「我想……沒這必要吧。」

「很容易的，根本不必費甚麼力……」

「他已經沒了工作，就當是看在恆姐份上吧。」

原來存在於兩人之間的那種分享同一祕密的默契忽然之間消失了。

靜堯好奇地看看他，「你認識恆姐？」

「不認識，」一平緩慢地道。「只是很久以前……」

「哦，」靜堯顯然不太明白，卻也沒再追問，臉上帶著少許狐疑的表情走了出去，順手關了燈。

5

睡到半夜，一平被哭聲驚醒，嚶嚶嚀嚀的少女的啼泣越過夢中的丘陵向他掩來，忽近忽遠，然後他突然醒了過來，一時也弄不清楚寶鑽怎會坐在他的床邊，幽靈似的坐在那裏低低的啜泣著。

「阿寶嗎？」他驚異地說。「怎麼了，你哭甚麼？」

寶鑽只是哭，身上的花邊睡衣不斷抖動著。

他從被裏伸出手來碰了碰她，是眞的。那細小的胳臂非常暖和，可以感到裏面的血是熱的，還殘留著被窩的微溫。那親切的感覺使他像一個瞎子突然摸到了無比熟悉的人臉。

「很晚了吧，」他微抬起身看了看床頭的手錶，已經四點了。「怎麼了，怎麼不睡覺？」

「我睡不著。」

「你沒事吧，別招涼了，你穿得這樣少。」

他摸了摸她的臉，一手都是冷卻的眼淚鼻涕。

「你哭甚麼，作夢嗎？」

「平哥哥，是不是很痛？」寶鑽道。

一平忽然覺得答不出話來。他口渴得厲害，舔了舔乾燥的嘴唇。

「是不是很痛呀？」

「喫了藥，不痛了。」

寶鑽又哭了，用腕背按著淚水迸流的眼睛。

「眞的，我不痛，你別哭了。」

「那個人爲甚麼要這樣打你？」

「沒甚麼，他想要我身上的錢，」一平覺得喉嚨裏一陣哽咽，又道：「你別再想這事情了，好好的睡覺。」

寶鑽沉默了一會道：「我陪你一會好不好？」

「有話明天說吧。」

「我想陪你一會。」

「這樣不好，我不要你陪，你再不聽話我要生氣了。」

「只是一會，」她哀哀地哭求著。

「好好，只是一會，」他撫拍著她的手，安慰著她。

不知甚麼時候金鑽笑吟吟地走了進來，到窗前把簾子拉開，天已大亮，燦爛的陽光照得滿室皆白。

「你看，多好的天氣，」她望著他笑道。

「是呀，眞好。」

他們一起站在窗前觀賞窗外的美景，他有種幸福的感覺。碧綠靜止的河水飄浮著一塊塊白色的花瓣，閒閒地在水上打轉，夾岸都是落英繽紛的小樹，不住將白花撒向河面……漸漸的河水高漲，如同一面巨鼓高高的鼓起，翻出滔滔的白沫，以極快的速度向兩岸氾濫，眼看著深綠的洪水將整片天空遮沒了，玻璃這邊已經完全變了樣子，洶湧的人潮擁擠地喧譁著，慌張地嘶喊、踐踏，靜堯急急地衝過來道，快逃，快逃……玻璃崩裂了，河水披天蓋地如山傾倒，一平掩護著寶鑽拚命奔跑，用身體護著她，忽然感到背部一陣刺痛，寶鑽大叫著，他鮮血淋漓地倒了下來，全身上下插滿大大小小的玻璃碎片，金鑽跪在他身邊，將玻璃片從他翻披的皮肉一片片挑揀出來，這時一切又都靜止了，只剩下了他們兩個在一片無人的空地上，她非常虔誠，安詳聖潔猶如聖母，手裏拿著白布，每挑一片玻璃，便細心的用白布將上面的血跡擦拭乾淨，放在一旁，漸漸堆積成一座銀光閃閃的小山丘……

好奇怪的夢，醒來的時候一平心裏想道。寶鑽在他身邊睡得爛熟，頭靠在他腋下，短小的軀體在被窩裏渥得暖洋洋的，熱呼呼的鼻息噴得他癢癢的。窗簾垂著，但他有個感覺天已不早了，透過窗簾的纖維可以看見一針一線的白茫茫的日光。他覺得比昨晚好過多了，至少已不再覺得離死不遠。

他沒有立刻意識到有甚麼不對，直到玲姐推門進來，隨即臉上帶著受了襲擊似的表情站在門口。

「啊，我找二小姐……這門沒關……我以為……」她像做錯事似的期期艾艾地解釋。

「我也要起來了，」一平微笑道。

昆姐從她背後伸出腦袋鬼頭鬼腦地張望了一陣，嘟嘟囔囔的不知說些甚麼。

兩人臉上的神情都很特異，緊緊張張地走了出去。

一平這才感到不妙，著急地推著寶鑽道：「寶，寶，起來了，寶……」寶鑽滿臉睡意的被他推得半醒，還搞不清是怎麼回事，黃景嶽已是怒氣沖沖的衝了進來，一句話也不說，將寶鑽從床上用力一扯。寶鑽在他手裏就像個布娃娃一般甩手甩腳的硬是被他揪了下來。一平呆呆地坐在床上，黃景嶽呼的一下掄起手杖就要照著他的頭頂劈了下去，但是僅餘的理智使他硬生生的煞住了手,他雙目噴火地盯著一平看了半晌,最後氣恨交加地放下手來道：「你眞是丟盡了你父親的臉。」寶鑽惺惺忪忪地欲哭又止，被他吊著一條臂膀橫拖倒曳地拉出房間去了。

一平覺得彷彿從一個夢魘又一頭栽進了另一個更可怕的夢魘之中。他心底所感到的震驚是難以形容的。黃景嶽儘管手下留情，他還是覺得被甚麼狠狠抽了一下，全身的神經火辣辣地生疼。他起來換上自己的衣服，手和腳都痲痲木木的，似乎需要很長的時間才能構成一個完整的動作。他彷彿置身在水底在做著莫名其妙的事。上身的睡衣鈕釦不知何時完全鬆脫了。他約莫記得在睡夢中感到渾身疼痛，抬起手來亂抓，大概這就是成果了，現在才發現連胸部的紗布也被他抓得不成樣子。他像個龍鍾的老人吃力的穿鞋子，受傷的腳踝腫起老高，他抽掉鞋帶沒頭沒腦地硬塞了進去，然後他坐在那裏閉著眼睛直喘氣，腦子裏空盪盪的。直到現在他還無法理解所發生的事。

于珍披著睡袍走了進來，六神無主地互擰著手，「怎麼回事，一平，這是怎麼回事……」

他一語不發，扶著牆壁默默地走出房間。走廊上的天窗將早晨的日影淡淡的照在牆上。他一步一步緩慢地走著，掩閉著的房門，漫長的樓梯，茂長的茶樹叢……這一切在他意識外圍如同奔馳中火車窗外的景物，輕快而飄忽地掠過，一點也不讓人依戀或傷神……

那天午後下起了清涼的毛毛雨，一平睡到四點多醒來，忽然想起與金鑽看電影的約會。經過這樣的變故，約會無形中應該是取消了，然而不知道金鑽是不是還會前去赴約。他明知這個希望不大，可以說實在是太小了，但他還是忍不住想去證實一下，想知道金鑽到底是不是會去。他不理會母親的勸阻，吞了兩枚止痛片來到約定的戲院門口。到了那裏他便非常清楚地知道她不會來了，但他還不肯就此離去，呆站在戲院門前的台階上望著灰黃的天慢慢暗了下來，他心中的灰暗也彷如那天際的灰暗是無止境的。他那鼻青臉腫的樣子惹來不少路人的側目，而他臉上那陰鬱的神情更使人覺得他多少有點危險性。沒有人敢靠近他的身邊。他看著濕淋淋的霓虹招牌一個一個地燃亮了，所有的人都陸續入場，大堂的地上只剩下濕爛的報紙和污穢的腳印。他明知她不會來了，但他仍舊在那裏待了一會，直到他心裏一點也不再覺得難過，直到他確定自己沒有了任何感覺。

而她始終都沒有來。

第三章

1

還有十多天便放暑假，每年學校到了這個時候總是格外冷清，中五的會考生以及大學預科班的學生都考過了試提前放假，中一到中四生的期末考也已到了尾聲。一平記得自己當學生的時候特別喜歡這種學期末的氣氛，操場和走廊顯得異常的空闊，安安靜靜的別有情調似的。有時經過空了出來的課室，排列整齊的桌椅如同一個個神位顯得莊嚴肅穆，使他想起所謂的「知識的廟堂」。如今他以教師的身分，不知在多少學生紀念册上留下臨別贈言，心情自然要複雜一些。有個同事曾經感慨，學生永遠年輕，自己卻一年年地老了。

那天他監考完畢，在教員室和一個女同事閒聊著彼此的暑期計畫。這時大陸剛開放沒幾年，許多人都熱中於到大陸旅遊，一睹祖國的人情風貌，那位女同事也準備與幾位舊同學結伴往蘇杭一遊，問一平有沒有興趣參加。

「我向來沒有到外地去的衝動，」一平笑道。「對我來說大嶼山就是極限了。」事實上他急不及待的想回長沙，重新領略平靜安適的生活，將黃家那一段荒謬的經歷忘在腦後。

正談著，教員室的電話響了起來，校務處來電話說有位黃小姐找他，在樓下等候。電話是一平接聽的，當時他就本能地背轉身去，不讓那位女同事看見自己的表情。

校務處在對過那幢大樓的地面，中間隔著寬闊的露天操場，一平走出去從二樓往下望，只見校務處外的廊簷下站著一個女孩，果然是金鑽。操場上空落落的沒有人，深灰的水泥地將她襯托得分外鮮明，她的頭髮長了些，穿著一件淡米色的長裙，全身散發著一種淡淡的調子。

他走到距離她還有五六尺遠便站住道：「你找我？」

她聽到他那刻板的語氣，不由得臉色一暗。

「有甚麼事嗎？」

「這裏講話方便嗎？」

「方便呀。」

這顯然不太符合金鑽預先設想的情況，她低頭撥弄著皮包的環釦。「如果你不方便，我們可以另外約個時間。」

一平猶豫了一下，「你有特別的話要說嗎？」

「是的，」金鑽道。

「這樣吧，你在這裏等我一下，我回去拿點東西，我們去喝杯咖啡。」

後來他們踏過如茵的草坪從校園出來。是個吹著微風的熱天，草地上極清晰地映著天上流動的雲片。一平帶她越過兩條馬路來到一家他常來的餐廳，有老香港式的寬敞的包皮卡座，彩色玻璃的六角形壁燈使人想起教堂的窗戶。這裏有不少在附近上學的學生和教師光顧，換了平日一平是不會帶她來的，但是如今時近暑假，沒有了這一層顧忌。兩人各叫了一杯咖啡。

「你不怪我到學校找你吧，」金鑽先開口。「我應該先打電話。」

「姑媽怎樣，還好嗎？」

「她還好……還是老樣子，」她補充了一句。

咖啡來了，好像來了救星似的，在杯匙的碰擊聲中那沉默也不那麼逼人了。他默察她的臉，發覺她清瘦了些，使她增添了幾分成熟的韻味。他覺得她似乎曖昧了一些，彷彿她不完全是從前的那個人，不過這或許是因爲他們以往很少這樣近身相對。

「阿寶發了成績單，」他聽見金鑽道。「她在班上考了第六名，在全級是二十名以內，大家都很意外。」

「那好得很。」

「你不想知道她的情況嗎？」

「你來就爲了要告訴我？」他毫不領情地說。

「你……不來了之後，阿寶還是很用功，也很乖，好像長大了不少……」

「那很好，」一平道，卻掩飾不住內心的失落。這是他近來已經習慣了的感覺。

「她變了一些，變得不大愛說話，我知道她心裏很想念你，」金鑽看了看他又道：「她還只是個小孩子，根本不明白發生了甚麼事……」

「你爸爸沒有跟她說嗎，當然都是我不好呀，」一平冷冷地道，忽然發覺無法將「姑丈」叫出口來。

「要怪的話，只能怪當時昆姐加油添醋說了許多難聽的話，有的根本是無中生有，你知道他們對這種事免不了敏感一些，爸爸一時沒有想清楚，偏偏他的脾氣又是這樣風風火火的，等到仔細問明了阿寶，已經……現在大家都知道是誤會了，」她用一種較體己的語氣道：「其實我一直就想找機會跟你說，爲了這件事我覺得很抱歉，雖然跟我沒有直接的關係，但我總覺得心裏不安，從一開始我就覺得爸爸是錯怪了你的。」

一平半晌不說話，過了一會才道：「你怎能這麼肯定，你怎麼知道呢，也說不定他沒有錯怪我。」

他心裏浮起了程漢的形象，也許她的個性就是這麼容易就相信人的。

這問話似乎使金鑽感到難以作答，只是語塞地發愣。

一平用冷靜的態度道：「這事情我是想過的。我想我是太粗心了，很多事情沒有考慮到，有些情況即使自己沒有做錯甚麼是不夠的，沒有先知先覺的防止它發生就是不夠，這是沒法狡辯的事。我不認爲自己是無辜的。」

他頓了一頓又道：「當然我還是……謝謝你的。」

他們暫時沉默了下來，眼望著面前的咖啡杯。從開始說話以來氣氛便異樣地沉肅，卻又因此使人更覺得不同尋常。

「他們到英國去了，」金鑽忽然用宣布的口吻道。「爸爸決定送阿寶到英國寄宿，提前去幫她安頓，順便在那邊談點生意和度假。媽媽也去了。」

「哦……這麼長途，她路上沒出事嗎？」他幾乎是無意識地發問。

金鑽立刻知道他是問于珍，回道：「好像還好。那邊有個心理醫生從前幫她治療過，效果很好，這些年在香港一點進展也沒有，所以爸爸想讓她趁這機會再去試試，有必要的話也許想辦法讓她在那邊居留。」

「這樣也好，阿寶在那邊也有人照顧。」

「是，當時也是這麼考慮的。」

「只是這麼早出國，年紀不是太小了些嗎？」

金鑽遲疑了一下道：「是臨時決定的，手續辦得很倉卒，本來報名的日期早過了，不知爸爸怎樣跟他們交涉的，而且那學校跟哥哥從前寄宿的那一家是兄妹校，而哥哥又是那家學校的優等生。也許有點關係吧。上個月哥哥陪阿寶已經去過一趟，接受學校的面試，馬上就錄取了。」

「這是很好的事，她很高興吧。」一平道。

「應該是吧……爸爸遲早會送她出國的，像哥哥那時候一樣，」她像是覺得有義務安慰他。「我是因爲成績太差考不上，我也有過補習老師呢，不過沒你這樣好。」

她立刻覺得失言，兩朵紅雲浮上她的臉頰。

一平卻沒有注意。寶鑽走了，甚至沒有跟他說一聲。

「是你爸爸不准阿寶找我，是嗎？」

金鑽沒奈何地點點頭。於是一平也有些明白了。縱使後來黃景嶽了解到那天早上的事情出於誤會，但是寶鑽半夜到他房間來看他，竟至與他同睡一榻，這是不爭的事實，也許已經超越了他們所應有的關係，即使本質是純潔的，在黃景嶽來說已是隱伏著未知的危機，於是索性將錯就錯，趁這機會讓他們疏遠一些。急急的將寶鑽送到英國，說不定正是他的防範措施之一。

他手摸著咖啡杯，感到那冰冷正與他的心境相彷彿。

「如果你今天不來，到底是不是誤會，你爸爸永遠都不會說了，是嗎？我永遠都不會知道。」

金鑽無言地用小匙撥著咖啡，一平忽然不忍再令她難堪，轉開話題道：「你爲甚麼不跟他們一起去呢？」

「又沒我的事情，我去幹嘛，」金鑽道，忽然刻意地一笑，「其實有一件事，我很想問問你。」

她那強調的語氣，使一平加倍地警覺起來。

「你還記得阿漢嗎，你覺得他是怎樣的一個人？」

一平心裏砰的一跳。難道她已經知道了程漢離開黃家的內情？他不覺躊躇起來，道：「你跟他熟悉得多，怎麼問起我來？」

「我想知道一下你的看法，你覺得他是不是一個可信賴的人？」

「他不是辭工了嗎，難道不是？」一平試探道。

「是這樣的，他希望我給他介紹一份工作，」金鑽解釋道。「我有個舊同學在運輸公司工作，我在考慮要不要薦他去當個司機。」

一平不禁有點納悶。憑著過去金鑽與程漢的交情，她怎麼會向一個外人問一個這樣的問題呢？何況又是毫無干係的他？

「實在很難說，」一平想了一想道。「我跟他沒有太深入的接觸，我想你家裏的人應該比我更清楚。」他這樣說，也是因爲考慮到沒有必要斷絕程漢的謀生之路。

金鑽沒有再問下去，用重新開始的語調道：「你有甚麼計畫，暑假還是去大嶼山嗎？」

「是的，等學校的事情辦完就走。」

「像你這樣倒不錯，有個地方可以走開一下。」

兩人都緘默著，似乎在等待著這句話的下文。

於是一平覺得不可免似的，就說：「要不要來玩玩，住幾天？我們可以把一個房間騰出來給你。」

「不會妨礙你們嗎？」

「不會的，」一平微笑道。「可是，你怎麼跟家裏說呢？」

「爸爸要過兩個月才回來，至於哥哥，他是不會說甚麼的。」

這次見面有這樣的結局，大家都意想不到，於是他們彷彿慶祝似的抬起頭來相視一笑。

2

當一平告訴于太太邀請了金鑽到長沙來住，她心裏便有點不上不下。他和黃家之間已經鬧出了這許多事故，在她認爲最好離得愈遠愈好，誰知一平索性把人家的大小姐帶回家來住了。于太太的經驗告訴她，兒子在做著一件他將來要懊悔的事情，然而當一平若不經心地對她說：「她不過來玩兩天，住兩天就走，」她卻也說不出甚麼阻撓的話。

但是當金鑽住了下來之後，于太太很快便改變了當初的想法，認爲她的來臨對於他們全體都是件有益身心的事。她沒有料到這位千金小姐的兩隻纖纖玉手如此靈活幹練，對於烹調和縫紉一點都不陌生。看見霉舊的窗簾，她會買來新布另製一副，不但配色和選料別出心裁，手工也相當別緻，比原來的精美十倍。不久度假屋的窗簾、床單、被套，全換了新。在廚房她成爲鳩嬸和于太太的得力助手，做出來的菜式甚至夠得上她們的水平，而更令于太太感到欣喜的是她在一平身上所造成的改變。那種變化是十分明顯的，但也只有一個母親才會懂得分辨，比如說他的飯量，他的笑聲，他眉間的氣息。他變得活絡多了，彷彿渾身是勁，做甚麼都格外盡情，可以常常聽見他開懷的笑聲。雖然他與黃家發生過那些不愉快，但那打甚麼緊，于太太心想，這是他們兩個人之間的事，只要他們兩廂情願，天大的阻礙也一樣阻擋不了。然而，她不能擺脫埋藏在心底的淡淡的隱憂，是否他們之間發展得太快了，她不止一次地這樣想，來得快的戀情是否去得也快？

前來度假的中學、大學生來過一撥又一撥，一平不但充當康樂活動顧問，必要時還兼任聯絡站和免費導遊。下雨天，飯店落下厚厚的塑料雨簾，他和困守戶內的顧客玩撲克牌，聆聽雨點打在簾子上，卜達卜達，像無數的小鐘擺。晴天的日子他會和金鑽租兩輛單車四出騎遊，或者帶她走走鳳凰徑。遇到學校有事需要出九龍一趟，金鑽便跟他一起出去，兩人去看場電影甚麼的。

日後回想起來，一平也不能肯定究竟是因爲周圍的人將他和金鑽看成一對初戀中的男女，使他們相應地產生相類的感覺，抑或反過來是由於他們自身的表現，使周圍的人形成那樣的印象。這一切無疑是一點一滴的累積，飯桌上的四目交流，遠足時互相扶持著走過一段滑腳的石級，游泳時無意間的肌膚相觸，他給她拔去腳掌上的一根木刺，或者是碰到熟人時對方投向金鑽的目光。然後突然有一天他發覺自己不再是生澀的在接過茶杯時故意避開她的手指，而是自然的在她疲倦時替她輕捏著汗濕的頸背，而她不再是坐在他面前的時候常常敏感地檢查自己的坐姿，而是在屋外的籐椅乘涼時安心地把頭靠在他的肩膀上。他漸漸熟悉她骨肉亭勻的肢體在陽光下舒展的姿態，她專注時微蹙的眉尖，或者是她意興闌珊時那軟垂的肩膀。

一天黃昏他們在海邊散步，一平終於跟她說起從前那次約會的事情。他踢著亂沙，低著頭，告訴她他那天到底還是去了，在戲院門口等了她許久。

金鑽表現得出乎他意外的激動，「我想也沒想過你會來，我以爲你一定不會來的，你一定把我們都恨死了，」她緊緊握著他的手，「我應該去的，是我不好，要是我去了就好了。」

「現在去也不遲呀，」一平笑道。

「你不知道，假如那天我去了，也許有些事情會不一樣了……」

「怎麼不一樣？」

金鑽望向夕陽西斜的海面，沉默了片刻道：「我是說……也許我們可以早點消除誤會。」

她那種故作平淡的語氣，使一平忽然生出了戒心。他說：「你不是有甚麼瞞著我吧？你是不是有甚麼心事？其實我早就想問你了，媽也注意到了，她跟我說你心裏好像有甚麼事，我怕你在這裏不快活……」

金鑽沒等他說完，「怎麼會呢，我從來沒有這麼開心過，你別多心。」她加重了語氣又道：「你知道嗎，我是沒有甚麼朋友的，不知道是我的個性太內向還是我這人不討人喜歡，在學校我跟我的同學總是格格不入，而我的家庭就像一盤散沙一樣，誰也不太關心誰。有時我很羨慕阿寶，至少她有你和媽媽，是眞正的關心她。而我親生母親那邊的家族，我已經完全沒有記憶了，聽說他們跟我們這邊嫌隙很深，我媽在世時便不大來往的。所以你看，我過往的生活既苦悶，又無味，來到這裏，簡直是一個在天，一個在地。你可以想像嗎，這裏的一切對我來說都是多麼不同，你母親是這樣的和藹，鳩叔鳩嬸又是那麼可親，老實說我很羨慕你，我覺得好像回到自己的家一樣……眞的，所以我說我在這裏很開心，確是一點都不假，你應該相信我。」

她從來沒有一口氣說過這麼長篇的話，她兩句一頓的，總算都說清楚了，而她如此推心置腹地向一平剖白心事，這是最深刻的一次。一平非常的感動，同時也覺得釋然了。

「你知道嗎，」他笑了笑道。「從前我一直以爲你是程漢的女朋友，姑媽和阿寶都這麼說，我想也未必是空穴來風，每次我想問你都覺得還不是時候，怕你多心……」

一度沉默之後，金鑽很認眞地回答：「我知道他們都這麼想。其實我這人是無所謂的，人家對我好，願意把我當作一個可交往的人，我總是感激的。阿漢這人雖然不是沒有缺點，但我又覺得他沒甚麼太大的不好，比如說對恆姐，他是非常孝順的，可以說是千依百順，不管恆姐叫他做甚麼，他一定是唯命是從的。所以有時他約我出去，我覺得反正無事，一起玩玩也沒甚麼，當然他對我可能有一點好感，這個我不否認，可是在我這方面，我只把他當作普通朋友。」

「他走了之後，你們還有見面嗎？」

「沒有了，」金鑽簡短地道。

「他不是託你介紹工作嗎？」

「那是在電話裏，後來那工作也沒成功，更用不著見面了。」

「你知道他爲甚麼走嗎……不在你們家當司機？」

「不知道，」金鑽道。「爲甚麼？你知道爲甚麼嗎？」

「不知道，我隨口問問罷了，」一平道。他不願意在金鑽稱許過程漢之後又在她面前揭發他的惡跡，這樣做彷彿是有意杜絕他們今後的來往。他不想擔上這份嫌疑，何況他已經沒有心思在這題目上說下去了。他們之間的短距離挑逗著他。近來只要在她身邊他便有點靜不下來，每次不經意的相觸都令他心馳神盪，彷彿她整個都是流動的液體，潑潑濺濺的濺到他的身上。

那個週末靜堯坐船進來，一平和金鑽到梅窩的碼頭迎接他，一起回度假屋吃中飯，一邊討論下午的遊覽計畫。靜堯特別想去一次寶蓮寺，他說從小就聽說是香港的第一大寺，卻始終沒有去過。

一平知道金鑽對這個哥哥十分信賴，許多事都跟他說，有關她和自己之間的發展情形，靜堯想必已從她那裏略知一二。當金鑽向他宣布靜堯打算來此一遊，一平馬上便想到他此來除遊玩外也許另有目的。因此幾個人之間除了表面的笑語宴宴，還有一種難以捉摸的虛實莫測的氣氛。

午飯後，金鑽幫于太太在屋外的空地上晾床單，靜堯向一平提議去海邊走走，兩人便乘著飯後懶散的情緒在沙灘上閒逛。這在一平是習以爲常的，在靜堯卻是頗爲新鮮的事情，他把手臉都擦滿了防曬膏，戴著完全像鏡子的那種太陽眼鏡，裝束齊備。天氣實在燠熱，沙灘上只有十幾個人慢動作似的或行或臥，在烈日下半睜著眼，也辨不出海水是哪一種綠，只覺得光華奪目，水天相接之處一條火線炎炎地燃燒著，升起一片白氣迷離的蒸氣網。

「天氣預告說有熱帶氣旋，稍晚要颳風，」一平用手帕揩了揩汗。

他們走得很慢，都沉默著，來到岩堆，靜堯領先爬上去。他雖然也出了汗，因爲全身穿著白色，卻還是給人清涼的感覺。爬到高處，稍微覺得涼快了些。他們面海坐了下來。

靜堯舒適地半臥著，眼睛藏在鏡片後面，也看不出是不是閉著。一平以爲他快要提到金鑽了，這不正是他邀自己散步的目的嗎？但是出乎意料的，他先談起的人卻是程漢。

「他眞是當特技人去了，你知道嗎？」

一平搖了搖頭，「你怎麼知道？」

「他來找過我，想我幫他介紹工作，但我不認識甚麼拍電影的人，後來還是通過阿娣的關係。」

程漢先去找金鑽，謀事不成，繼而求助於靜堯，也是理所當然的。一平道：「那是他一心想做的工作，也許更適合他。」

「那就不知道了，希望他好自爲之。」

「你和施小姐怎樣了，打算甚麼時候結婚？」

「還沒定呢，慢慢再說吧，」靜堯一筆帶過，「也許等我事業方面再穩固一些。這兩年因爲競爭激烈，公司的氣勢有點弱了下去，如果能夠取得施家的合作，對我們會是個很大的幫助。」

一平雖然看見報章上作過類似的揣測，在靜堯訂婚那天晚上也聽過有關的議論，然而親耳聽見靜堯以事論事的直陳出來，還是感到了幾分震撼，一時不知道作何反應。

「不過還有老頭子這一關要過，」靜堯道。「他自然也看得出這事情有百利而無一害，可是有些方面他是食古不化的，遇事往往瞻前顧後，缺少魄力，所以他始終成不了像施伯祺那樣的商業巨擘。雖然我也是公司的股東之一，主要的控制權還是在他手上，沒有他的支持是行不通的。」

他說到了興頭上，接著又說他那一部分股權原來屬於他的生父，他死後按照會章理應由黃景嶽繼承，然而在靜堯滿二十一歲那一年，黃景嶽仍然將這份股權讓了給他。但靜堯卻不是完全的領情。

「別忘了十多年來一直操縱在他手中，雖然他把歷年所得都給我存進了銀行，誰知道他從中得到多少好處。他這樣做主要是想換取我的忠心，要我感恩圖報。」

「但他其實可以甚麼都不給你的。」

「他知道我會是個很好的助手，而且除我之外，他沒有合適的繼承人了。」

一平不由得想起了寶鑽。雖然她是個女孩子，目前年紀又小，但靜堯如此毫不留情的將她抹煞，他有點替她不甘。他實在弄不懂爲何靜堯明知他只是一知半解，還執意要跟他談論這些。也許因爲他是個局外人，又幾番與黃景嶽結怨，靜堯便覺得可以毫無忌諱的在他面前暢所欲言，甚至把他招攬到自己的陣營裏面。縱使沒有實際的作用，氣一氣黃景嶽也好。一平不知道應該因此而感到榮幸抑或是被輕蔑。

他有點故意唱反調地說：「我記得你訂婚那天晚上，姑丈整晚上眉開眼笑，高興得不得了。你知道他平常有多嚴肅，我以爲不會有機會看見這麼一天呢。我覺得他是單純的爲你的訂婚而高興的。」

「別忘了他是個商人，商人的本色就是唯利是圖，」靜堯道。「攀上這樣一門親家，誰能不高興，不過此一時，彼一時，到了計算利益的時候又是另一回事。」

一平笑道：「歷史上常常有國王將女兒嫁給敵國，然後這敵國就變成了友邦，都是大同小異吧。」

「差不多吧，」靜堯笑道。「當然這並不是說我欺騙她的感情，我們原來就是很要好的朋友，事實上我也很欣賞她，既然客觀環境又恰巧能夠配合，這事情就變得何樂而不爲了。如果你以爲是我處心積慮的設計部署，那可是太看得起我了。」

然而一平卻覺得他這番話多少有點自圓其說。

「你和金鑽呢？」靜堯順勢將話題一帶。「有沒有想過結婚？」

「還言之過早吧，我們眞正在一起還不到兩個月，」這話說出來後他先自感到不可思議，因爲實在不像只有這麼短的時間。島上的日子就是如此，不知世上已千年，尤其像他們來度假的，這種感覺更強烈，他和金鑽又是幾乎不分晝夜地朝夕相處。

靜堯笑笑道：「你別緊張，我不是來向你提親的，我只是問你，你有沒有想過要娶她，或不娶她，還是連想都沒想過？」

「是她叫你來探我口風嗎？」一平微笑道。

「這有甚麼分別呢，現在是我問你。」

事實上一平是想過的。他也像許多人一般將人生分成幾個必然的階段：學業、事業、家庭、養兒育女……而他的事業是較爲簡單的，不必爲它傷甚麼腦筋，繼之而來便是建立一個屬於自己的家庭，實踐更進一步的人生的歷程，這是非常自然的事情。下班回家有嬌妻相待、母親與嬌妻相互爲伴，或者更遠的將來——逗兒爲樂，這些畫面確曾像跌宕的潮水掠過他的腦海，給他帶來跳躍明朗的色彩。由此看來，這整件事情已經形成了一種自發性的向前的動力，如同滾下山坡的隆隆巨石，不由得他和金鑽不跟上前去。不論當初是因爲金鑽對他的含冤莫白賦予同情而感動了他，抑或是其他的原因，她就像個不速之客闖入了他的心扉，而且一點也沒有離去的跡象。

靜堯似乎在他的神態上得到某種令他滿意的答覆，道：「爸爸那邊你用不著擔心，我一定支持你，只要你對金鑽是眞心的，我相信他到頭來一定會諒解的。」

他站起來，撣了撣衣服，伸手將一平拉起，「走，到寶蓮寺去，看菩薩怎麼說。」

3

晚上與靜堯在碼頭分手之後，一平和金鑽一起回去長沙的度假屋。下了巴士還有一段不遠的徒步路程，他們在夜靜中走著，氣壓很低，具有神祕性的熱帶雨林的叢林之香充斥於四野，快到家門便聽到暴雨前的雷鳴響了第一聲。一平把金鑽送到度假屋門口，問她要不要到他那邊坐一會，但她說累了，想早點休息。

一平住的地方就在度假屋旁邊，從前是雜貨鋪的那幢村屋。于太太正在樓下的客廳看電視，一平坐下來陪她看了一會，到了廣告時間，她說：「你下午求了支甚麼籤，說甚麼。」

「都是些人生道理，沒甚麼特別。」

「是上籤嗎？」

「嗯。」

「是問姻緣嗎？」

一平有點訕訕地點點頭。

「那我一定要看。」

下午他們在寶蓮寺，三個人都求了籤。靜堯問事業，是上籤。一平知道他和金鑽問的大概是同一件事，當時便有點猶豫，倘若一人得吉籤，另一人得凶籤，那如何是好？不過最後他還是求了。金鑽求到的是莊子與惠施論魚的典故，一平粗略記得好像是說人既非魚，如何能體會魚在水中的樂趣云云。照理那涵義還算是正面的，不知爲甚麼只是中籤，金鑽很是失望，當時寺中沒有解籤的服務，她跑去問靜堯是甚麼意思，靜堯也不甚了了，叫她去問一平，她卻害羞不肯。

一平進房間把籤取來給母親看，上面寫著：

一條金線拜君心，莫以方圓論因緣；
為人平生心正直，路到窮時素心存。

源出阮籍嘯聞數百步的典故。據一平記憶是說阮籍喜歡駕車隨意獨行，不擇路徑，無去路時便痛哭而返。

「我不明白為甚麼反而是上籤，」他說。「路到窮時，那是窮途末路了，含有行路難的意思，所以阮籍才痛哭而返。」

「你沒聽過柳暗花明嗎？」

「那是另外的典故，跟這個沒關係的，怎能混為一談。這些籤文都是模稜兩可的，隨你愛怎麼解釋都可以。」

「可是意思是不錯的，叫你不要用死板的標準衡量姻緣，要本著良心，光明正大，這都是很對的，」于太太道。「你現在還年輕，我是不主張你太快決定的，一段感情要多受磨練，多經考驗，才會顯得更加可貴。她是個不錯的女孩，可是別忘了她始終是當慣了千金小姐，像我們這樣的人家，日子久了，那是很難說的，你自己要警惕一些，別暈暈淘淘的樂得甚麼都忘了。」

一平表示理會地點點頭。

兩母子又閒談一會便各自歸房就寢。一平靠在床上看了一會書，卻是心神恍惚，書上的字看在眼裏沒別的字，翻來覆去就是籤文上的「一條金線拜君心」。「金線」的「金」正好與金鑽暗合，雖說是巧合，他還是歡喜的。窗外陡地又起了一陣響雷，他起來憑窗外望，只見風雲變色，屋前的樹在濕濛濛的光暈裏像陀螺般的直打轉。他打開書桌的抽屜將十五歲那年于珍送他的那隻鑽石戒指拿在手上。送給你第一個喜歡的女孩，她說。早幾天前他便找了出來，但是決定不了要不要給金鑽，這時他覺得自己彷彿在一種癡癡病病的狀態之中，推門而出，他在風聲呼嘯中來到金鑽所居的房間樓下，只見窗戶半掩著，亮著燈，簾子上的印花翩翩地飄飛著。

他走上二樓，先把手按在門框上，定了定神。

薄薄的門扇應聲而啓，金鑽看著他，有一刹那，他以爲她會把門關上，把他關在門外。「還沒睡？」他微笑道。

「還沒有。」

「沒甚麼事，我來提醒你關窗……」他已經做好走的準備了，金鑽卻側身一讓，讓他進房。

「剛才的雷聲聽見沒有，」他說。「外面風好大，不知道會不會掛風球。」

這房間有兩張板床，可以容納兩個住客，他們撥了出來讓金鑽一個人住。此刻兩張床上雜亂無章地堆滿了衣服、日用品、旅行袋等物事。一平一進來便看見了，卻沒去注意那背後的涵義，這時便聽見金鑽說：「我想明天走。」

他沒有立時作出反應，只是站在那裏又看看四周的物事。他看見那件她喜歡穿的咖啡底白花的長裙、那件橙黃交織的泳衣、肉色的絲襪、珊瑚紅指甲油、梳齒間纏著長長的髮絲的梳子……

「爲甚麼？」儘管他並不太想知道。

「沒甚麼，我想回一回家。」

他在小桌前的椅子坐下，半晌才道：「是靜堯嗎？是他說了甚麼？」

「跟他沒關係，是我自己決定的。」

「住得好好的，為甚麼突然要走呢？」

「反正暑假快完了，我也該走了。」

一平見她一味搪塞，分明不盡不實，兩人之間那種心靈相通的感應不知到哪裏去了。

她坐在床沿，將一件衣服放在腿上用心摺疊著。她看來仍然是那麼嫻淑恬靜，一平相信不論發生甚麼事，她一樣會這麼輕描淡寫，不愠不火。有時他甚至覺得她像是戴著一副那種日本能劇的面具似的，他無法分辨這是出於極度的空白抑或是極度的委婉，然而他深深地被吸引著。他走過去把手放在她溫潤如玉的臉頰上。

「有甚麼事為甚麼不跟我說，難道你覺得我不可以跟你分擔嗎？除非過去的兩個月都是假的，你這樣說走就走，又不給我解釋，教我糊里糊塗的怎麼是好。」

「你說的都有理，」金鑽道。「只是……實在沒甚麼別的，我只是想回家一趟。」

「是這樣嗎？」

「就算是這樣吧。」

「你還回不回來？」

「我也不知道。」

一平縮回手來，忽然不想再對她好了。「一定是靜堯說了甚麼，他來以前甚麼都好好的，他今天來過之後你就說要走了，是他反對我們的事嗎？」

「不是的，」金鑽道。「你讓我走吧，又不是不會見面了。」

「本來是沒甚麼，但你決定得這樣突然……」

「這是我不對，你不要生氣。」

「生氣又怎樣，你還是要走的。」

金鑽委屈的低著頭不作聲。

靜默間，一扇窗戶砰的一聲打在窗格上，一平過去關窗，與外面的狂風拉拔了一下才關得上。幾粒雹子般的雨點從黑暗的天際重重的打了下來。他回過頭來道：「明早我來送你，」說畢便轉身出去了。

來的時候是乘興而來，怎麼也沒想到去的時候是敗興而去。他沒有立刻回家，逆著風沙頹然地來到海邊。海上風波險惡，偶然捲起一個極高的浪頭，宛如銅牆鐵壁在空中垂直地立著，稍停一兩秒鐘方始傾塌而下。他坐在沙地上呆看狂風怒潮，那隻鑽石戒指在褲袋裏橫梗著。一縷電光極其清晰地由高處曲曲下垂，在霎時的雪亮中可以聽見轟轟隆隆的雷聲如同盪氣迴腸的交響樂高潮將一切帶至最頂點。他覺得心裏痛快了一些，揮動手臂將那枚戒指遠遠的投向波濤之中。

回程的時候下起了大雨，他快步跑著，只要抬起頭來便可以看見金鑽的窗口明晃晃地亮在天邊，有幾秒鐘，他走著的路線彷彿與那明亮的所在形成了一條完美無瑕的直線，彷彿他們是同一條直線的兩端，然後，很快的，卻又錯開去了。

早上他去接金鑽的時候風勢已減弱了許多，卻下著鋪天蓋地的大雨，整個世界灰慘慘的，他問她要不要等第二天再走，她說如果船開的話，還是想今天走。坐巴士到了碼頭，渡輪倒是照常啓航，一平去替她買票子。這時兩人的下半截身子早已濕透了，他提著她的行李，站在篷下等開船。海水黃黃的非常渾濁，甩來甩去像醉酒鬼端著的洗臉水。

金鑽忽然笑起來，「我不是故意選今天的。」

一平也笑，「你恐怕要暈船，」他望望她又道：「到家打個電話給我。」

「好的。」

「今天我是不會出去了，這樣的天氣。」

他側過頭來，漫無目的地細看了看她，分明地感覺他和她是這樣的兩個人，在這樣的風雨之中，站在這個他們站立的地方，然後她就走了，他看著她上船，一股茫茫的愁緒極盡溫柔地撞向他的身體。

這場雨結結實實地下了許多個小時，一平在家等電話，左等右等，始終沒有金鑽的電話來。天黑得早，飯店早早就亮了燈，他和幾個來度假的大學生邊喝啤酒邊玩二十一點，心不在焉的將自己的兩張牌掬手裏瞧著。他聽見于太太叫他，回過頭去，只見她站在雨簾外急急地向他招手。

「是金鑽，」她等他過來之後說。「她回來了，在她房裏哭呢。」

他三步併作兩步的跑上樓梯，來到她房間的門前。她正坐在床邊揩擦著眼淚。

「怎樣了你？」他幾乎是沒好氣地說。

然而下一刻他們便緊緊地相擁著，心底充滿了失而復得的喜悅。

他看見她把行李也帶了回來，道：「沒有回過家嗎？」

「沒有，沒有回去過，」她說。

4

一平和金鑽從大嶼山回市區不久，黃景嶽便從英國回來了。兩人並沒有存心隱瞞他們的交情，很快的黃家上下包括遠在英國的于珍全都知道了他們現在是一對情侶。于珍還特地打長途電話過來細問端的，從她那隱晦的欲言又止的態度，一平摸不清她究竟是甚麼想法。

「你眞的喜歡她？」她這樣問一平。

「是吧，」一平道。

「這眞是想不到的事。」

「我自己也想不到。」

「這個……怎麼說呢……」他覺得難以作答。

頓了一頓，于珍又道：「你覺得她適合你嗎？」

「幸好你們不是眞的有血緣關係。」

「我媽也這麼說，」他笑起來。他和金鑽從來沒有考慮這個問題。假如不是于珍和母親提醒他，他根本就忘了金鑽至少是他名分上的表妹。

「她有甚麼看法呢，她贊成嗎？」

「至少她沒有反對。」

「開始總是容易的，」于珍道。「要了斷就難了，要好好的了斷就更難了。」

「姑媽，你有甚麼不放心嗎？」

「那倒沒有甚麼，」于珍含糊地道。「只是你們環境懸殊，我有些意外而已。」

一平不明白爲甚麼周遭的人都將此事視作大局已定，而他自己卻覺得只是初步而已，一年半載以後再來談論這些也不遲，在這種情況下他總是說：「還不知道將來怎樣呢。」

事實上，直到如今只要想到自己果眞是有了女友，而這個女友就是金鑽，他還是會不由自主的生出一種不可思議的感覺，彷彿不是他應得的，而金鑽的態度有時也教他感到不太可測，尤其是回到市區之後，她常常無緣無故的鬧情緒，對他忽冷忽熱，忽喜忽怒，難以捉摸。他想也許是環境的改變使她感到不習慣。連他自己也覺得與長沙時很不相同，彷彿回到家裏發現所有的傢俬都移了位，必須重新適應自己的家。

十月裏的一天靜堯打電話邀他去打網球，特別強調：「爸爸也去。」黃景嶽不良於行，自然不是去打球的。一平立刻明白靜堯的用意。

網球場在新界，據靜堯說從前是個破落的兒童遊樂場，其後由幾個財團合資改建成一個高級俱樂部，黃氏珠寶亦是投資者之一。到了那裏，球場上有兩個女孩正在對壘，一個是金鑽，另一個女的比金鑽稍微豐滿，紮著一條馬尾，頭上綁著額箍，身手矯捷地滿場飛躍。因爲和聖誕晚會那天的裝束迥異，一平一時沒有認出是施紘娣，他雖然不懂網球，也看得出金鑽完全不是對手。

十幾丈外的草坪上是俱樂部餐廳的露天茶座，由十幾級梯級引上去，藍白相間的遮陽傘下坐了幾桌人，和黃景嶽在一起的是兩男一女，那兩個香港人是嚴律師夫婦，另外那個棕紅頭髮的是瑞典人，靜堯介紹時特別提到是黃氏珠寶新上任的總設計師，曾在法國卡地亞的設計部門工作多年，將會爲黃氏珠寶推出一系列的革新設計。

黃景嶽只和一平略爲點頭招呼，此後便只顧和那三個人講話，爲了遷就那瑞典人以英語交談。一平一面喝冷飲一面觀看球場上的戰況。平常在電視上看見網球比賽，那悅目的場地和冷靜的比拚，體面而有教養的觀衆，球手美妙的姿勢和有品味的球服，這些東西所構成的一塵不染的畫面總使他感到那個世界距離他很遠，猶如掛在大公司總裁辦公室的一幅名家水彩。所以他總是比較喜歡看足球或籃球，那亂糟糟臭烘烘的場面至少使他覺得親切一些。如今親臨其境，他的感覺仍舊沒有改變，所不同的是其中一個球手是金鑽，使他多少有點關心則亂。

不久金鑽換了靜堯下場，她揩著汗，走過來靠著一平坐下。

「累了吧，你臉色不大好，」一平看看她。

「我有點不大舒服，提不起勁，」她連笑容都有點牽強。

「怪不得，靜堯說你今天失水準。」

「不過就算我狀態好的時候，我也是很少贏她的。」

有黃景嶽在場，一平不便老是和金鑽輕言細語的表現得過分親熱，談了兩句便轉頭觀看靜堯和施紘娣對局。對於桌子另一邊的談話他一直沒有多加注意，直到忽然聽見黃景嶽說起如何在校長的親自引領下參觀了寶鑽那家寄宿學校，寶鑽如何在一見之下便愛上了那饒具古風的校園、十八世紀的古鐘樓、窗明几淨的圖書館、花木扶疏的教堂天井、還有爲自然科目提供教材的溫室、鳥舍、花圃……不知爲甚麼他有個感覺黃景嶽這番話是說給他一個人聽的。

黃景嶽第一次與他直接交談卻又是問候于太太。

「哪天叫大嫂到我們家坐坐，我們老也看不見她，」他說。

一平聽在耳裏，心中自是一喜，回頭向金鑽打了個眼色，金鑽卻是淡淡的。

接著談起大嶼山。「倒沒想到金鑽對大嶼山印象這麼好，也許每個人骨子裏都有拋棄俗世反璞歸眞的原始慾望吧，就像你父親當年一樣。」黃景嶽有感而發地道：「其實我何嘗不想早點退休，種種花、看看書、去去旅行、找個風景好的地方養老，我還眞是滿嚮往的。可是費了數十年心血建立起來的基業，說不管就不管，總是有點放不下，不過生意是做不完的，一天肯做一天便有你的份，辛辛苦苦賺下來的錢，到頭來卻沒有時間去享用，不是太不值得了嗎？我想這是現代人普遍的矛盾。」

那對律師夫婦忙異口同聲地插口道，黃先生你老當益壯老而彌堅，剛剛還在談著在大陸投資的計畫，怎麼現在就說起滅自己威風的話來了……就把話題打住了。

到了午餐時間，一行人起身進入室內的餐廳，侍應爲他們準備了一張長桌，一平坐在金鑽和施紘娣中間，跟黃景嶽幾個人打對面。施紘娣一坐下來便掏煙點火，還殘留著汗跡的蜜糖色的手臂擺出漂亮的姿勢。她的一舉一動都有點像個高級產品的廣告，由於演技超羣，看上去卻沒有造作或者討厭的感覺，反而是她身上結合著的那種豪放與嫵媚的雙重特質讓人覺得她與衆不同。

坐在她旁邊的靜堯只顧和那瑞典人說話，以致她有點受冷落，一平過意不去，搭訕著問她打了多少年網球了，打得這麼好。

「有力氣拿球拍的時候便開始打了，你呢？」她禮貌地回問。

「我的第一球還沒發出去呢，」一平笑道。

「眞的？那麼吃完飯我來跟你打，我教你發第一球。」

「像你這樣的水平，跟我打一定沒意思。」

「不要緊的，我教人有經驗的，我弟弟就是我教的。」她笑一笑又道：「打球其實沒甚麼特別的訣竅，個性不同球路就會不同，像金鑽就比較老實，在別人久攻之下，那是一定會輸的……金鑽，我這樣說你不介意吧？」她越過一平向金鑽道。

「我怎會介意，」金鑽抬頭笑笑。

「我也看出你攻擊力很強，反應也快，」一平道。

「這不光是技巧上的問題，有一部分是心理戰，這是我從前的教練說的。我想我是比較自信的。」

整個下午，她果然放下了平常那種強勁的球鋒，耐心地一球一球與一平對局。這一天的聚會對於一平而言可說是相當圓滿的，黃景嶽等於公開認同了他和金鑽的交往，而當他發出了第一個漂亮的發球之後，他甚至感到這個球類也並不是他想像中的那麼遙不可及了。

5

金鑽說想去公園走走，他們便約在公園見面。打網球那天之後一平連續約她兩次她都推說身體不適沒有出來，儘管他將其歸咎於女性的生理週期變化，仍舊莫名地感到不安。今天是她主動約會他的，他放學趕來的時候她已經到了，將一隻手肘曲在圍欄上望著裏面的孔雀。一平走到她身邊，她沒有回過頭來，兩人一起觀賞著那隻孔雀拖著百多隻眼睛在草地上高視闊步的姿態。

「不知道今天能不能看見牠開屏？」金鑽道。

「你穿得太素了，」一平笑道。「聽說要鮮豔的顏色才能逗得牠開屏。」

「有時在服裝店裏，女售貨員說，這顏色是孔雀藍，也不覺得有甚麼好看，也只有在孔雀的身上看見的時候才覺得原來眞是好看的。」

「我記得看過一本關於生物進化的書，」一平道。「作者將孔雀和螞蟻代表生命本質的兩極，孔雀顧盼生姿，外形極美，以驕人的色相吸引異性的配偶，除此之外一無所長。螞蟻卻是另一個極端，不但不美，而且勞勞碌碌，忙個不停。兩者以不同的方法各自尋求繼續生存的途徑。我想，人也是一樣吧，有的是孔雀，有的是螞蟻，乍看是螞蟻命苦，但孔雀也不一定快樂，你看，牠不是被關在這裏面嗎？」

「那麼，你說我是孔雀，還是螞蟻呢？」金鑽微笑著問他。

「你嘛，我不知道，不過我倒可以肯定，我是一隻地地道道的平凡的螞蟻，」一平笑道。

這麼說著，他不由得想起施紘娣來。她確然是一隻名副其實的美麗的孔雀，他想。這時他才注意到金鑽今天顯是經過特意的修飾，化妝比平常濃厚了些，口紅的顏色很嬌豔。他後悔剛才白白放過了讚美她的機會。你是一隻美麗的孔雀，他應該說。用一些哪怕是稍嫌誇張的言辭讚美自己的女友，這是天經地義的事情，爲甚麼他總是不懂得這樣去做呢？有時他覺得自己實在還不懂得怎樣去對待金鑽，對待一個女友，使她歡喜，也使自己歡喜。不知道世上有沒有萬無一失的方法像武功祕訣一般記載在祕笈上。他不禁對自己灰心起來，但是只要能跟她一起，靠近她，觸摸她，他便感到有生氣。他問她身體復原了沒有，她百無聊賴地一笑。

他們開始向公園的內部走去。陽光並不猛烈，卻仍然輕微的燒灼著露在衣服外面的皮膚。草坪上一片淺淺的綠意，從那迎風張闔的毛孔已經可以感知到秋天將臨的信息了。一平習慣的就想去拉她的手，但她把手藏在裙口袋裏，不拿出來。他覺得自己是受到她的感染而沉默的，卻不知她是甚麼緣故。微風時動時止，將他們的頭髮往臉龐兩邊向後拂著。

到他聽見金鑽說話，卻是問他一個難以回答的問題。她說：「如果我跟你說，我現在就想結婚，你願不願意？」

一平莫名的心裏一沉，笑一笑道：「爲甚麼這樣問？」

「你別管爲甚麼，我只問你，你願不願意？」

當他發現自己心裏並沒有預備好的答案，他不禁萬分惶恐起來，好像做錯了甚麼事情。

「你突如其來的這樣問，教我怎麼答覆呢？」他避重就輕地道。

金鑽有點頹唐地看著他。「我是願意的，」她說。「我想你知道，不管發生甚麼事，不管你對我怎樣，我是願意的，我願意現在就和你結婚。」

他們繼續往前走，一平感到那微微起伏的丘陵像波浪般在他腳下翻動著，像經過長久的航程的人剛剛踏上了陸地。

她要提出分手，他心想。

這時金鑽那邊又發出了聲音，一邊走，一邊說，我有了程漢的孩子。

起初一平只是感覺到她在風裏輕輕忽忽地說了一句話，其後由於過度的驚訝與不相信，他又覺得也許她並沒有說那麼一句話，也許她甚麼都沒有說。到他恍恍惚惚似眞似幻的明白了過來，因爲正在走路，而這動作使他得某種寄託，他便一直低著頭，一步一步走了下去。

他們走進一片由台灣相思組成的小樹林，鮮黃的茸花落滿一地，無數歪歪斜斜的陽光的三角形在枝葉間閃爍著，但他明確地感到此刻的心情與前一刻的差距，已是陰陽兩隔的分別了。

金鑽像是不帶思想感情地往下道：「程漢走了之後，在外面情況不大好，常打電話來找我。他在我們家時一直待我不錯，我也把他當朋友，我很同情他，去見了他幾次，借了點錢給他。他求我幫他向哥哥說情，我也答應了……」

一平想阻止她說下去，但是又忍不住往下聽，全心全意地聽。

「我想把孩子打掉，但是我很怕……我有個舊同學做了之後有後遺症，以後都不能生育了……反正不知爲甚麼我就是怕得不得了，我也不知道應該怎樣去做這些事，又不敢告訴人，家裏的人我是不能讓他們知道的，爸爸一定會把我打死……不知爲甚麼我就想起你來，我想你也許可以告訴我應該怎樣做，幫我想個辦法，我下了很大的決心才到你學校找你，可是到我見到你以後，我又……我又沒辦法說出口，你對我們家本來就沒有好感，要是你知道了之後，一定會對我很反感，不齒我的爲人，認爲我是一個下賤的人……」她掩著臉痛哭起來，淚水從她的手指底下不斷線地往下淌著，留下一條條的濕痕。

一平手扶著旁邊的樹幹，那粗糙的樹皮抵觸著他的掌心，除此之外他像是沒有別的感覺了。過了良久他才道：「你到學校來找我以前，就已經知道有了孩子？」

金鑽淒然地點點頭。「也許你很難相信，但我從來沒有想過事情會變成這個樣子，就好像我只要閉著眼睛往前面走就行了，而你居然也對我好，這是我怎樣也想不到的，我……我更不敢告訴你了……」她緩緩走過來跟他扶著同一棵樹的樹幹，抬起滿是淚痕的臉看著他，「怎麼辦呢，一平？」

「閉著眼睛的人是我呀，」一平道。「你爲甚麼不早點跟我說，那時我問你跟程漢的關係，你就應該告訴我。」

「後悔已經太遲了，」她無助地說。「我眞是後悔……你不會原諒我了，是嗎？」

「程漢知不知道這事情？」

「我不敢告訴他。他一定會糾纏不清，要跟我結婚，這是他求之不得的。但我是不能跟他結婚的，我去長沙也是想避開他，你想想，我怎能跟他一起過日子，我怎能讓孩子有一個像他這樣的爸爸。」

「爲甚麼你當初就沒有想到這一點？」一平不覺提高了聲音，「你當初同情他，把他當朋友的時候，爲甚麼就不想想會有甚麼樣的後果？」

金鑽又哭了起來，「是的，我沒有想到……」

「你太錯了，」一平痛心地道。

「是的，」她悲咽著道。「但我不是誠心欺騙你的，你要相信我。」

一平的視線不自禁地移向她的小腹。只差一點點，這裏面的便是他的孩子。只差那麼一點點。這想法使他感到難以忍受的酸澀。她在長沙的鬱鬱不樂，那回風雨中她的去而復返，近日來她的敏感善變……許多從前覺得不可解的如今都得到了合理的解釋，然而又是何等不祥的解釋。

「我不知道……」他木然地道。「你這算不算是騙了我？你說呢，我算不算是上了你的當？」

「我想跟你結婚，」她掙扎著道。「這是眞的，我沒有騙你。」

「還有呢，還有甚麼是沒有騙我的？」

「我想過跳進長沙的海裏。」

一平蒼白著臉，定定地凝視著她，這個曾經帶給他綺靡的幻想、美好的憧憬的女人。然而，就在這短短的時間內，她在他眼中已經從一個特殊的、萬中選一的女人完完全全地變回了一個最最普通、最最平凡、與世界上千千萬萬個女子毫無分別的一個女人。現在他一點也看不出她有甚麼與衆不同之處。甜蜜相依、滿懷希望的守候、心滿意足的占有，全死了。他看著她因爲揩抹淚水而嘴唇周圍漫著狼藉的口紅，心中感到難以言宣的惆悵。他忽然有慢慢向地上倒了下去的感覺，但他仍好好地呆立原地，眨了眨眼睛，不能相信天色仍然如此明亮。他還是他。

金鑽像是決心不再用感情來打動他，靜靜地道：「我想過要是能得你做孩子的爸爸，就甚麼問題都解決了，我承認我有過這樣的私心……不管你怎麼想，當我存心欺騙你也好，虛情假意引誘你也好，我求求你，就當幫我一個忙，把孩子當作是你的，孩子生下來之後，我們可以馬上離婚，你想要怎樣都可以，但是……只求你幫我這個忙，你就當作是……一樁交易，那也由得你。」

一平沒有說話。他知道即使他矢口否認孩子是他的，也不會有人相信。經過這幾個月來的密切交往，加上網球場那天與黃景嶽的會面，誰都認定了他就是金鑽的親密男友，最有可能成爲她丈夫的人。孩子不是他的又是誰的？據理分辯，只有更坐實了他是個不負責任玩弄女性的男人。而現在，縱使與金鑽結婚，也免不了落個奉子成婚的惡名，黃景嶽也許會恍然大悟關於寶鑽那次的誤會根本不是誤會。先是寶鑽，繼而金鑽。我早就知道他是個這樣的一個不知自愛的人，黃景嶽會想。一平不禁在心中苦笑。他覺得他彷彿在黑夜裏失足掉進了泥淖沾了滿身的臭泥汚，跳進黃河也洗不清。

第四章

1

不出一平所料，黃景嶽果然大發雷霆，打電話來把一平罵了個狗血淋頭，用宣判官的口吻對他說以後不想再見到他，也請他從此不要踏進黃家的大門……在一平而言這就像是一枚棋子準確無比地落在棋盤上最正確的位置，使一切變得更完整。

假如有人問他，爲甚麼和金鑽結婚，一平不能肯定怎樣才算是誠實的答覆。是他婦人之仁，未能忘卻舊情，爲她的哭求所動？抑或是他因極度的幻滅而自暴自棄，沒有加以愼重的考慮？還是因爲他自知已深陷彀中，而將錯就錯……一平覺得這幾個答覆都有幾分對，卻又不是眞正的癥結所在。事實上，假如不是金鑽先和程漢發生了這樣的事，說不定就是和他。他自問不是一個坐懷不亂能夠抗拒一切誘惑的鐵漢子。他也確曾對金鑽想入非非，編織過旖旎的幻境。他們發生更進一步的關係，只是時間問題，也未必是在結婚之後。基於這一點疑念，他無法心安理得地把自己看成一個全然無辜的受害者，從而置身事外。事情等於是他做下的——有時他甚至有這樣的錯覺。

他和金鑽在新界的一個婚姻註冊處舉行了簡單的結婚儀式，除了于太太只有靜堯和施紘娣在場觀禮。金鑽爲了掩飾日漸隆高的肚皮穿了一件雪紡質料的直身裙，斜托著一束百合，表情空白，交換結婚戒指時一平感覺到她顫抖得很厲害，雖然天氣並不冷。

于太太作夢也想不到事情會落到如此慘澹的地步。她一點也沒有疑心另有內情，以爲一平早在暑假以前便和金鑽交好，沒有告訴她。傷心失望之餘，她持平地認爲理應由男方負起大部分責任，曾經嚴厲地指責一平少不更事。沒多久她那樂觀的天性便又毅然抬頭，將全副精神集中在將要升級爲祖母的意念上，務求讓這對新婚夫婦的生活過得盡善盡美，雖然在一平的堅持下不辦婚宴，她還是把歷年來爲兒子的婚事準備的一筆儲蓄拿了出來，將房子由裏到外裝修得煥然一新。她不止一次的提醒一平，金鑽甘願拋棄榮華來跟他做貧賤夫妻，理應善待於她，至於黃景嶽，再怎樣他也是金鑽的父親，天下間沒有一個父母忍心將兒女永遠摒絕於門外，相信假以時日他會慢慢的回心轉意，身爲後輩的應該退讓一步，但她很快便發覺兒子一點也沒有退讓的意思。

金鑽在于家安心地過起家庭主婦的日子來，將她在長沙所表現那份勤快和幹練完整無缺地全套搬演過來。她彷彿是莊子和惠施所談論的那條水中的游魚，優哉游哉地享受著不爲人知的綠波橫斜的樂趣。所遺憾的是一平對她始終若即若離，漠不關心。于太太覺得這個媳婦沒甚麼可挑剔的，因此兒子對待她的態度便十分不可解了，起初她將其歸咎於一平和黃景嶽之間的心病，但是日子既久，她便發覺問題也許正存在於他們夫妻之間，金鑽越是逆來順受，一平越是不近人情，總而言之這個兒子在于太太眼中變得越來越深沉、越無可理喻了。她一點也不知道他在想甚麼。

一九八五年的三月金鑽產下一名男嬰。一平從一開始便保持著一定的距離，金鑽爲命名的問題徵求他的意見，他不經心地說，叫甚麼都好。後來他在出生紙上看見那名字是于龍駿，覺得十分礙眼，同時有些驚訝金鑽會取一個這樣有野心的望子成龍的名字。他碰都不碰他，橫豎家裏兩個女的把他當寶一樣，一切育嬰的事務都毋須他這個名義上的父親動手。他每天回家總是聽見她們「龍龍、龍龍」的叫個不停，捏著喉嚨怪聲怪氣的發明各種嬰兒話，很肯定小孩一定愛聽似的。

就是從這時起，金鑽開始一回兩回的抱著孩子往娘家跑，似乎她與父親已呈破裂的關係由於孩子的誕生又得以彌縫癒合。于太太沒有說錯，黃景嶽不咎既往地讓女兒重投家庭的懷抱，並且對孫兒十分珍視，盡情溺愛。一平對此採取冷眼旁觀的態度，不管金鑽怎樣幾次三番向他暗示父親已經願意接受他們的婚姻，或者于太太怎樣從旁慫恿他陪伴金鑽到黃家探訪，他始終不爲所動，沒有任何願意修好的表示。

但是對於嬰兒他終於無法完全的無動於衷。嬰兒滿週歲時于太太動員全家到照相館照了張全家福，相片沖出來後放大了掛在客廳當眼的地方，一平不能避免地常常看到，久而久之，漸漸的也就覺得這確然是他的家，屬於他的小小的王國。程漢已經消失在外面廣大的人海中，永遠也不會知道這裏有他留下的骨血。他開始喜歡把嬰兒抱在懷裏玩耍，餵完奶後輕拍著他的背部幫他順氣，在他哭鬧時將他放在臂上搖到肩膀痠疼，以能夠將他安撫入睡而引以自豪。他開始嚐到作爲一個父親的樂趣，也希望自己會是一個好父親。

十二月了，天氣冷了起來，這一天金鑽從娘家捎來于珍從英國寄來的她手織給龍駿的小毛衣，婆媳倆很高興的立刻幫他試穿在身上。事實上這年多以來金鑽陸續從娘家帶回不少禮物，由黃景嶽和靜堯買來的玩具更是多到沒法處理，而每次一平看見便有種刺心的感覺，彷彿這是對他的一種諷刺，因此在金鑽回娘家的日子他總是特別沒有幽默感。

「等你吃晚飯呢，」他不悅地說。「等了你一個小時了，你乾脆留那邊吃飯不就得了。」

「回娘家總是這樣，」于太太道。「一說話就忘了時間。」

他們張羅著把菜餚重熱了一下，舀出湯來，又把龍駿放在小車裏安頓在飯桌邊，才坐下來吃飯。

「本來說好吃完飯一起出去看聖誕燈飾的，現在不用去了，你看幾點了，」一平向金鑽道。

「下星期不也一樣嗎？」于太太道。

「我是想著早點回來……」

「我一個星期才這麼兩天假期，忙起來就只剩一天，你每次跑得人影不見，想一家人做點甚麼總是做不成。」

「平常爸爸和哥哥都要上班……」

「我也要上班呀，難道你忘了？」

金鑽低著頭挑碗裏的飯粒，不作聲。

「你少說兩句吧，」于太太道。「金鑽倒也不是每個星期都回去……你瞧瞧你兒子，盯著你看呢。」

一平回頭看了看龍駿，便不再說了。

于太太往他的新毛衣上摸了一把，「倒想不到阿珍的功夫還沒丟下……她在那邊怎樣，到底病好了沒有？」

「她說醫生說她已經好了七八成，」金鑽回答道。「一個人出門已經不成問題，只是怕她像上回那樣，回來之後情況又再惡化，所以想盡量讓她治療得徹底一些。」

于太太微吁著道：「我記得她年輕的時候性格便有點奇怪，特別靜，特別的內向，最討厭人多的地方，她心裏認定了一個人便甚麼都是依附著那個人，眼中再也沒有其他人了，從心理上來說不是那麼健康。」

「這也沒甚麼不對，」一平忍不住幫于珍說話。「其實每個人都是一樣的，只是不像她那麼執著罷了，我們都比較容易妥協。」

「她有沒有打算甚麼時候回來？」

「也許等妹妹上了大學吧，」金鑽道。「現在家裏冷清得要命，哥哥在淺水灣買了房子正在裝修，大概明年初就搬出去了，到時候山頂那邊只剩下爸爸一個了。」

「年紀大了，總是希望兒女都在身邊，但是兒女長成了，又難免各奔前程，有時候想見一面都難，這裏的左鄰右舍我看見不少這樣的情況，」于太太感慨地道。

「可不是嗎？」金鑽接口道。「爸爸一看見龍龍就眉開眼笑，弄得我怪不忍心的，從前他大部分時間都在廠裏倒不大覺得，近兩年他在家的時間多了，很多事情都交給了哥哥，我就覺得他眞的老了，想想他也是六十多的人了……」

一平一語不發，撂下筷子起身便走。他一個人回到房間坐在桌前生悶氣，自己也弄不明白到底是爲了甚麼。他聽見婆媳倆開始收拾碗筷，唧唧噥噥地低聲說話，想必又在談論他，說他多麼的偏執倔強，如何與父親當年的脾氣如出一轍。他拿起紅筆開始批閱學生的作業，莫名所以地想著自己從一個一字不識的嬰兒，到了今天，隨手拿起一本書來已經很少會遇到不認識的字，細想起來，這中間的過程是如何的漫長、繁難，但他總算是走過來了，這使他在許多時候感到心裏很踏實，很強固，可是爲甚麼，面對自己的人生，他又會感到這樣的一籌莫展。

金鑽進來過一趟，將孩子放在大床上，用枕頭和被子在他周圍堆成一個小山窩，又出去了。一平過去躺在床上逗小孩玩。他長得非常健壯，關節的部位深深的摺了進去，那嬰兒的味道甜甜的異常貼心。他那和尙頭的頸後有兩條橫褶，一平輕輕的搔著，逗得他直笑，口水順著嘴角流了出來。據說嬰兒天生具備大人業已喪失的靈性和直覺，有時一平會想，不知道小孩是否在意識的深層感覺到此刻與他臉偎著臉的並不是他的親生父親，托著他後腦的手其實應該是一個叫程漢的人的手。他在小孩的身邊越躺越舒服，不知不覺竟睡著了，再睜眼時發覺身上蓋著薄被，金鑽坐在床沿用一條毛巾揩拭著洗過的頭髮，粉末般的水珠濺到他臉上。

「媽在幫龍龍洗澡，」她說。「我看你睡得香，沒叫你。」她繼續著揩髮的動作，又道：「我知道你不高興我回爸爸那邊去，可是……他雖然沒有說甚麼，我知道他已經不再計較從前的事了。他又很喜歡龍龍，如果你跟我們一起回去，他一定會很歡迎的。」

你爲甚麼要計較呢，她擺明在說。她穿著她那件淡黃色毛巾料子的浴袍，他可以感覺到熱水浴後那乾乾淨淨的清水的氣味從袍子裏熱絲絲地散放出來，從他的角度，可以看見寬寬的袍袖裏她那靈活的肘彎，拱起的衣領間那丘陵隱現的胸脯，那媚感的曲線如同羅丹的雕塑意味著溫柔、豐盛。他覺得金鑽在這個時候跟他說這些話，就彷彿在說，你眞傻，現在你有了我，任你合法而盡情享用的妻子，你爲甚麼不盡情享用呢，爲甚麼要自尋煩惱，把輕輕易易就能解決的事情弄得如此難堪。

「那時候他打電話來是怎麼說的，你都忘了嗎？」他說。「言猶在耳，我可沒有忘記。我做的事我負責，他說過的話他也要負責，你認爲這樣很過分嗎。」

「那是他在氣頭上的話，你怎麼這麼認眞？」

「做人怎能不認眞，」一平淡淡地道。

「你要認眞到幾時呢？難道就這樣下去，老死不相往來？平常有甚麼事你總是主張息事寧人，大而化之，爲甚麼獨獨這件事你這樣鑽牛角尖？」

「這是不同的，」一平道。「我不像你，可以當作甚麼都沒有發生過，嘻嘻哈哈若無其事地活下去，這是你比我強的地方。我就不行，我不知道爲甚麼。」

金鑽不再說下去了，但是那晚上睡覺的時候她特別的對他表示溫存，癢酥酥的鼻息吹著他鬢腳的細髮。她在他耳根說：「我想跟你生個孩子。」

一平立刻將耳朵挪遠一些，「我說過了，我不想再要孩子。」

「你不想要一個自己的孩子嗎？」

「小龍就是我自己的孩子，我把他當作親生的一樣。」

「我知道，這個我很感激你，可是……」

「不要再談了，好不好？」他翻了個身，背對著她。

黑暗中，只有街上的車聲偶然干擾他們的沉默，誰也不知道下一句話引向何處。

一平再也想不到金鑽會說：「你想離婚嗎？」因爲聽不見他的回話，又說：「這是我答應過你的，龍龍已經一歲了，假如你想離婚，我可以帶他走。」

一平沉默了一會，道：「你呢，你想不想離婚？」

金鑽半晌才道：「我心裏是不想的，但是我不想看見你不快活……」

「你快不快活呢？」

「至少我是跟你在一起，但是我怕將來有一天，你會討厭我，再也無法忍受我了，那時我怎麼辦好呢，那還不如現在就……」

會不會呢？一平覺得很茫然。「我沒甚麼，你別亂想……」

她雖然極力不想讓他聽見，他還是聽見她哭了。他的冷酷深深的傷害了她。一平伸出手去表示理解地慰撫她。他也知道自己有時像是愛她突然又不愛了。他對她的感情忽來忽去像個情緒化的客人。難道要聽見她的哭聲才願意給予她慰藉？已經落到這樣的地步了嗎？在他的深心裏，他知道她是待他好的。即使當日他們是因爲純粹的愛情而結合，不見得她今天會更愛他一些，而他們的感情更堅貞；反過來說，即使當日她確曾懷有某種私心或動機，利用他或者欺騙他，也不見得她今天會少愛他一些。生命中如果沒有了這個女人又會如何？占有是一件微妙的事情，一旦擁有了一件物事，不管帶來的是多大的苦楚和煩惱，隨之而來的便是種種將它挽留下來的原因。龍駿、金鑽、母親……他想起那個古老的數學難題，一個旅行者攜帶所有的財產來到河邊，一頭狼，一隻羊，一棵椰菜球。他發現唯一的渡船只能同時安全運載他自己以及其中一樣財物，他必須設想一個十全十美的運輸方法方能避免任何錯失，否則狼會吃了羊，羊又會吃了菜。結果他發現必須來回渡河七次方能完好無缺地將所有財物連同自己運載到河的對岸，但是他的人生只有一次，沒有七次，他能帶著他所有的財物安全地到達彼岸嗎？

2

龍駿兩歲那年暑假他們一同回去長沙。這時他們夫婦的關係已大致塵埃落定，不管這種片面的和諧來自消極的妥協抑或只是時間的功用，至少有時竟也給予外人一種美滿姻緣的印象。回到長沙之後，那些沙連海海連天的情景不禁教一平回想他和金鑽的一切可以說是從這裏開始的，他們相戀時的那些充滿愉悅的片段如同水中的倒影映入他搖搖的心海。金鑽想必也有感於此，有幾次他們相望著，幾乎就能感覺到在時光的迴轉中，半空裏又架起了喜鵲的橋樑，仍然是昔日那個人和自己心連著心，而那些日子的溫馨和純美又復唾手可得。

一天下午金鑽在度假屋後的菜園被黃蜂螫了一下，右手的整片手背紅腫起來。于太太和鳩嬸都各有療傷的土方，鳩嬸很有把握地說用童尿一敷就好，拿起杯子就要龍駿往裏面撒一泡尿，金鑽忙向一平施眼色，一平便拉著她逕去梅窩那家西醫診所找醫生，不巧主治醫生這個時間不開診，兩人只得坐船到香港，在中環隨便找了個西醫診視，等他們啓程回島已是將及晚飯的時分了。

那天本來就是個雲根深重的陰天，船開到一半，傾盆大雨迎頭罩下，如同災難片的特別效果，天色一下子黑了下來，從船艙望出去，泊在海峽間的桅桿寂寂的貨船在雨中半明半滅。他們出來時誰也沒想著帶傘，下了船，停在碼頭的幾部計程車立刻被人搶搭一空，幸而馬上又有一輛空車駛來，一平正要迎上去，卻被一個女孩打橫裏冒出來截停了。跟她一起的還有兩個人，她撐著傘開了車門讓他們上車，自己卻不上去，只是從其中一人手裏接過另外一把傘，「砰」的一聲關上車門，隔著窗子跟裏面的人招了招手。待她回過身來一平才看清楚是個二十多歲的年輕女孩，她猶豫了一下，微笑一笑道：「你們等車？」一平說是，那女孩道：「眞不好意思，我沒看見你們，不然讓你們跟他們一路。」

「沒關係，」一平道。「反正不一定順路，等等就有了。」

「吃晚飯嗎？我們飯店就在那邊，」她往海灣那邊揚了揚手，「你們來過嗎？」

一平這才明白她是那家碼頭飯店的女侍應，來送顧客上車的。「還沒有呢，」他笑道。「倒是經過很多次了。」

「來吃個晚飯吧，回頭就有車了，不吃坐坐也好，我打電話給你們叫一輛，」那女孩道。

一平和金鑽互望了望，她無可無不可地道：「你說吧，我無所謂。」有一平在，她向來是不大出主意的。

人家這樣盛意的邀請，一平覺得不大好意思拒絕。這時那女孩又催促道：「來吧，哪，這把傘給你們。」

他們撐開傘尾隨那女孩向飯店走去。那地方緊靠著海邊，從一條小巷往裏走，巷頂用塑料布搭起了遮蔽風雨的帳篷，這時被雨水的重量墜得從中間凹陷，不斷有髒水成串的掛下來落在傘上，那個女孩活潑地邁動著高捲著褲管的小腿在他們前面帶路。

裏面別有洞天，明亮的燈光下倒有一半位置坐了人，廚房嗤嗤啦啦炒菜的聲音以及加了調味的菜肉的香味使得人精神猛的一振。那女孩將他們安排在近欄杆的一張四人方桌，隔著積水成流的透明雨簾，遠遠看得見銀礦灣酒店的燈光在雨中浸成濕漉漉的水彩。一平看金鑽有點疲倦似的，問她是不是累了，她說還好，不算太累。他自己卻興致很好，向那女孩點了珍珠鮑和芥蘭牛肉。她端了兩杯茶過來，擺上碗筷。金鑽把那燙熱的茶杯在受傷的手上熱敷著，說那樣很舒服，然後他們不發一言地等著上菜。過了一會一平才意識到那種不習慣的感覺也許源於他和金鑽已經許久沒有這樣單對單的在外面吃飯了。上一回已經想不起是甚麼時候，平常不是帶著龍駿就是和于太太一起。也許這個事實比任何事實更說明了他們是一對夫妻。

從點菜、上菜、到結賬，那女孩不住斷斷續續地跟他們說著閒話，問他們在哪裏住，是不是來度假。她老是笑嘻嘻的笑容可掬，態度從容的與顧客搭訕，同時又不忘照顧她的顧客，一平直覺地感到自她來了之後，這家飯店一定生色不少。她聽說過長沙的度假屋，她自己卻很少到那邊去，這爿店是她姊夫的，她說，她只是趁放假來幫幫忙。

「那麼你是學生了，」一平道。

「早就不是了，」她笑起來眉毛彎彎的像下弦月似的。

一平問她是做甚麼的，她笑笑的不說，眼睛直率地看著他。「不過我知道你是做甚麼的，你教書的。」

「你怎麼知道的？」

她卻又跑開了，回來的時候指著金鑽包紮著紗布的手問是甚麼事。她說小時候給黃蜂螫了，母親給她用新鮮荔枝去殼擦傷口，第二天便消了腫。「我們剛好有些新鮮荔枝，你們帶一點回去試試看，」她慇懃地道。

倘若不是有她常來說笑幾句，他和金鑽這頓飯就會冷清得多了。這時在光管齊照的情形下比先前在雨中將她看得更分明一些，她走路時那種好看的動感和節奏，一平很少在城市女性的身上看見。她的相貌甜甜的，然而是生活在陽光下的農家女的那種健美的甜，長頭髮一絲不紊地梳了一條末梢微微上翹的馬尾，身上那件黑色低領的衣服有點像舞蹈員平常練習的練舞衣，將她的身段襯托得分外修長。一平看見有個年紀比她大一倍的女人老是嬌妹、嬌妹地叫她。

結賬時那女孩過來說已經替他們叫了車，五分鐘就到，順手將一把傘往桌邊一勾，叫他們拿去用。她也並沒有忘記荔枝的事，用膠袋盛了一束讓他們帶走。

第二天金鑽便發了病，頭痛發燒，又有點咳嗽，也不知道是在雨中著涼還是那隻肇事的黃蜂。這次他們採用了鳩叔的意見，請來一個與他相熟的略懂醫理的棋友來替金鑽把脈，含含糊糊的甚麼外感內熱水火不調的批了幾句，瞇著滿是眼垢的黃眼開了一張藥方。于太太說還是上環余仁生的藥比較可靠，於是一平又乘上了前往梅窩的巴士。

斜風細雨，從車窗眺望，那滴著水的樓房與山林格外有一種靈山秀水的情致，下車時他有意無意的往那家飯店的巷口看了一眼，當然不會那麼巧那女孩剛好在這個時候出現。他沒有把向她借來的那把傘帶來，因爲下雨天巴巴的去還傘終究有點可笑。他很想過去看看她在不在，又想假如見到了她不知道該說些甚麼。他就這樣胡思亂想地過海抓了藥，又提著藥趕回來。

回到家裏他把藥交給了于太太便到二樓看金鑽。她正靠著枕頭和龍駿玩著一個小布球，他還只懂得發球而不會接球，金鑽把球拋給他，他就瞪著眼珠看著它自己落下來。一平伸手到金鑽的頸窩探了探她的熱度，問她覺得怎樣了，又用臉偎了偎她的額頭。她的肌膚涼涼的像是沒甚麼生命似的。

「我沒事，就是有點胸口作悶，睡過一覺好多了，其實不喫藥也行。」

「買回來了，媽在煎呢。」

他一把抄起小孩道：「叫爸爸。」那小孩便「打、打」地叫了起來。

「你這個語言學家，」一平笑道。

他拿起金鑽的手在紗布上輕按了按。

「好多了，」金鑽道。「那個醫生的藥挺管用，我看明天就可以全好了。」

一平看了看床頭原封未動的荔枝道：「你沒試試這些荔枝？」

「這些土方怎能信的，果眞這麼靈誰都可以當醫生了。」

一平拖了張椅子坐在床邊，讓小孩坐在大腿上。

「今天吃過這副藥看看怎樣，如果不行明天我和你出去看西醫，我看叔公那個棋友也是個半桶水。」

「我沒甚麼，我想還是昨天晚上著了涼，坐在那海邊吃飯，菜一上桌就涼了，那風從簾子底下直吹著我的腳，風風涼涼的，我直發抖。」

一平這才知道她對昨晚那頓飯有這許多意見。

「你當時怎麼不說？」

「吃著飯怎麼說。」

「至少可以挪個位置。」

「我看你吃得高興，也就算了。」

「你就是這樣，這又何苦呢。」

他輕撫著她那露在被外的青白的手臂，臂彎處那青色的靜脈血管淸晰可見，如地圖上的河流，他用指頭多肉的部位在上面輕劃著。「你瘦了，」他說，他俯下身來將臉湊在上面嗅著。

金鑽摸了摸他的頭，「你怎麼了？」

「沒甚麼，」他拈起一顆荔枝剝了殼，和龍駿兩個分著吃了。

雨後放晴，洗濯過的景物就像家裏大掃除後的家具讓人感到心曠神怡。早上一平來到梅窩，正好看見那家飯店的女孩搬了張板凳在巷口的太陽地裏蹺起了腿看報紙。她看見一平便笑著打了個招呼。一平把傘還給她，「那天謝謝你了。」

「哪裏，你們走的時候我正忙著，都沒有送你們，眞不好意思，吃過早餐嗎？」

「吃過了。」

「進來喝杯茶，來，」她說話的那種率眞的語氣教人感到難以拒絕。

到了裏面，她說：「喝甚麼？」

「奶茶吧，」一平道。

他隨便找個位置坐下，那女孩很快便端來一杯奶茶擱在他面前，「請你喝的，」她忽然有點赧然似的，「你太太的手怎樣了？」

「好多了，已經消腫了。」

「那些荔枝管用嗎？」

「很有效，謝謝你。」

「你眞的不要吃點甚麼？我給你做個三明治？」

本來像她做侍應的這樣問他是很平常的事，不知爲甚麼兩人都感到有點異樣，一平笑一笑道：「眞的不用，謝謝。」

說完這兩句話就沒甚麼好說似的，那女孩猶猶豫豫地在他面前站了一會便走開了。今天這飯店的景致也跟那天晚上完全兩樣，這時正是午前的淸淡時刻，沒幾個人，桌椅擦拭得很潔淨，高捲著的雨簾底下，灩灩的陽光照了進來。

一平喝完奶茶沒再見到那個女孩，便逕自走了。到了外面，距離船開還有一段時間，他沿著岸邊的欄杆徐徐踱著，看著速度很快的潮水向著港外的方向流逝。沒走多遠，那女孩從後面追了上來。

「我說請你的，」她把五塊錢還給他。「回家？」

「我出去一下。我太太有點不舒服，我到藥店給她抓點藥。」

「你不是說好了嗎？」

「後來又感冒了，昨天躺了一天，有個朋友開了張藥方，她服了覺得不錯，我去給她再抓一副。」

「哦，她看來身體很弱，不像我們一天到晚跑來跑去壯得像牛似的，」她笑著，露出白白的門牙。

跟這個陌生的女孩談金鑽，他覺得很不自然，但是已經說了。

她今天還是穿著那天晚上的那件黑色的練舞衣，不知爲甚麼她喜歡穿這種衣服，卻是很適合她。她反背著手背靠著欄杆，一平便看見她那耳後的陰影，以及那咖啡色的脖子的側面。她肩後是銀礦灣密密的鱗波，近岸的沙壩上，兩隻舢板底朝天擱淺著。距離有銀可掘不知已有多少個十年了，現在看去那污穢的海水如同一片灰撲撲的久經廢棄的礦場，近年來更是污染得厲害，早已沒有人在這裏游泳了。

「你還沒有告訴我怎麼猜到我是教書的，」一平微笑著問那女孩。

「你有那種氣質……暑假前我也在教書，」女孩笑道。

「是嗎？」

「在小學，教中文和體育，不過沒教多久。」

「我以爲你一定做過運動員或者舞蹈員甚麼的。」

「沒錯呀，我還代表過香港出去參加溜冰比賽，不過沒有贏，」她笑起來。「你又怎麼猜到的？」

「因爲你身體的感覺呀，」這無疑是直承早就注意對方的身體了，一平不禁臉上一紅。「現在還有溜冰嗎？」

「好久沒有了，」她說。「現在只是游泳、騎單車。」

一平有點惋惜她不再溜冰，問道：「還打算教書嗎？」

「那是不適合我的，我生性是比較好動的，有個朋友邀我一起去考空姐，我也許去試試看，」她微笑著看看他，「你說呢，當空姐好不好？」

「很好呀，」一平笑道。「在小說裏那總是很羅曼蒂克的行業。」

「不知道會不會超齡。」

「怎會呢，你還這麼年輕。」

他們臉上都帶著笑意地沉默了一會。

「明天十五，你知不知道？我初一和十五都去拜神。」

「去寶蓮寺嗎？」

「就在我家附近的那家小廟，在白銀鄉那邊……」

「在甚麼地方？」

「哪，從這裏往前面一直走，過了那個舊更樓，然後再往前……」

她抬手向銀礦灣往北的方向指著，彷彿他是問路的人，而她是指路的牧童。

3

轉眼龍駿便四歲了。幾年來一平和金鑽斷斷續續都有參加靜堯週末的網球局。金鑽自從有了龍駿之後對於這些社交活動已然失去興趣，何況隨之而來的往往是兩三個小時吵吵鬧鬧的飯局，繼而唱歌跳舞消夜不到半夜不會休止；相反的，一平卻變得十分熱中，常常說好說歹的拉著金鑽去參加。金鑽體諒他工作辛勞，日常沒有甚麼娛樂，只得勉爲其難。那一年暑假，一平自動請纓監管學校的暑假班，每星期要回校三天，爲免往返費時便仍舊住在青山道的家，偶爾才抽空往大嶼山探望金鑽和龍駿，靜堯的網球局他便一個人去參加了。

他和施紘娣的事情便是這樣開始的。自從和嬌妹發生了那件事，他便對自己有了重新的估價，他從未想過自己會做出這樣的事情，而他居然做了，而且做得那樣老練、不著痕跡。在他成長的過程中，在大學裏，在就業以後，他所經歷的一切使他不能接受現今所面對著他的現實，而施紘娣的事情更使他幾乎不能肯定他是否還是同一個人。那就像是一場荒唐顚倒的亂夢，教他醒了之後幾不欲生。夢中的一切如此銷魂蝕骨，如醉如癡，而夢後的一切如此蒼白顢頇。他想來想去也想不出來是甚麼原因使他走上了這樣的一條墮落的路。

這時靜堯和施紘娣已經訂婚將及六年，兩人遲遲尚未傳出婚訊，卻也沒有解除婚約，有時遇到記者問及有關他們的婚事，他們的答案往往都是模稜兩可，教人莫測高深。較爲親近的朋友卻都知道這些年來他們身邊已不知各自換過多少個玩伴，卻似乎一點也不影響他們良好的關係。一平起初很爲這種局面感到不可思議，久而久之，也就和大家一樣見怪不怪了。

那個夏天就如往常無數個夏天，太陽的火球如同滾紅的鞦韆，晚上盪去早上又盪來，熊熊火焰在網球場的上空蒸焙著燒烙著，然後是黑夜降臨，酒綠燈紅，一平記得從晚飯開始他就坐在施紘娣身邊，她長手長腳的，他老在桌子底下碰著她的腿，其後一夥人去酒廊喝酒，他們又低言蜜語說了許多話，說到甚麼好笑的她整個人倒在他懷裏，她那件黑色彈性料子的貼身裙像一隻襪子緊緊箍著她的身體，兩人頭撞著頭，膀挨著膀，她這人便像是火火燙燙的他抱個滿懷的甚麼。也許是金鑽和龍駿不在身邊給了他放縱的藉口和方便，也許是不勝酒力的他兩杯下肚之後驟覺何妨風流，而周遭的氣氛又是如此的紅粉爭香，恣意忘形，後來他就跟著她上了她那輛寶藍的積架跑車，跟她回到她那坐落在中環山上的高級豪宅，他們從地底的停車場乘電梯上頂樓，數字板上的數字不知跳升到海拔幾千尺，四周漸漸幽靜了，塵世沉到了腳底……

進了門口一平才陡然地有些忐忑不安，怎會來到這裏的？她彷彿有感應似的，似笑非笑地問：

「要不要喝咖啡？」

「好，」他說，也不知道是想更清醒些抑或更不清醒些。

她進廚房將水壺灌滿了擱在爐頭上，接著拿起一個裝置了按壓器的大玻璃杯，用小茶匙往裏面倒著咖啡粉。她用指甲塗得嫣紅的雙手做著這些動作，他靠在門口看她，這個從未深交又可以說是老朋友的女人。這些年來她倍添了一種放浪形骸的風韻，甚麼都不在乎似的，彷彿天下間沒有解決不了的難題，天塌下來有成棟的鈔票幫她頂著，她只要擔心不要太快的老去就可以了。

兩人各捧一杯咖啡在客廳相對而坐，好半晌都不說話，調情的話也不說，但那靜止全是液體的，如一池春水，馬上要起波瀾了。一盞細紅柱子的坐地燈在屋角亮著，放出暗紅的光芒。她點了一根煙，只吸了兩口便放下了，起來跟他說去換件衣服。他一個人坐在客廳，心不在焉地看著那根煙在煙灰缸邊慢慢地燒成灰。他看了看錶，想起在大嶼山的金鑽，然而只是極輕極輕地想了一下，彷彿上面標著小心易碎的標誌。

他走到房間，她已經換了一件紅黑交織的寬袍大袖的沙龍袍，正坐在梳妝鏡前梳頭，她眼裏哆嗦著燈光的細芒，幽幽森森，彷彿是她靈魂的夜景，那鏡子彷如一扇窗框將她框在裏面，他們之間就像是隔著一扇窗似的，窗裏的女人很美，很嫵媚，像玉座上的觀音，充滿了慈悲。她說頸痠，他過去幫她按著捏著，她笑起來，說他的指甲掐疼了她，不知道是誰先忍不住的他們兩個人倒有七手八腳似的扭成了一團，他們性急地擁吻像兩個飢渴的人貪心地吸食對方身上的養分，他的手在她的衣服底下如同活生生的甚麼，她耳環上的小針刺疼了他的唇皮，他們推擠著拉扯著，東倒西歪地倒在她的床上，那宮殿般的帳幔低垂的大銅床，日本和服情調的床蓋有薰衣草的氣味，她甚麼都比他長一些，她的手，她的腿，她的腰和她的舌，他聞到她女性分泌的奇妙的氣息，她的心跳強橫清澈如朗朗的巨鼓，他全身的血液和神經暢快地歌吟，又絕望又歡喜，像遇溺的人不知道水面在自己的前後還是左右，而明明這事情是如此的荒謬可笑，但是此刻他只知道他忽然很想盡情熱愛這個女人，哪怕只是幾秒鐘也好，一刻鐘也好，讓他再感受一次心動神飛的眷愛，哪怕只是剎那的光與熱，瞬間的失控和四大皆空的幻覺，讓他再感受一次活著和愛著的分別……

從這天起他彷如忠心耿耿的蜂奴一次又一次去朝覲蜂后的巢穴，直到學校開學，金鑽和龍駿從大嶼山回來，他們一星期起碼要見兩三次，有時在週末，或者是他三點到五點放學之後到晚飯前的時間。她會打電話到學校來找他，用她那幾乎有點男性的嗓音帶著千種風情地道：「來不來喝下午茶？」他便立刻心如鹿撞，不能自已。

夏天融入了秋季，不久便開始聽見電視台報告有寒流從北方襲港，吹強勁東北風，而他像是賭徒酒鬼煙棍集於一身的人不惜傾家蕩產只爲了達到肉體剎那的飛升。每次與施紘娣幽會，他像是迷失了本性卻又精力十足的失心瘋，任性地蹂躪盡情地摧殘，然後，回到鬧街上，他會感到異常空寂，這個人煙稠密每平方尺都有人走過的城市像是突然只剩下他一個人，會有那麼一刻他聽不見任何聲音，看不見一個人，彷彿有人在他雙腳周圍畫了個白色的大圈，而那就是他必須守護的空寂的範圍。他從未試過像那段日子飛升到極高極高之後旋即又墜到絕低絕低，他會定定的注視著馬路上如洪水般其勢轟轟的車輛，那快速變轉的車輪和龐然的鐵甲，那時他眞的想死，眞的想死，眞的想死，眞的想死……

夜間躺在金鑽的身邊，他想念他的情婦，那幢千百盞燈光齊亮的大樓巍巍矗立宛如高插雲霄的聖誕樹，或者是日間，那床邊半垂的錦緞窗簾在風中微拂，他們肉揉著肉，她的豐腴撫慰他的消瘦，滿室豔黃的夕陽……有時望著簾外的半格藍天，那雲來雲往的景致，他會想起嬌妹，那一段短暫飄忽如維他命般無傷大雅的小插曲。他想念她，猶如想念一個青梅竹馬的小表妹，那些清淨無憂的漫長的下午，粉藍色牆壁、噴水池永遠乾涸著的小旅館，動輒格格作響的鋪著繡花枕頭的板床，悠悠落地的蚊帳。他想念嬌妹的嬌柔與可親，她單純的慾望和單純的滿足，她清甜如橘的肌膚。第二年夏天他去找過她，她已經不在了，據說找到新的工作，搬回了市區。於是他想像她穿著空中小姐的制服，在他頭頂的空際自由自在地翱翔。

4

陰曆年過後，由於鳩嬸患病，于太太要回長沙幾天，金鑽便乘著這個機會向一平提出離婚。她在一個午後打電話到一平的學校，約他放學後在外間見面，說有話與他談，言辭間表現得很鄭重。

一平直覺地感到是施紘娣的事情發作了。他似乎一直在等待著這一天的到來，儘管他像所有有外遇的丈夫一樣努力編織各種可信的謊言，散布虛假的線索以掩飾真正的行藏，但在深心裏他知道不可能永久地維持這種雙重生活而不變。

他們約在離家不遠的一家他們很少去的西餐廳，他知道金鑽挑選這裏是不想碰見相熟的侍應。她先來了，一個人坐在清冷的咖啡廳裏，顯得很孤單。

「小龍呢？」

「在四樓黎太太那兒，」她說。

他們沒有再說一句話，也沒有互相正視，咖啡來了，淡淡的氤氳在他們之間嬝嬝升高，她看了看他，道：「我知道你在見阿娣。」

他低著頭沒有任何表示地默然坐著，金鑽又道：「你是不是在見她？」

「你一定要我說嗎，我是在見她，」一平道。

「我總是要問問你呀，我總要證實一下。」

「好吧。」

他表現出一種極度消沉而被動的狀態，似乎很難從他那裏得到更強烈一些的反應。其實早來赴約以前他便知道他是無話可說的，所能做的只是俯首認罪。他不是那種可以以一種沒甚麼大不了的或者理直氣壯的態度來面對這種場面的人，他顯得很悲哀，連帶地金鑽也受了影響，即使原來有甚麼埋怨他的或者痛叱他的話也說不出口了，結果雙方面都陷入一種愁苦的境況之中。

金鑽不看著甚麼地，情緒很低落地道：「最近你心情一直不好，雖然不發脾氣……現在想起來，大概就爲了這件事，有時打電話到學校，你不在，不知道到哪裏去了，又很晚才回家，我就自己想，你外面有了女人了，你愛上了別的女人，也許是學校的女同事，也許是某個學生的母親……我是怎麼也沒想到會是她。」

她就像是事前演習過似的，像個私家偵探向僱主報告著破案的經過，一平很用心地傾聽。

「其實我早該想到的，你記不記得平安夜在哥哥家，她不見了錢包，很多人幫她找，最後你在鋼琴蓋子底下找到，遞了給她，她看著你笑了一笑……我說不出那個感覺，我從來沒有看見過你跟別人有那樣的感覺，不過因爲實在是很小的事情，我沒有放在心上……」她洩氣地道：「也許因爲我們沒有自己的孩子吧，是這樣嗎，你說是不是呢？」

他似乎覺得不應再緊閉著嘴巴，緩緩道：「我也不知道，我只是很抱歉，現在說甚麼都晚了，你要怎麼辦便怎麼辦吧。」

金鑽萬分委婉地又道：「其實你這又何苦呢？你想幹甚麼，跟我說不就行了，我還會不依你嗎？不依你又怎樣，你也不會待我更好一些或者更壞一些。向來不是你想幹甚麼就幹甚麼嗎？我甚麼時候說過一個不字了，我甚麼時候阻撓過你了……」

他感到眉心有個地方開始隱隱作痛。

言未盡意，但她似乎不想再說下去了。過了一會，她說：「你沒別的話說嗎？」

「我還有甚麼可以說的，你都沒錯。」

「小龍一歲那一年我向你提出過離婚，你沒有答應，那時我想，假以時日，只要你願意，我們還是可以很好的，但是現在，我不再抱著這樣的希望了，」她像是疲倦地說。

「媽會很難過。」

「我會帶小龍回來看她。」

「你有甚麼打算嗎？」

「我能有甚麼打算？搬回去陪爸爸，把小龍養大，」她像是用力嚥了嚥口水，「其實離不離婚對我來說都是一樣的，我反正就是這樣了，可是對你，也許這是件好事吧，我想了很久，我想你是想離婚的，不然你爲甚麼做這些事情。」

是嗎？他用手扶著額頭，彷彿身體的左邊和右邊不太平衡，而不只是身體，整個世界都給他這樣的感覺。他記得靜堯曾經說過，情場和商場一樣，到頭來決定勝負的是誰玩得起誰，贏得起的人也要輸得起，玩得起別人的也要經得起被人玩，這是參戰者必須具備的體育精神。假如金鑽當初確曾背叛過他，現在他們等於兩相抵銷了。他忽然想到假如此刻他和金鑽對調了位置，發現配偶有婚外情的是他，他不可能還像她那樣保持如此良好的風度。

他們靜默致哀似地相對了一會，一種綿綿的惆悵之情在他們胸臆間傳遞著。她的神色很慘淡，使她看來老了一些，他知道他也一樣。此刻也只有這種慘淡將他們這已經分開的兩個人連結在一起。他們像兩面鏡子彼此對照著。

「你愛她嗎，阿娣？」

一平沒有回答，她便代替他說：「總有一點點吧，是不是有一點點。」

「也許吧，也許有一點，」他說，同時對施紘娣有種難言的抱愧——似乎誰都只是愛她一點點。

「我跟小龍說到外公那裏住一陣子，外公想他去。」

「他上學怎麼辦呢？」

「有洪叔。」

「哦。」那是他們這兩年用的一個中年司機。他已經忘記她那另一邊的生活了。

「我東西都收拾好了，」她看看錶，用略爲急促的語調道：「洪叔大約半個小時後來接我們，你等我們走了再回來好嗎，你跟媽說我會打電話給她。」

「你不要我幫你拿行李？」他說。她就不會想到他也許會想見龍駿一面。

「不用了，有洪叔一個就夠了，還有些東西我將來再想辦法拿。」

他舉手叫侍應結賬。一切到了這裏忽然變得焦躁起來，他們開始談話以來的鎮定的表皮到此徹底崩潰了，她急忙用桌上的餐巾緊掩著臉，像氣管發生了故障似的抽啼著，「我不想……當著你的面……我怕萬一你留我……」

她苦笑了笑，「這是我多慮了，你怎會留我呢？」

過後她卻又客氣起來：「有關小龍的身世，希望你保守祕密，這個忙請你幫到底。」

沒有一句話令一平更感難過，彷彿這些年來他沒有把龍駿視如己出，彷彿他一直只是在「幫她的忙」。但是他也顧不得去爭辯，隨口道：「可以可以，」同時有點倉卒地掏錢付賬，他的手顫抖得很厲害。

從餐廳踏出門口才發覺天已經黑了，冷風迎面颳來，他們不約而同的把大衣裹緊了些。他送她回家，路面的黑塵和灰土離地少許地亂飛著，撲向他們的鞋面和褲管，他們就像兩個僕僕風塵的人低著頭在趕路。到了家樓下，他們立定了，她用手按著半邊頭髮，眼睛不完全向著他。她像是有點依依的。

「那麼，我去逛逛再回來，」他覺得很艱難才說出這句話。

她卻又改變主意了，「你還是上來吧，」她說。

「不了，我不上去了。」

「你不看看小龍嗎？」

「不了，」他笑笑，「我怕說錯話。」

他不再拖延，轉身順著大路走去，茫無目的的向著大埔道的方向前行，頭頂上的霓虹招牌櫛比而亮，像一條長長的彩虹照明著他頭部周圍的思維和苦惱。他想起有個男同事曾經在一次閒聊中說，千萬不要和第一個女朋友結婚，因爲那是慾動初期，種種激情極可能是來自生理反應而非眞正的愛情，許多人往往將兩者混淆不清，走向愛情的墳墓。雖然他和金鑽的婚姻另有別情，然而即使沒有小孩的事，他多半還是會跟她結婚的。倘若在那樣的情形下結婚，今天的局面是否就會兩樣呢？他從來沒有想過對金鑽報復，但是不管他是否有此意圖，在今天他等於是把報復的成果握在手中了。金鑽和龍駿都將離他而去。如今的他已無法將感情分類成界線分明的黑白方格，無論仇恨或者愛情，在每日的現實生活中早已分散為灰色模糊的點線，他看見的只是一片灰白色的渾沌之光，憑著人類貪得無饜的占有的本能，經歷著情慾與婚姻。結果他發現匯聚在他周圍的人為與非人為的力量遠遠超出了他的肉身與靈魂的力量。他墮入了無邊的荒謬之境，無力的雙手和雙足無法助他安全著陸，粉碎也許是必然吧。

他在燈光的迷霧中走了不知多久，忽然想到應該給施紘娣打個電話，他們原來有個約會，接到金鑽的電話後他便打電話通知她，不知道她會不會還在家。他找了個公衆電話撥了她的號碼，只響了半聲便聽見她明快的答應聲，他一時不知道說甚麼好，只是對著話筒呼吸。

「怎樣，你們談了甚麼？」

「她都知道了，她要離婚，」他說。「她走了，帶著小龍。剛走的。」

他們向來很有默契地從不過問對方的感情問題或私人生活，因此記憶中這是他第一次向施紘娣談及與家庭有關的事情，大家都有點不習慣。

「你在哪裏？在街上嗎？」

「我隨便逛逛，」他不想詳細解說，「我不來了。」

「你早就想到的，不是嗎？」

「靜堯早就知道了，是嗎？」

「說不定還是他告訴金鑽的……你很在乎嗎？」

「本來以他平常那種作風，我是不太擔心的，可是現在我不那麼肯定了，我覺得人的事是很難說的，誰知道別人眞正怎麼想呢，」他很消沉地說。

「你還是來坐坐吧，我們談談。」

他猶豫了一下，還是說：「不了，還是不來了，你保重。」

「你還是愛著她，是不是？」她問了和金鑽相同的一個問題。

他無辭以對，看著街上匆匆來去的車燈發愣。

「你和我不同，你知道嗎？」她善意地提醒他。「不管怎樣，你應該盡力勸勸她，她會回來的……」然後她沉默著，像是無法說下去。

他覺得眼睛濕潤了。他從未想過會從她那裏得到接近情意的東西，但是，在那短短的一刻，他忽然無比地依戀起來。他說了再見，便掛斷了線。

5

三天後于太太從長沙回來，一平便把金鑽的決定告訴了她。連他和施紘娣的事情也對她說了，只沒有說出她的名字。于太太哭了，這是一平在父親死後第一次看見她哭。

「那麼，小龍撫養權歸誰呢，你們豈不是要打官司？」

「我們還沒有談，多半是歸她吧……我不會跟她爭的。」

孩子跟隨母親，這是符合于太太的倫理觀念的，何況她立刻考慮到自己百年之後，一平一個大男人怎麼照顧得了龍駿，這件事又是他對不起金鑽。因此儘管捨不得孫兒，她沒有多說甚麼，也沒有責備兒子，只是勸他能夠挽回的話還是力圖挽回，與施紘娣不謀而合。

因爲念孫心切，第二天她跑到龍駿上學的幼稚園找孫兒，學校的人說龍駿已經三天沒來上學了，打電話到他家裏又無人接聽，班上的老師正爲此而束手無策。于太太回家便打了個電話到學校給一平，叫他打電話給金鑽問問，不要是龍駿生病了或者出了甚麼事。自金鑽離去之後便了無消息，說過會給于太太打電話，結果也沒有打來，一平說不準自己是否想跟她說話，也就沒有主動跟她聯繫，現在爲了安撫母親，只得打電話到黃家，沒想到卻是靜堯接聽的。他如今家在淺水灣，又正值上班時間，不知道怎會在這裏。

「我有點事和爸爸商量，」靜堯後來解釋道。「他最近心臟不大好，已經個多星期沒到公司去了。」

「哦，嚴不嚴重？」一平道。金鑽沒有跟他提起過。也許因爲施紘娣的事，她變得甚麼都不跟他說了。他不禁心裏一陣悵然。

「老人家的毛病，好是好不了的，只能想辦法壓住它不讓它發作罷了，」靜堯道。「他向來就有點血壓高，醫生囑咐他多休息。」

他的語氣十分冷淡，不知是爲了金鑽，還是施紘娣。一平不由得有點心虛，不便細問下去，只得長話短說，說明打電話來的原委。

「叫你媽別著急，」靜堯道。「原來的學校太遠，來回不方便，我想幫他換一家，反正只是幼稚園，等新學期再上學也不遲，我想幫他找一家國際學校。」

「她總該跟我們說一聲，至少跟我媽說一聲。」

「也許她心情不好，沒想起來，你幫我向你媽道歉。」

「不是有洪叔接送嗎？小龍滿喜歡上學的，為甚麼不讓他上完這個學期？」

「又不是甚麼好學校，要甚麼緊，」靜堯有點不耐煩地道。「像那些街坊幼稚園品流很雜的，學壞了反而不好。」

一平頓了一頓，「金鑽在嗎，我想跟她說兩句。」

「她不想跟你說話。」

是這樣——一平心裏一沉。

「我媽很想念小龍，她說過會帶小龍回來看她，假如她願意，我可以晚一點回家。」

「好，我跟她說。」

靜堯好像想快點打發他。他想了想又道：「或者叫她打個電話給我媽也好，最好她今天下午回覆我，打電話到學校也可以，」他顛三倒四地說著，也不知道說清楚了沒有。

「好的，好的，」靜堯道。

本來他和靜堯可以說是相熟的朋友，可是現在他每句話都硬邦邦地拋擲過來，使一平也不敢跟他像從前那樣熟絡地交談。其勢又不能提出抗議，最後只得無可奈何地掛了線。

然而一連兩天都沒有金鑽的消息，一平越想越生氣，母親嘴裏不說，他知道她心裏有多難受。金鑽對他怎樣都可以，是他對不起她，但是母親對她向來愛護有加，她不該這樣以怨報德。到了第三天，他離開學校家也不回，跳上巴士直趨黃家而來。多少年沒有坐過這一路的車子了。天黑得早，使一切蒙上一重蕭索的色彩，上山的路斜斜的像是引向空中，車子走在街燈之間恍似穿過兩串雪亮的珍珠，曲曲彎彎的牽向天的深處。山上景色如故，一下了車，一平便有種舊夢重溫的感覺。寒冬的意味遠較山下凜冽，空氣裏有霜雪的氣味，他踏著那條在夢中也能找得到的路，一時只覺得彷彿在重複著從前在這裏走過的腳步。

黃家的屋裏亮著燈，在冷夜裏放出晶瑩的光芒。他完全記得哪一盞燈在哪個位置，照亮哪一條走廊。他徘徊在鐵門前，冷得口邊不住噴出白霧，在這裏發生過的一切，一幕幕掠過他的腦海——見到了金鑽又怎樣呢，罵她、打她、向她哀求？

他本來是一無所有的，兒子不是他的兒子，妻子也本來應該是別人的妻子。他像是中了彩票的人突然發了一筆橫財，本不該為他們的失去而感到不公，然而為甚麼他感到傷心欲裂，冷冬的寒氣一絲絲鑽入他虛空的心房。

請你從此不要踏進黃家的大門——黃景嶽曾經忿而對他發出這項禁令。縱使確如金鑽所說黃景嶽曾經願意冰釋前嫌，承認他這個女婿，很明顯的這個事實又已經不能成立。舊的怨恨逝去，新的怨恨隨之而來，他們就像兩個天生一對的敵人永遠找不到原諒對方的理由。

最後他落寞下山，在中環入夜闌珊的街道浪蕩了一會，順腳踏入從前和靜堯一夥人去過的一家酒吧。裏面是那種使人想起夜晚的船艙的燈光效果，播放著委靡纏綿的流行曲，酒客不多，他坐在吧台前叫了杯啤酒。人說酒能澆愁，但是他從未享受過別人所形容的酒精所帶來的那種飄飄欲仙的感覺，因此他不抱著甚麼希望地無心地喝著。一個穿著大膽的妙齡女郎在旁邊觀察了半天之後過來跟他搭訕，無聊之下他確是心裏一動，但是來得快去得也快，過後只有覺得更無聊，第二杯啤酒沒有喝完便離開了酒吧。他仍不想回家，坐了渡輪過海，鑽進電影院糊里糊塗看了場美國警匪片。等他回到家裏已是四處影沉沉的，他掏出鑰匙，門鎖的小孔忽然像是變了形似的，怎麼插也不對，卻已有人從另一邊把門開了。金鑽穿著睡衣睡袍迎面而立，有一刻一平眞怕內心那種澎湃的感覺會使他吐得她一身都是。他正要說話，她已經伸手拉著他，躡手躡腳走了進去。

到了睡房門內，一平看見兩件行李擱在床腳，蓋子都打開了，裏面還是滿滿的。

「你到哪裏去了，媽都等急了，不是我勸她她還不肯睡呢，」金鑽道。

「小龍呢？」

「也睡了。」

他只是笑，直到此刻他還不太能相信她確是回來了。

「我知道你來過，」她說。「我在窗口看見你……雖然很黑，我一眼就看出來是你，你那樣子化了灰我也認得……你怎麼不進來呢，傻傻的站在那裏，也不怕冷。」

「我去看了場電影，」他笑道。「每隔五分鐘就來一場亂槍掃射，男主角連頭髮都沒有掉一根，而且一邊擋子彈一邊和女主角接吻……」

他們一起坐在床邊。

「我喝了酒，你沒聞到？」

「聞到了，還幹了甚麼？」

「有個女孩來勾搭我，我心裏還眞的動了那麼一下，就差那麼一點點……」

「你爲甚麼不跟她去呢，一不做二不休，」金鑽睨了睨他，「你也就那兩套本事，大不了也就是這樣了……」

「是的，」一平道。「我覺得甚麼都好像很難……」

「我還不是一樣，大不了往娘家一跑，還能做出甚麼來？」

「你想做甚麼？」

「比如說，眞的永遠不再理你……」

一平緊握著她的手，「我不好，我爲甚麼這麼不好……」他用懺悔者的充滿了痛悔的聲音道。

這次復合給他們的關係帶來了嶄新的面貌。他們努力地亡羊補牢，重新開始。暑假將及的時候一平建議不如今年出國旅行度假，讓母親帶龍駿回長沙。我們還沒有度過蜜月呢，他說，也不妨當作慶賀他們結婚五週年。金鑽自然表示贊同。然而世界之大，實在難以決定應該先從哪一個地方開始，金鑽認爲應該由近而遠，先去台灣、星馬泰、日本這些地方，一平卻沒有這樣的邏輯性，這一刻想去地中海，下一刻又想去埃及或者回大陸，總是拿不定主意，倒是不約而同的沒有人提出去英國。結果一拖再拖，等他們決定了去日本，旅行團已經爆滿得只能候補了。他們都沒有感到太大的失望，就好像雙雙結伴到外地旅行也許並不如他們當初所想像的那麼値得嚮往。最後兩人覺得還是回大嶼山最好，沒有這許多麻煩。也許因爲那個熟悉的島嶼給他們帶來的回憶總是愉快的，長沙那粗糙渾黃的沙灘，潮起潮落跟隨著月之圓缺，水平線如一條直直的路從一頭通到另一頭……在那裏，彷佛可以趨吉避凶，甚麼災難都碰不到他們，是他們的避難樂園。

農曆中元節那個天氣清朗的上午，他們一家四口加上鳩叔鳩嬸一起去寶蓮寺上香，順便瞻仰業已落成而尚未舉行開光儀式的天壇大佛。佛像的座基仍在進行修建工程，四面圍了木板，他們便在外面順步流連，只見那巍峨的佛像背靠著蔚藍的天空很有氣派地盤膝端坐在蓮台上，倒也有一股磅礴莊嚴的氣象。一平自認是個了無佛性的俗人，對佛學的認識只限於一些抽象的概念，因緣果報、無常、苦海……諸如此類，對於母親近年的虔誠禮佛他從不過問，也並不好奇。他的信念是很簡單的，他想對佛的敬意就像對人的敬意一樣，沒有甚麼差別吧。

在廟裏上香，吃過齋飯，出來時已是下午三四點，一行人三三兩兩地走向寺門，就在寺前的石牌坊一平看見嬌妹從外面走了進來，一個年輕的男孩和她手牽著手。他們兩下裏打了個照面，不覺都怔了一怔。雖然立即便擦身而過，但那僅僅是一兩秒鐘的驚鴻一瞥所給予一平的震撼是難以言喻的，她那帶著淺笑的親切的臉孔，垂在腦後的長長的辮子，明豔的陽光將她那一身淡紫的衣裳照得像是飄了起來，她手臂挽著一個竹籃，裏面堆滿染紅的雞蛋，想是送給寺裏的熟人的，那雞蛋的紅顏色在那衣服的淡紫旁邊，如同某種卵形寶石放射著瑰麗的色彩。這一切就如一段重複放映的影片，永不磨滅地烙在他的心底。

這一幕相認雖只維持了短短的一霎，還是被一平後面的金鑽盡收眼底，自此她不再和一平說一句話，回到度假屋也一逕待在廚房幫著于太太忙著飯店的事，晚飯後她推說頭疼躲在房間，不跟他們一起看電視。一平磨磨蹭蹭的不敢太早回房，在屋外的沙地徘徊良久，但是無論怎樣準備自己結果都是一樣的，等他登上二樓他們的睡房，金鑽已經洗過澡換過睡衣，正坐在梳妝鏡前用吹風筒吹頭髮，房間裏有電器在高熱時所發出的焦臭。他蹲在地上點蚊香，於是在焦臭之外又多了一種辛辣的氣味。金鑽熄了吹風筒，房裏立刻變得異樣地沉寂，她平平淡淡地說：「我認得她，她是碼頭旁邊那家飯店的女孩，送過荔枝給我們的。」

「你沒想到我還會認得她吧，」她又說。那種略帶嘲諷的語氣很不像她。

一平像是失去了活動的能力仍然蹲在那裏。那沉默像是有形體似的，將他們遠遠地分隔著。

金鑽像是很不耐，嗔怒地道：「你怎麼又不說話了？你總是這樣，一有甚麼事就像鴕鳥一樣把頭埋了起來……我多傻呀，你一定覺得我這人滿腦子都是草，我一直以爲，至少在這裏，一切都是好的，過去我在這裏總是很開心，在外面不管怎樣不好，來到這裏我就盡量的不帶過來，你見過這麼傻的人沒有，其實在哪裏都是一樣的，我怎麼連這個道理都不懂……」她始終背對著他，面朝著鏡子，彷彿這些話都是向著鏡裏那個模擬著自己的影像說的。

她像唸著獨白一般用一種死死寂寂的聲音道：「我想哭，但是哭不出來，你知道，像死了親人，哭呀哭，哭了許久，流了許多眼淚，到後來怎麼哭都哭不出來了，怎麼想哭都沒辦法哭出來了……」

一平呆呆地看著雲狀的煙霧從那蚊香的末梢緩緩地升了起來，升起了一朵又一朵，一滴眼淚從他眼角落了下來。

第五章

1

一九九二年暑假一平在長沙接到于珍約見的電話。兩年前寶鑽中學畢業轉去瑞士進修首飾設計，于珍便已從英國回到香港，但是兩姑姪見面的次數並不多，每次都是于珍出門順便約他在外面喝杯咖啡。多年的異國生活終於把她從厭世、頹廢的邊緣挽救了回來，現在的她顯得健康而自信。她似乎從新得自由中得到某種不爲人知的樂趣，常常喜歡一個人逛公司，泡咖啡店，給寶鑽寫信。有一回一平看見她戴著新配的老花眼鏡鋪了滿桌航空紙專心致志地不知在書寫甚麼，那樣子又不像在寫信。我在寫點東西，將來有機會給你看，她故作神祕地說。

這回他們約在山頂的餐廳見面。于珍的外貌使一平吃了一驚，距離上回見面不過三數個月，她前後已判若兩人，顯得形銷骨立，太陽眼鏡周圍的臉色蒼白得像是不吃不喝只靠著一點氧氣維生的人。一平知道一定發生了甚麼重大的變故，否則不會引起如此猛烈的變化，看來她還是不適宜回香港的。

他們先是漫無邊際地閒談了一會，于珍叫了一杯馬丁尼，托在手中轉著，腕上那串十毫米忌廉色珍珠手鍊發出輕細的聲息。一平記得金鑽曾說有個古老的信仰認爲珍珠象徵不快樂的婚姻所帶來的淚珠，因此她總是不太喜歡珍珠。

一平從于珍那浮閃不定的神情以及眼角微微抽搐的神經線感到她在強自抑制著，顯然她今天叫他來是有所爲的，但是她卻選擇先談他的事。

「你和金鑽到底怎樣了？」她說。「放暑假老婆帶著孩子回娘家一住兩個月，把丈夫丟開不理，這是甚麼道理？」

一平做出泰然的樣子笑道：「我有甚麼辦法？她不想去大嶼山，而我又積久成習，離不開它。」

「她從前不也挺喜歡那裏嗎，你們每年都一起回去度假。」

「從前是從前，」一平道。

「那一定你們夫妻有甚麼問題了，你瞞不過我的，難道大嫂就不覺得奇怪嗎，她就由得你們這樣？」

「她向來不過問我們之間的事的，」一平道。「這些年她信了佛，性格更恬淡了，現在她在長沙安安樂樂的，我也不想拿這些事去煩她。」

自從嬌妹的事情東窗事發金鑽就不再到大嶼山去了。前年鳩嬸去世，于太太為了照顧叔叔正式搬到長沙定居，一平每年暑假照例回去探望母親，金鑽便帶著龍駿回去娘家。他彷彿在隨時隨地等待著金鑽向他提出離婚，但她似乎樂於苟安。黃景嶽特別為龍駿將從前的客房裝修成他專用的房間，因此他現在等於有兩個家。房間剛裝修好的時候龍駿很希望他去觀瞻一番，當一平說不方便去的時候，龍駿問道，為甚麼你老不跟我和媽一起回外公家？為甚麼你從來不去外公家？一平因為無法誠實地回答兒子的問話而感到羞愧。他想到這些年來與金鑽之間難分難解的恩怨、磨折、間雜著偶然一現的平和，只覺得一言難盡。

「我想夫妻就是這樣吧，」他百無聊賴地說。「時好時壞，忽敵忽友，老實說偶然分開一下也是好的，說不定還能長久一些。」

于珍半信半疑地看他一眼，「就只是這樣嗎？小龍之後你們再也沒有第二個孩子，是不想要呢還是甚麼原因，有甚麼事你不怕跟姑媽講。」

「其實也沒甚麼，當初是我不想要，我覺得一個就夠煩的了，後來……後來我倒是無所謂，但我們也沒有認眞談過，這種事只能聽其自然吧。」

「你看你，溫溫吞吞的，像甚麼樣子？」于珍很替他不平。「你應該拿出點丈夫氣概來，要她怎樣就怎樣，我覺得你對她太容讓了，誰知道她在你背後會做出甚麼事情，你放她一尺，她當是一丈……也許我不該這麼說，但我是過來人，你又是我的姪兒，我自然是偏袒你的。」

一平不由得在心中苦笑。假如于珍知道這些年來他那些荒唐的行徑，恐怕就不會替他打抱不平了。

「姑媽，你怎麼了？」他忽然發覺于珍不知甚麼時候流了眼淚。

她放下酒杯從皮包裏找出手絹擦了擦眼，沒有笑意地笑了一笑，「我是想起我自己，你知道嗎，當年差不多是我逼著你姑丈娶我的……是呀，我喜歡他，想得到他，這有甚麼不對？就是我有錯，他那個老不死的母親也替他報了仇了……」

一平聽得莫名所以，只得默默地撫慰著她。她用手絹按著鼻子，抽抽嗦嗦的又道：「我承認我不是個很好的妻子，但我從來都是全心全意地對他，沒做過半點不守婦道的事情，我這病也不是自己想要的，我巴巴的在英國待了這麼些年是爲了甚麼，還不是爲了把病治好，好好的跟他做一對正常夫妻……你以爲外國的日子是容易過的嗎，阿寶在學校裏又不是常常可以看見她，但是不管怎樣難過，我總是硬挺了下去，我總是想著，要好好的跟他過些日子，雖然我們都一大把年紀了，往前去沒有剩下多少年了，但我總是想著，能補償多少就是多少，我這樣的一番苦心……」

「姑媽，你不是好多了嗎？你剛回來的時候我覺得你已經完全好了，你的心機沒有白費呀，」一平不太有把握地說。

「你不知道，他騙得我好苦，我眞是瞎了眼，聾了耳，被他騙得死死的，就在我眼皮子底下，我居然一直懵懵懂懂的，我怎會一點都看不出來……」她把臉上那兩片墨黑的太陽眼鏡轉過來向著他，「你還記得阿漢嗎——程漢，就是你來給阿寶補習時的那個年輕司機？」

一平怔了一怔，道：「記得。」他覺得自己是很小心地說出這兩個字的。他一直沒有忘記他，他怎會忘記他？有時看見電影裏的飛車特技，他還會不期然地想到，不知道那會不會是程漢的傑作。

「就是他母親，你沒見過的，老太婆死了之後她就走了，人是長得不難看，老是不聲不響的不愛講話，對人總是溫溫柔柔的，待我也很好，每次老太婆給我氣受她總來勸我，說盡了好話，現在我才知道她原來心裏有鬼，表面老老實實的背地裏卻是個偷人丈夫的狐狸精……現在好了，報應到了，得了肺癌躺在醫院還派兒子來傳遞消息，她住的私家醫院全是景嶽付的錢，死到臨頭還不知檢點，你說這賤人是不是不要臉……」于珍越說越是咬牙切齒，惻惻地慘笑一聲，「他心裏藏著這麼個人我居然連一點影子都沒有，不是一年、兩年，是整整的二三十年呀，連兒子都生了出來了，你說，他眼裏還有我這個人沒有……」

「甚麼？」一平只覺得耳裏轟的一聲嗡嗡作響，就像試音叉敲響著玻璃杯的杯緣，一波一波起著震音。

于珍苦笑出聲道：「可不是嗎，想不到吧，連阿漢自己也不知道，你姑丈也一直以爲他是那賤人的前夫的兒子，是那賤人怕自己活不長了躺在病床上源源本本的供了出來，他還能不急急的跑來認生父？你姑丈居然還替那賤人辯護，說是她不忍心眼看著兒子走上歧途才告訴了他，希望給他一條自新的路……哼，她眞是那麼偉大，既然當初決定了保守祕密爲甚麼不守到底？」

「姑媽你是怎麼知道的？」一平問道。

「是靜堯告訴我的，」于珍用嘴角冷笑了笑，「他自然不是安著甚麼好心，突然冒出這麼個眞命天子來分一杯羹，他能不緊張嗎？最近景嶽露出口風想改立遺囑，靜堯大概以爲我還有點影響力，其實我算老幾呀，我連人家一根小指頭兒都不如……」過後又有點幸災樂禍地道：「你瞧著吧，他遲早要壞在靜堯那小子的手裏，眞是養虎遺患。」

一平望向窗外的天色，那淡掃蛾眉的雲絮，溫暖的草坡，於此刻的他來說有如咫尺天涯。他所置身的小小的範圍完全被于珍主宰著。似乎每次一起都是這樣的，對話的內容和節奏，那總是帶點悲劇性的煽情的色彩與基調，莫不是由她任性地調度。一平覺得自己像個記不得台詞的演員置身於一個神經質的編劇的作品之中，被她牽著鼻子滿台亂走。由此，她和黃景嶽相處的情形他雖不盡瞭然，卻也能想像一二。

「你不是說她病得很重嗎？」他稍盡人事地說。「那些事情都過去很久了，我想你只要把身體照顧好，姑丈也不會不明白你的苦心……」

這顯然不是于珍能聽得進去的話，她恨恨地道：「我恨不得食她的肉，寢她的皮，我恨不得掐住她的脖子在她臉上吐口水，但我何必呢，現在天要助我呀，天要殺她，我何必污了自己的手，我要睜著眼睛看著她怎樣的不得好死……」她越說那滿腔的怨毒越是赤裸裸的，一平握住她的手也不知是想制止她還是安慰她，那冰冷的手像去了殼的蚌肉沒有一絲人氣，尖銳的語調透露出她的歇斯底里，她說：「怪不得這麼些年他只去英國看過我兩三次，口口聲聲的不想退休，不是就爲了有藉口上班好去跟那個賤人幽會……我知道的，這些事情我是知道的，要見面，想見面，無論怎樣也是會見的，天大的困難，天大的障礙，要見的話還是會見的……我想著這些年我在外國一心一意要爲他治好了的病而他們在我背後不知做過甚麼事，我簡直就要發瘋了……」

她失神地微微笑著，輕拍著一平的手背，「一平，我是最疼你的，也最信任你，將來無論發生甚麼事，你要記著你姑媽的委屈……」

一平聽著心中一陣慘然。

她淚眼漣漣地又道：「我問他，你愛她嗎，你憑良心說一句，你心裏是不是愛著那個賤人，我一定要他答，我說看在我們做了二十多年夫妻的份上你老老實實給我說一句眞話，以後我沒有甚麼再求你的……你知不知道他怎麼說，你猜不猜得出來……」

後來，當她恢復了鎭靜之後，她正了正鼻樑上的太陽眼鏡，就像總結著一生的經驗似地，對一平道：「做人最大的悲哀莫過於看不透別人的心，你說是嗎？」

2

與于珍的談話一連好幾天不斷縈迴在一平的腦海。程漢和金鑽是同父異母的兄妹——他不知道應當將這個事實作何處置才好。假定程漢與他同年，最多小一兩歲，也就是說他母親玉恆到了黃家不出數載便與黃景嶽產生了私情，這甚至可能是導致玉恆的丈夫後來離家棄子的導火線。程漢與金鑽的出生年份相差不遠，可見當年這段三角戀情一定鬧得糾纏不清。玉恆爲何一直將兒子的身世隱瞞，黃景嶽的前妻又扮演了怎樣的角色——這裏面當然包含著許多難以索解的內情。金鑽想必會從靜堯那裏得知眞相，但是他們誰也沒有提起，事實上他們之間有幾個人的名字就像某種宗教禁忌一般是絕不宣諸於口的，黃景嶽、施紘娣、程漢……因此金鑽絕不會主動向他提起，他也不會向她直接探問。何況在雙方都一無所知的情形下犯下亂倫的行爲，咎不在她，他不願增加她的難堪，龍駿得以長成一個正常、健康的小孩，這已是徼天之幸了。

他更放心不下的是于珍，見面那天她那不穩定的狀況使他預感到事情不會就此了結。他叮囑金鑽暗中留意，她告訴他說于珍終日把自己關在房裏，誰也不見，也不跟任何人說話。一平不便去黃家探望她，想在電話上略作問候，她竟不肯來接，沒多久學校開學，金鑽帶著龍駿遷回青山道，一平更不知道她的情形了。

開學兩星期後的一個上午一平在學校接到靜堯的電話，通知他于珍服了過量安眠藥送進了醫院急救，剛剛脫離了危險。他第一個反應就是他是應該料想得到的，他不該固執己見不肯前去黃家，如今後悔莫及了。繼之而來的便是對靜堯的不滿，他不該爲了一己的利益而貿然的將事實告知于珍，他這樣做實在是可鄙的，一平忍不住在電話裏直斥道：「你爲甚麼要把程漢的事告訴她？你知不知道這對她的打擊有多大？你到底是甚麼用意？」

靜堯頓了一頓，道：「就是我不說，這事情遲早要鬧開的，這樣天外飛來的好運，程漢第一個就恨不得到處張揚……」

「不見得吧，總之姑媽是聽你說的……」

「到現在你還不了解她嗎？」靜堯搶先道。「你不住在這裏，很多事情你根本只知其一不知其二，你知不知道她有到爸爸書房翻查他的東西的習慣，她找到恆姐的醫院收據，還有一些驗身報告，不知怎麼起了疑心跑來逼問我，幾乎是以死相脅逼著我告訴她，其實我只敷衍了她幾句，我叫她自己去問爸爸，結果怎樣我也不知道。」

一平卻是知道了一些。聽完靜堯的一番解釋，他決定到底是靜堯的話比較可信。

「程漢的事我自己也剛知道不久，大概你不會想到，是他自己跑來告訴我的，眞受不了，馬上就搭肩膀稱兄道弟，」靜堯牽強地乾笑兩聲，若有所感地道：「眞是奇峯突起，出人意表，也難怪她受不了，不過誰也沒想到她會出此下策。」

「她現在情況怎樣？」

「打了鎮靜劑睡著了，已經挪到私家房，你來不來？」

「我安排一下就過來。」

等一平趕到醫院按照護士的指示找到于珍的病房，房間外那充塞著消毒水氣味的走廊只有黃景嶽一人在踽踽踱步。他瘦多了，衣服鬆鬆地掛在身上，而且似乎比從前跛得更加厲害，撐著手杖一瘸一拐地來回走著。一平遠遠便站定了，看著那孤獨的身影，不禁百感交集。

走到近前，他低聲道：「姑媽怎樣了？」

黃景嶽抬起滿布紅絲的眼睛看了看他，「沒事了，睡得很好，醫生說不要打擾她。」

「金鑽去接小龍，一會就趕來。」

黃景嶽微笑了笑，「用不著這樣勞師動衆，在這裏再觀察幾個小時就可以出院了。」

「靜堯呢？」

「他有事先走了，她一時不會醒來，你有事不妨先走吧。」

「不要緊，我請了半天假。」

「我是不想……留她一個在這裏。」

一平點點頭。

那四壁皆白的走廊異常幽寂，偶爾有護士推著手推車從他們中間穿過，上面的儀器藥瓶發出匡啷匡啷的響聲。黃景嶽站得累了，在一旁的長椅坐下，一平過來坐在他旁邊。

「幸好發現得早，」黃景嶽道，雖然語音聽來並沒有感到幸運的意味。「她是藥和酒一起服的，迷迷糊糊的跑出房間想吐，傭人看見覺得不妥跑來找我，我馬上叫救傷車。」

「我早該想到的，那天見她情緒就很不好。」

「哦，你們見過面？」

「大概三四個禮拜前。」

一平不多說，黃景嶽也不多問。他從西裝口袋掏出一張滿是縐摺的紙條，「我在她床頭找到的，也不知道是不是遺書，只有這兩行字。」

一平接過來看，只見上面潦草地寫著：一切皆自作孽，與人無尤。

「你覺得……她眞是有心尋短見嗎？」

黃景嶽心灰意懶地搖搖頭，「我也不知道。」他轉換話題道：「聽金鑽說學校要升你做數學部主任，是不是有這事？」

一平很驚訝金鑽會把這事情告訴他，點點頭道：「是的，不過最快也是明年的事。」

「那眞是不簡單，金鑽說很少有你這麼年輕就升到這職位的。」

「因爲原來那個主任要移民到外國，他那個空缺後繼無人，數來數去還是我在學校資歷最深，所以突然有這麼個機會，只是適逢其會而已。」

「如果學校覺得你不能勝任，適逢其會也沒有用。」

「我跟這校長倒的確是向來很合得來，工作上很有默契，比我爸爸當年幸運得多。」

「無論如何這是你多年努力爭取到的成績，這是不容易的，我也很爲你高興。」

說得一平倒有幾分不好意思。他站起來道：「我去買杯咖啡，要不要給你帶一杯回來？」

黃景嶽扶著枴杖也站了起來，「我跟你一起去。」

醫院樓下那飯堂式的餐廳已經有不少人在吃午飯，一平買了兩杯咖啡四份三明治，和黃景嶽找了個桌子坐定。日光燈加上從窗外射進來的午時的光線，更顯出了黃景嶽那蒼顏白髮的老態，已不復當年一平初識他時的風采了。

他們墜入悠長的沉默中，無言地吃著簡單的午餐。黃景嶽先啓口道：「既然有這機會，我就先跟你說了，我打算把黃氏珠寶結束了。」

「結束？」一平愕然反問。

「嗯，這想法在我心裏醞釀很久了，現在公司已經沒有往日那種氣象，也許是我追不上時代吧，我近年身體又不好，是該讓靜堯這一輩的人去闖了，老實說我也提不起勁了。阿珍一向主張我早點退休，其實倒不是我戀戀於商場的風光不想退休，但我總希望設計一個盡善盡美的方法把公司保存下來，可是，阿珍這事情使我覺得我也許是太自私了……甚麼留傳祖先的基業，現在也沒人講這一套了。」

他看了看一平，保持著原來的無喜無憂的語氣道：「我問過阿寶，但她對管理生意沒有興趣，除此之外只有靜堯，他已經跟朋友另組了公司，那個瑞典人也被他羅致了去，新的珠寶店快要開張了，而且聽說他快要和施家的那個女孩結婚了，有施伯祺給他撐腰，我是用不著為他的前途操心的，黃氏珠寶一旦交到他手裏，一定會整個變質，多半會被他完全吸收到自己的旗下，想來想去，不如乾脆把這老字號結束算了。」

一平無法置喙，只是默默地聽著。黃景嶽忽然問道：「幾年前我和他發生過一次很大的爭執，這事情你知道嗎？」

「聽金鑽說過一些，不過只是一鱗半爪，」一平道。

「那時他常跑大陸聲言要在上海開設第一家首飾專門店，為這事他奔波籌備，委實費了不少力氣，但我從一開始就反對，我認為內陸政局波動，雖然這幾年經濟起飛發展快速，畢竟還不可靠，一般市民的消費力未必能吸收像高級首飾這一類商品，後來發生了六四那件事，好幾個投資者打退堂鼓，整個工程不得不擱置下來，他誤會我從中作梗，跟我大鬧了好幾場，又在公司的股東面前抨擊我……」

他說不出是酸是苦地對一平笑一笑，「我何嘗不知道這些年他一直對我懷有成見，他覺得我作風守舊，胸無大志，是他的野心的絆腳石，又懷疑我收養他是為了吞沒他生父當年的股權……我也弄不清他怎會有這樣的想法，其實我當年的所作所為都是依章辦事，名正言順的，甚至為了讓他繼承原家的香火我讓他保持原來的姓氏，我們心自問沒有甚麼對不起他的地方，後來我才明白他巴結施家一半也是爲了對付我，要跟我分庭抗禮，甚至把黃氏珠寶收購下來。事到如今，我也不想跟他計較了，不過對於我要解散公司，他恐怕還是會誤會我是故意拆他的台。」

黃景嶽說到這裏非常沉痛。一平知道他儘管一直保持著以事論事的客觀態度，靜堯的背叛還是深深刺傷了他。對於未來他似乎感到不痛不癢，只是機械地作出種種安排。

「這樣一來我手頭上的現金就充裕多了，」他勉強提起興致道。「原來的那一份遺囑也需要改動一下，除去我和你姑媽移民去英國養老的費用，其餘的就讓你們幾個平分……」他屈起指頭點算著，「你、小龍、阿寶、金鑽、靜堯——我不會因爲過往的那些就不把他寫入遺囑，我知道他一直有些擔心。他是我的兒子，養子也好親子也好，他是我的兒子。」

他這幾句話使一平深受感動。對於龍駿，他能做到像黃景嶽那樣的至情不惑嗎？假如黃景嶽得知龍駿事實上是程漢的兒子，不曉得要怎樣吃驚呢。

剛想起程漢，黃景嶽便說到了他。

「我想你姑媽已經跟你說過程漢的事了，」他連名帶姓地叫出私生子的名字。

一平點點頭。

「本來我想把他也寫入遺囑，但我怕因此引起不必要的糾紛，等我變賣了一部分物業之後，我打算給他一筆錢，大概兩百萬吧，我也不想給他太多，我知道他不是一個很上進的人，但我對他從來沒有盡過一個父親的責任，他母親也爲我受了不少委屈，這多少算是一點微薄的補償，應該夠他好好的做點生意，重新開始了。」

黃景嶽說著微弱地笑笑，「剛才你來以前，我站在你姑媽的病房外，想來想去就是這些事。」

「姑媽知道了一定很高興，」一平道。

「但願如此吧，我對她虧欠得太多了。」

一種歷劫人生的淒淒戚戚的愁腸之感塡滿了一平的胸臆，他不由得想起上回與于珍見面時她所表現的悲憤與恨意，希望經此一事，她和黃景嶽之間的死結有化解的可能，至於他自己和黃景嶽之間的種種恩怨，他從前的執拗和偏激，忽然都變得毫無意義了。但是黃景嶽爲何突然對他如此的推心置腹，毫無保留地深談，卻是一個謎。

3

聖誕將至的一個週末，一平和金鑽、龍駿路過中環，發現黃氏珠寶的總店正在進行結束營業的大減價。在聖誕歌謠喜氣洋洋的氣氛中，那張貼在櫥窗裏的「結束營業」的招紙令人感到幾分不協調的蒼涼的意味，而對過馬路與它打對角的正是靜堯開業未久的「金銀島」，大概想趁著這個一年一度的購物高潮加強開張的聲勢。那店面看上去完全是迎合新一代貴族的高級名店，從裝潢、格調、到站在櫃台後的年輕服務員，無不是極盡新派和典雅，相形之下黃氏珠寶就比較傳統和大衆化。

金鑽拉著他們過去觀賞櫥窗內的首飾。一平記得在她買回來的雜誌上看過有關金銀島的專訪，裏面談到將會配合開業推出由金銀島麾下的瑞典籍名設計師負責設計的一系列兩用或三用首飾，這種首飾曾在歐洲的皇室盛極一時，十八世紀復興不遂，二十世紀初由路易斯卡地亞別出心裁的創新設計才又再度流行，一樣首飾經過簡易的變動可以將耳環變作胸飾，皇冠變成項鍊，手鐲變成頭飾或指環等等，此外可由佩戴者自由選用不同顏色的寶石，戴安娜王妃拍攝二十一歲生日紀念照時所佩戴的水滴鑽石耳環，耳墜核心可隨意綴以紅寶或藍寶，便是一例。這個系列甫經推出便大受歡迎，金銀島一炮而紅，一平覺得不管靜堯用甚麼手段爭取到今天的成績，到底是下了一番苦功而非白白得來的。

他們正在外面流連，靜堯卻從裏面迎了出來，說在閉路電視上看見他們。這幾年他增加了一些體重，清俊的臉龐比從前豐滿了，使他看來更像一個意氣風發的富商。「怎樣，」他說。「今天趁我在這兒，進來參觀一下吧，小龍還沒來過呢，」他上前抱起了龍駿。

店堂後面是通往辦公室的走廊，裝修得如同一家五星級酒店，甚是華麗，兩邊牆上掛滿了首飾設計圖，經過特別的印刷技巧造成一種抽象畫的效果。靜堯指點著一扇扇房門告訴龍駿這是保安室、儲物室、職員休息室、這裏通向地底的保險庫……

一輛電梯無聲無息地將他們帶到二樓靜堯的辦公室，龍駿睜大了眼睛觀看那陳設在裏面的各種新奇玩意，從那孔雀開屏的雕貝屏風，到那無法估計價碼的名貴音響組合，占據一整面牆壁的大衛霍克尼的超現實畫，以至於象徵日本禪境的迷你石池……靜堯坐在那有半畝地那麼大的辦公桌後，在大班椅上旋了一旋，彷彿在向他們宣布這是他的王國，他的金銀島。一平完全可以體會此刻靜堯那種春風得意的心境，就差沒有一扇足以俯瞰維多利亞港口的落地大窗來讓他領略那睥睨眾生的滋味。

離開辦公室，靜堯把他們讓進一間有如有錢人家客廳的房間，道：「比較重要的顧客我們請到這裏來，讓他們這裏挑首飾。」他把手抄在褲口袋裏，看看一平，「入寶山，怎可空手回，要不要給金鑽挑件首飾作聖誕禮物？」

「你幹甚麼？」金鑽笑著啐道，以掩飾她的錯愕。

「看看有甚麼關係，」一平隨即道。

靜堯從一扇安裝著密碼鎖的門內托出一個絨墊銀盤，「我已經知道金鑽會喜歡哪一款了……這戒指怎樣？」他幫金鑽套在指上。

那是由兩排綠寶鑲嵌而成的鑽石戒指，綠得極淡，淸淸雅雅的十分淸新脫俗，一平不能否認的確很吸引人，也很適合金鑽，很明顯的金鑽一看便鍾意了。

「怎樣，我的眼光不差吧，」靜堯道。

「多少錢？」一平道。

靜堯用計算機算了一下，「你第一回幫襯，我不妨大方一些，給你個對折，零頭也省了，一萬七。」

「這麼貴，」一平衝口而出。

「眞正貴的我還沒拿出來呢。」

「是呀，太貴了，」金鑽也道，卻沒有把戒指脫下。「小龍，好看嗎？」

龍駿認眞的連點了好幾下頭。

「小龍都說好，你還能說貴嗎？」靜堯道。

一平想到金鑽在這方面倒是從來不亂花錢的，何況當著靜堯實在也說不出不買的話，於是從店裏出來的時候金鑽的手上已經完全是另一副面貌了。

「哥哥不知道怎麼搞的，」她說。「不知道他是怎麼回事。」

「一定是你向他投訴了，」一平用說笑的口吻道。「你說我不給你買東西，他給你打抱不平來了。」

「我可沒有，我甚麼都沒說過，」金鑽忙道。

「你喜歡就行了，」他握了握她的手，「我也沒給你買過甚麼。」

平白無端得了一隻戒指，她到底又是高興的，反覆地將手伸長到陽光裏鑑賞著。

「其實還可以還還價，我知道他們賺三四倍不止的。」

「算了，就當是給他捧場。」

話雖如此，當他回想適才的一幕，便直覺地感到靜堯像是對他懷著某種敵意，有意為難他似的。不知道會不會是因為于珍自殺的事自己誤會過他，抑或仍是為了施紘娣，總而言之他覺得靜堯的態度有點異樣。

他們原是去看一場五點半的電影，這時他們向著電影院的方向前行，在迎面的擁擠的人羣中一平驀然發現有個臉孔是他依稀相識的，他心裏咚的一跳，本能地移動身體擋住金鑽和龍駿的視線。雖然戴著太陽眼鏡，外貌也多少有些改變，一平還是立刻認出那人是程漢。那感覺就像是突然發現經常在噩夢中現身的人原來是個有血有肉的實體。他走得很快，一平不能肯定他有沒有看見他們，匆匆的穿過人叢走了過去，幸而金鑽和龍駿在欣賞著商店櫥窗的擺設，沒有注意到這邊。忽然之間一切都變了，天和地都變了顏色，一平有種心臟收縮的、不祥的感覺，等他再度回頭，紛紛擾擾的人海中早已失去程漢的蹤影了。

4

與程漢在中環的偶遇，一平對金鑽隻字未提，但他心裏無時不在懸念此事。當他從于珍那裏得知程漢在與黃家斷絕了關係多年之後由於揭發自己的身世又突然重現，雖然也感到了隱隱的不安，但是遠不如親眼看見他在眼前出現時的那種震懍。他自己的反應令他感到詫異。這一天終於來臨了，龍駿的親生父親終於再度出現，而他這冒牌父親也到了原形畢露的時候了。如今程漢與黃家產生了如此密切的關係，而這關係又可能長久地維持下去，一平實在不能不感到幾分威脅，儘管明知這多半是他神經過敏，龍駿身世的祕密除了他和金鑽並無第三者得知。

正當他爲了程漢輾轉反側無法將他排除出腦海之際，靜堯打電話找他，談起的偏偏就是這個人。

「我最近見到程漢，」靜堯道。「他想跟大陸做點出口生意，希望我投資，說他在大陸有很好的關係甚麼的，我看以後是沒完沒了了……不過我找你不是爲了這個，他說在街上碰見你，你假裝沒看見他，有這回事嗎？」

「彼此彼此，」一平道。

「你記不記得阿寶的事？他似乎餘怒未息，說你看不起他，又問東問西，問你和金鑽現在怎樣了，又問小龍怎樣了，好像對你很感興趣，不知道他想幹甚麼。」

「不會吧，」一平強自鎭靜著。「事情隔了這麼多年。」

「就是呀，我也覺得奇怪。」

「他問小龍甚麼？」

「大不了是幾歲了，在哪裏上學呀這些，也沒甚麼特別，我只是叫你提防一些。」

「要是他眞想生事也不會等這麼久了，何況應該記仇的是我。」

「時移勢易，現在他身分不同了，」靜堯分析道。「就像賭桌邊的賭徒突然發現自己面前多了許多籌碼，立刻膽子就壯了，換了從前他哪敢這樣跟我稱兄道弟。」

「我看他也耍不出甚麼花樣，不過我會小心的，你先別告訴金鑽。」

「我知道，」靜堯答應道。

一平隱瞞著金鑽，除了出於保護妻兒的心理，也是因爲實在不願提及過去的事，引發那些教人不快的回憶。然而事情終歸由不得他來作主，家裏開始出現莫名其妙的神祕電話，這邊一接聽，那邊的人便掛上了。這類電話每天總要出現兩三次，都是一平晚上回家之後，甚至半夜和凌晨也接過一兩次。金鑽將其歸咎於每個城市都有的無聊的恐怖分子，並不太放在心上，但一平卻另有所疑。是程漢嗎？他內心煎熬著。

一家人被神祕電話弄得心神不寧，每次電話鈴響，屋裏立即籠罩上一股像驚險片裏的那種懸疑氣氛。有一天一平下班較晚，回家看見龍駿拿著電話一聲不響地站在那裏，像在凝神諦聽著甚麼，他忙走過去一手奪了過來問是誰，龍駿被他的神情嚇得呆了一呆，訥訥道：「我不知道，但他知道我的名字。」

「去廚房找媽媽，去，」一平把電話貼在耳邊，通話器上那針眼般的細洞立刻蒙上他呼吸的潮氣，他聽不見對方的呼吸聲，但那強烈的存在彷彿在散發著一種聽覺以外的一波波的靜電，「程漢，是你嗎？」他說。

對方沉默了一會，啞著聲音道：「我的東西，我一定要回來。」

一平還待問下去，對方已經掛斷了。

那兩句話彷彿通過黑暗狹長的隧道直達一平的耳心又從那裏鑽入了他的心坎，他心裏空空洞洞的只是迴響著這幾個字的回音。他去找龍駿，把他拉到房間細問他電話裏的人還跟他說了甚麼。

「他問我是不是小龍。」

「還有呢，還有甚麼？」

龍駿爲難地看了看他。

「你說吧，甚麼都不怕說。」

「他說……他是我爸爸……」

一平愀然變色，以致龍駿瑟縮地住了聲。

「我不知道，我沒聽清楚……」他委屈地道，幾乎流出淚來。

「行了，不用說了，」一平道。「以後家裏的電話你不要接，讓我和媽媽接，知道嗎？」他順勢摟了摟他，隔著衣服摸到他肩胛上那小巧的骨骼的組合，感到的不再是對程漢的憤怒而是莫名的心酸。這些年來看著他日漸成長，不知不覺中已將他當作自己的兒子，本以爲這種現狀將會不再更改，想不到往事的鬼影終於追了上來，今後他們的未來就變得不可測了。他想起龍駿成長的過程中，許多人曾經說過他長得酷像自己，在他四歲以前，他和金鑽還是平分秋色，到了四歲以後，說他長得像爸爸的人越來越多，于太太更是從一開始便抱持這種論調，說他那不動聲色很不滿意似的盯著人看的樣子，活脫脫就是一平小的時候。一平當然知道這純粹是她的心理作用。龍駿是男孩子，又不十分像金鑽，自然只好像他了。事實上他常常在龍駿身上看見程漢的影子，那聰明外露卻又對身邊的事物不太感興趣、稍微有點自閉的氣質，不是程漢是誰？

一平不記得自己七歲的時候是甚麼樣子的，大概頑皮些，強橫些，但又懂事一些。他和金鑽在龍駿心目中塑造了截然不同的形象，金鑽是完美的慈母，甜蜜溫馨而從不離開他半步，因此他在金鑽面前往往盡情放肆，也活潑得多。在一平面前他就比較拘謹，有時一平覺得現在自己給予龍駿的感覺十分接近當年父親給予自己的感覺，時遠時近，難以捉摸，有時代表著權威的聲音，有時又比母親還要仁慈，而且似乎有一個自己的世界是不把兒子包括在內的。他童稚的心靈敏感地探測到，因而作出相對的反應。

那天晚上就寢以前，一平對金鑽說，他知道電話是程漢打來的。由於于珍的企圖自殺，大家都毋須鬼鬼祟祟假裝不知道程漢和金鑽的關係了。

「怎會是他？」金鑽道。

甚麼都還沒說就本能的替他辯護，一平不由得心中有氣，顧不得說別的話就說：「爲甚麼不會是他？」

「我是說，你怎能肯定是他，那人從來沒講過話。」

「他跟我講過，」一平把今天接到電話的經過告訴她，「雖然他故意掩飾原來的聲音，但我認得是他。」

金鑽避開他的目光，沉默了一會道：「我沒告訴你，怕你多心……他來找過我的，就是他剛知道了自己身世的時候，他覺得多少也和我有點關係，我們很久沒見面了，這些年一直都沒有過。」

「他和你說了甚麼？」

「講到恆姐的病，講到他女朋友，又講到爸爸答應給他一筆錢，他當然很開心，這幾年他一直不太如意，現在他覺得終於有機會出頭了，有爸爸幫忙他很有信心……就是這些，沒甚麼要緊的事。」

「眞是這樣的話，你何必隱瞞我。」

「我去見他你一定不高興，我本來不想去的，可是他幾次三番的打電話來，我就去應酬他一下……」

一平突然發現自己是多麼的一廂情願。雖然這些年來他和金鑽之間存在著難以消除的隔閡，至少他沒有懷疑過她在他背後還隱藏著甚麼祕密──最大的祕密已爲他們兩人所共有。他忘記了她享有獨立的生命，有許多的時間他們並不在一起，她可以爲所欲爲，正如他曾經做過的一樣。

他冷冷地道：「他沒有問到小龍嗎？」

她極輕的猶豫了一下，「沒有。」

「怎會沒有？」

「我說的話你反正都不相信，你還問我幹甚麼，」她用一種自衞的冷淡道。

「這且不管它，他怎會知道小龍是他的兒子，你不是說過你沒有告訴他嗎？」

這回金鑽沉默了很長的時間，一平語氣咄咄的道：「你不是說他不知道嗎，你說你從來沒告訴過他，那麼他是怎麼知道的，你跟我說，你是不是告訴過甚麼人……」

「你別這麼大聲好不好？」金鑽叫道。

「你到底跟不跟我說眞話？」

「我甚麼時候不跟你說眞話了？」

「就是你說你沒有告訴過程漢的時候，那是眞話嗎？」

他們藉著喘息的機會都把脾氣按捺了一下。

「他早就知道了，從一開始他就知道……」她微微地搖著頭痛苦地說：「但他根本不承認，他根本不愛我，不想跟我結婚……好了，現在你知道了，你高興了吧。」

接二連三的新發現使一平跌入了撲朔迷離的混亂之境，分不清孰眞孰幻。他也忘記了去生氣，只是痲痲木木地道：「現在他又想認回自己的兒子了……」

「不會的，你別瞎疑心，」她像是立時清醒了許多。「你不想想他要回小龍幹甚麼，他現在等於是我半個哥哥，我們能公然撫養同一個孩子嗎，而且他已經有個很要好的女朋友，他犯不著給自己找來這麼一個累贅……」

一平也覺得自己的推理有很多漏洞，但他立刻想起靜堯打來的那個電話，「可是時移勢易，現在情況不同了，他和黃家攀上了關係，他覺得自己有條件據理力爭，可以堂而皇之地認回兒子，否則他在電話上不會那麼說。」

「可是他能怎樣？你是小龍的合法父親，再怎樣他也是沒辦法的，你根本用不著擔心，別說你不會把小龍還給他，我也不肯呀。」

這番話使一平得到某種鼓舞，他沉靜了一會道：「但他打那些電話來幹甚麼？」

「也許……只是他的惡作劇，故意唬你一下。」

一平認爲不太可能，但他隨即又想起靜堯說的程漢對他似乎猶有積怨，也說不定他就是這麼一個睚眥必報的小人。他覺得心亂得很，腦子裏千絲萬縷不知在想些甚麼，本來有甚麼想問金鑽的也忘了，直到後來他們上床就寢之後他才想起來道：「你把程漢的電話地址給我，我去找他。」

金鑽遲疑道：「你去找他幹甚麼？」

「問他到底想幹甚麼，有甚麼目的，總之問個明白。」

「有這必要嗎？」

「你怕甚麼？」

「我不是怕甚麼……」

兩人都說不下去。平日只求相安無事，到了有事的時候才感到坦誠相對的困難。

「也許世上眞的沒有永久的祕密，」一平沉沉地道。「像程漢的母親何嘗不想一生保守祕密，到了最後還是免不了暴露了眞相，她大概作夢也想不到這樣一來引起了這一連串的連鎖反應，也不知到幾時才會停止，我們常常說前因後果，到底是多久以前和多久以後，卻是誰也想像不到。」

金鑽默默無語。一平不再說話，只是想著找到程漢時怎樣質問他，怎樣吐一吐胸中這一口惡氣，好讓程漢知道他也不是好欺的。他覺得自己充滿了鬥志，意氣高昂地墜入了夢鄉。

5

他在睡夢中見到了父親，他們在長沙海邊，父親的眼睛已經瞎了，捲著棉被躺在帆布椅上，默默不作一聲，他坐在小凳上，緊靠在父親身旁，手裏捧著一卷陶淵明詩集，那是父親失明前最愛讀的詩集。彷彿是颶風來臨前的渾渾濛濛的再也晴不起來的天色，灰灰藍藍的滾滿了雲堆的天空教人想起莽莽乾坤，海水是一片灰藍的田野閃爍著暗暗的銀光，波濤起了又落，風中的潮聲恍如某種淒厲的怪笑來自迢迢的海外不知名的島嶼，他聽見自己的聲音清晰而生硬地誦讀著……

嬴氏亂天紀，賢者避其世，黃綺之商山，伊人亦云逝，往跡浸復湮，來徑遂蕪廢，相命肆農耕，日入從所憩，桑竹垂餘蔭，菽稷隨時藝，春蠶收長絲，秋熟靡王稅……

他回頭看了看父親，也許在察視自己的吟誦是否令他滿意，他的臉蒼老如朽木殘帛，頭骨的形狀非常明顯，彷彿已經在腐化成骷髏了，他低頭望著破舊的扉頁，模糊地想著不知道桃花源這地方路程遠不遠，他繼續唸著……

童孺縱行歌，斑白歡游詣，草榮識節和，木衰知風厲，雖無紀歷志，四時自成歲……

海風怒吼著，但他不覺得冷，他甚至有點快樂，父親溫暖而安樂地躺在他身邊，而這是他不知為父親唸過多少遍的詩篇，他這樣地熟悉，絕對的肯定，每一個字像朋友一樣向他走了過來……

一平驚醒之後發覺是被電話鈴聲吵醒的。從客廳傳來的尖嘶不絕的電話鈴聲令人膽戰心驚。

是程漢，他立刻想。

金鑽也醒了。「我來，」他說。

他光著腳板走到客廳，似乎睡了並沒有多久，但是淡白的晨曦已經從簾縫間迂迴而入。他懷著幾分疑懼提起電話，竟是靜堯。

「爸爸死了，」他說。「淹死了。」

第六章

1

是全伯首先在後園的游泳池發現黃景嶽的屍體，嚴格來說他是死於心臟病發，經過剖驗也證實了心臟曾有冠狀動脈痙攣引致心肌梗塞的跡象。驗屍官說曾有沉船的人身體尚未觸水便心臟停止，可見對於某些人來說僅只是溺水的危機便足以致命，在外國這種現象名爲無水之溺。根據黃景嶽的死狀，他認爲是極度恐慌引起心臟痙攣致死。

黃家的傭僕以及于珍的證供不約而同地證實了黃景嶽有每天清晨到後園晨運的習慣。他起得極早，近兩年由於失眠更是天濛濛亮朝露尚濃的時候便起床來到後園，邊散步邊理理花，剪剪葉子，藉機活動筋骨。根據現場情況推斷，他是在手持網兜試圖打撈池面的穢物時，不慎失足的。

靜堯搬出去後黃家剩下的都是上了年紀的人，黃景嶽又不良於行，根本無人游泳，只等年輕的一代偶爾回來才派上用場，然而由於風水及美觀的問題仍舊一年四季注滿了水，冬天亦不例外。平常全伯會用一個連結著一面小網的長桿打撈落在水池的花葉或蟲豸之類，那個早晨也許黃景嶽看見池面落下了甚麼，網兜又正在池邊，便隨手拿起來往水面撈去。或許他暫時放下了柺杖，或許一手扶杖，一手執網，網兜的重量使他上身過分前傾，或許腳底的瓷磚過於濕滑，都可能是他失足的原因。泳池不大，本來要淹死一個大人不是那麼容易，但是黃景嶽畢竟年事已高，三十年前車禍受傷之後就沒再碰過水，近年來他的右腿發作得越來越嚴重，每天需要服用風濕止痛的藥物，清晨池水的冷冽以及突然失足的驚駭使他落水後完全失去鎮靜應付的能力，傷腿極可能抽筋、劇痛，以致無力自救。再加上他原來就有心臟病的底子，他的死亡雖屬意外，卻是合乎情理，死因裁判庭最後判決爲意外死亡。

黃景嶽的後事由靜堯負責籌辦，于珍在事發當天就因爲刺激過度臥床不起，一直服用鎮靜劑，金鑽暫時搬回黃家照料她。她們平日雖不十分親近，然而這是非常時期，在寶鑽回來之前，于珍身邊有個親人總是比較好，龍駿也就跟著金鑽一同回去了。

舉殯那天一平起了個早，屋裏沒有金鑽和龍駿顯得異樣的空寂，從窗外傳來的交通的低吟以及鄰居從門外走過的聲音，更襯托得這寧謐是熱鬧中的小島。他做了一份雞蛋三明治和咖啡，算是吃了早餐，又給花架上的盆栽澆了澆水。出席喪禮的深色西裝和白襯衫是昨晚就準備好的，那條寶藍有著暗綠圖案的領帶是兩年前三十歲生日金鑽送他的生日禮物。他在衣櫃的全身鏡看了看自己，無端的有種怪異的感覺，彷彿鏡裏的是他又不是他，而是一個酷肖他的兄弟在模仿他卻只成功了八九分。臉上的皺紋尚未成形，但是從那些輕淺的軌跡已能預知它們將會在哪些地方出現。眼睛周圍、下頦和頸項的變化，在歲月中將他帶往更中年、更靜態，使他看來彷佛消瘦了些，其實又沒有。

黃景嶽的靈堂占據了殯儀館正中最大的禮堂，弔唁的花牌擠到了外面的走廊，一平準時來到的時候從大嶼山坐船出來的于太太已經到場，靜堯和施紘娣是結伴來的，在和幾個早到的弔客寒暄著。隔壁的靈堂有幾個尼姑在做法事，敲打著法器咿咿唔唔地吟哦著超渡死者的經文。

「姑媽他們還沒到？」一平問母親。

「就是呀，說明十點開始，現在都快十點了，別人倒先來了多不好。」

一平也有些奇怪，不一會靜堯走過來道：「不知道那邊怎麼回事，麻煩你幫我打個電話去問問，」說畢回去招呼陸續而來的弔客。

一平在殯儀館的辦公處借電話撥了黃家的號碼，那邊的人接聽之後一平差點叫出金鑽的名字，但那聲音雖然有些近似，卻是較低，較年輕。他頓了一頓，道：「金鑽在嗎？」

那人也停了一拍，才道：「在……我是阿寶。」

「哦。」金鑽到機場迎接她那天他沒有同去，所以她回來這幾天他們還沒見過面。他說：「你們怎麼還沒到？」

「剛才正要出門的時候媽昏倒了，現在沒甚麼事了，我們馬上就來。」

「她不要緊吧？」

「可能是這幾天都沒吃甚麼東西，剛剛讓她喝了一杯熱牛奶。」

「好吧……沒甚麼，已經有不少人來了，靜堯叫我問問。」

「我們現在就出門，」寶鑽道。

掛線後一平去找靜堯說明經過。靈堂上吵吵雜雜的，還有檀香混合著過多的花香的氣味令他感到局促不安，他跟于太太說出去走走，踱到外面的行人道，滿地都是從花圈花牌上落下來的斷枝殘梗，揉碎的花葉散發著甜腐的氣味。天色寒翠，飄著幾片沒有雨意的雲絮，卻是頗冷，他將長大衣的衣領圍著臉的下半部。據天文台說香港已經許多年沒有如此寒冷而又多雨的冬天了，因此這個冬天也像新聞一樣被許多人掛在嘴上議論著，不論在學校或者公車隨處都聽得見。

鄰近做殯儀館生意的花店都開了門，對面馬路一溜並排著幾家小本經營的店鋪，他踏進一家快餐店買了杯咖啡坐在靠門的窗前，看著早晨的陽光朗朗地照耀著，日光浩蕩的馬路顯得很清新，那一刻間他的生命像是很悠閒，無所牽掛。後來他到花店前看花，七彩繽紛的花瓣灑滿了水，人對著花，臉上自會感到一股沁沁然的涼氣。一個十五六歲的少女蹲在店前地上，戴著手套的手熟練地除枝去葉，見他看花，便向他笑道：「買花？」

「不是，都買好了，」一平道。

「哦，是你親人嗎？」少女率直地問道。

「我岳父。」

「嗯……天氣太冷，你看，花都在發抖。」

「生意好嗎？」話出了口才察覺問得太魯莽。

少女卻不介意，仰著臉無邪地向他笑道：「看情況啦，一樣有淡季和旺季的，你信不信？」

「我信呀，現在是甚麼季？」

「說出來你也許不相信，是旺季。」

一平笑了笑。少女手不停揮地工作著，兩個臉蛋凍得紅紅的，看來很活潑。一平很想跟她多談幾句，便道：「你天天對著這些花，有沒有喜歡的？」

「有呀，我喜歡康乃馨，」少女天眞地說。「我不喜歡玫瑰，老是扎傷我的手，戴著手套也一樣。」

「我也喜歡康乃馨，」一平笑道。

「哪，送你一些，我們多著呢，」她隨手拾了十幾枝用繩子綑成一束遞給他，有紅有黃，也有白的。

一平接過來道了謝，「你綑東西的手勢眞漂亮，」他稱讚道。

「當然啦，我六歲就會了，」少女驕傲地說。

一平拿著那一束康乃馨往回走，不像是參加喪禮，倒像是前赴甚麼喜慶宴會一般。還隔著幾丈遠他便看見黃家那輛洗刷得晶亮的朋馳停在殯儀館門前，全伯和龍駿西裝筆挺的從前座下來站在路中，司機下車打開了後門，一名女傭先下車，金鑽隨後，回過身去攙扶于珍。充滿了濃冬氣息的冷風吹拂著她們身上的黑衣服。最後下車的是一個長髮披肩、身材比金鑽略形纖瘦、又比于珍稍高的挺拔的少女。是她。是寶鑽。

2

如今于珍有寶鑽陪伴，金鑽便要和龍駿回到青山道的家，喪禮後的那個週末一平去接他們，順便探望于珍。他有點擔心于珍的狀況，整個喪禮她都是不言不哭木木呆呆的，彷彿打了痲醉藥的人感覺不到任何痛楚，像她這個年紀受到如此重大的刺激就不像年輕時那麼容易恢復了。但是那天一平到了黃家看見她似乎還不太壞，至少已經坐了起來，正手搭著手和寶鑽在客廳說話。寶鑽也因爲在哀悼中顯得很低調，只微微向他一笑。

意外剛發生時他來看過于珍一次，但來去匆匆，也來不及細察黃家這些年的變化，這回他便注意到一些並不太明顯的微妙的變遷，不只是家具及裝潢由於日夕的銷磨而變舊，而是彷彿這裏面的人不太在乎自己住在甚麼地方，彷彿還住在這裏的時候便遺棄了它。他記得有很長的一段日子是黃景嶽獨自住在這裏的，偌大的房子，就他一個人以及兩個老僕。昆姐和玲姐都不在了，于珍不喜歡用菲律賓人，現在只有一個叫齊姐的來了半年的廣東女僕。

連後園也無復當年那種井井有條的嚴謹的氣象，大概全伯年老力衰，無力勤加修葺，許多地方有野草任意茁長，花木欹側地交錯叢生，看上去有幾分蕪亂又平添了某種野趣。他在游泳池邊佇立片刻，回想著這些年來目睹黃家以及黃氏珠寶由興盛日漸走向式微，終至落得支離破碎，黃景嶽的死如同一個句號意味著黃家的全盤瓦解。他眼前不期然地浮現出黃景嶽的屍體在那碧藍的池水中載浮載沉的情景，追隨半生的手杖是他唯一的忠僕，一切是如此安寧而無驚擾，然而這又是何等寂寞的死法。不知道還會不會有人來這裏游泳，他想。大概不會了。一種幽幽的孤獨之感迫上他的心頭。不知何時全伯也來到了池邊，一平過去向他問好。

「這兒，」全伯跺了跺地面，「這是老爺落水的地方。」

「就是這裏？」一平看了看腳下的白瓷磚。

「這裏有泥土的痕跡，那幾天下過雨，地有點濕，那些警察檢查過這周圍草地上的腳印，斷定老爺那天早上走過的路線，他們估計大概就在這裏。」

「偏偏是深水這一邊，如果是淺水那邊……」

全伯有點激動地道：「我拖他上來，給他人工呼吸，我知道遲了，不成了，看見他那樣子我就知道不成了……要是我早發現他就好了，說不定他還有救……」他定定的望著池水。

「這是誰也想不到的事，」一平道。

「表少爺，你是讀書人，你說這因果報應到底是怎麼回事，真的有報應這回事嗎？」

「我也不知道。」

全伯默然半晌，抬起紅紅的眼眶看了看他，忽然低聲道：「老爺一向喫著降低血壓的藥，還有他腿疼，那止疼的藥也是每天服的，就在他死前兩天，他跟我說藥不見了，不知放到哪裏去了，怎麼找也找不著，他這麼隨口提一句，我也沒在意，這事情發生之後我才想起來，他當時說要再找醫生幫他配過藥，到底也沒去，我在想，假如不是他兩天沒藥喫……」

「也許他後來又找到了呢？」

「不是的不是的，」全伯連搖著半禿的頭顱道：「不過大少爺說得對，人死不能復生，這裏的事我也不想多管了，兩個月前老爺給了我一筆退休金，他說黃氏珠寶要關門了，這房子過個一年半載他也要賣出去，我當時就覺著不是好兆頭，想不到呀，想不到他自己倒先走了……」

與全伯的一番對話使一平感到悶悶不樂，回到屋裏，女傭告知他金鑽和龍駿在樓上收拾東西，他便上了二樓，走過從前來給寶鑽補習時常來的那個房間，發現房門虛掩著，留著約半尺的門縫，可以聽見裏面有人來回走動著，他輕輕用指骨敲了敲門。

「進來，」寶鑽在裏面大聲叫道。

她那爽朗的作風提醒了他她是在外國喝了多年洋水的留學生，然而當她看見是他，她便有點拘束起來，笑了笑道：「我以爲你在後面呢，我看見你和全伯說話。」

「怎樣，回來後好嗎？」

「還好，我東西還沒時間收拾呢。」

她的衣服和雜物散置在房間各處，此外房間一點都沒有變，跟從前一模樣，淡桃紅的地毯，白色暗花牆紙，甚至那個粉紅的壁鐘。

「你一點都沒變，」她坐在床上。

「怎麼可能，兒子都快七歲了。」

「想不到回來爸爸已經不在了，」她感傷地道。

「還回去瑞士嗎，畢業了沒有？」

「還有兩年，但五年內隨時可以回去把它唸完，我想先留在這裏陪陪媽。」

「這樣也好，」一平點點頭。「她很需要有個人在身邊。」

「下個星期宣讀遺囑，你來不來？」

「我大概抽不出時間，有金鑽去就可以了。」

「解散公司的事還在進行著，現在也不知道該怎麼辦。」

「你哥哥會有主意吧。」

他不習慣這樣跟她說話，大人對大人，他不能忘記那個刁鑽俏皮梳著兩條辮子的十二歲小女孩，如果世上有所謂陌生的熟人，或者熟悉的陌生人，大概他和寶鑽就是很好的例子吧。

他緩緩踱向落地窗前，青灰的沒有陽光的天色教人覺得鬱鬱的，玻璃上散發著瑟瑟的涼意——就是這片玻璃……

「你好多年沒回香港了，覺得變多了吧？」他純粹是找話說。

「是呀，暑假想過回來，但那些年媽媽在治病，醫生說最好暫時避免轉換環境，就這樣耽了許多年。」

「外國好嗎，在那邊過得怎樣？」

「到底不是自己的家，再怎麼好還是欠了一點甚麼，心裏總是不太踏實。」

「誰都一樣的，」一平道。「在這裏也一樣。」

「可是回來之後，又覺得甚麼都很陌生，像哥哥、姊姊，我好像不認識他們了，也許因爲我走的時候年紀還小，甚麼都不懂……」

「你們很多年沒見面了，大家都改變了不少，慢慢的就不會有這感覺了……」

他們其淡如水地說著話，略過不談的話題卻是昭然若揭，他這些年和她姊姊的婚姻生活，他的兒子，他的轉變，她在英國和瑞士由女童成爲少女的成長過程等等。他們當年猝然分開之後便天各一方走著不同的道路，對方中間的十年有如一片空白，實在也不知道從何說起。

「但是你……我不覺得你陌生，」寶鑽聲音很輕地道，低著頭冥想似的，歛眉垂目，清秀的臉孔在她那蓬蓬鬆鬆披在頭部周圍的長髮中間猶如一片小小的淨土。

「只是好像而已，」一平微笑道，盡量打破這種緬懷的氣氛。「我的感覺很奇怪呢，你想想看，你都這麼大了，而你走的時候只來到我這裏，」他比了比自己的腋下。「假如另一個人冒充你回來，我一定不會知道。」

寶鑽不表示甚麼地微微一笑。

「你收拾吧，我不打攪你了，」他說畢便點點頭轉身出去了。

3

三月底的一個週末一平準備帶龍駿去參觀市政局在沙田中央公園舉行的花卉展覽，這是早就答應了他的，金鑽臨時不舒服不想去人多的地方，不去了。兩父子吃過午飯正要相偕出門，寶鑽卻打電話來約他們去打網球。一平已經許多年沒有參加靜堯的網球局了，免得大家為了施紘娣感到尷尬，他向寶鑽說要帶龍駿去花展。

「這麼好玩，我能不能參加？」她說。

「你不是跟他們約好了嗎？」

「沒關係呀，我不過是湊熱鬧，少了我一個也無所謂。」

一平自然不能說不許她去，只得約她在公園入口見面。

金鑽在一旁聽見他那邊的對話，道：「回來吃晚飯嗎？」

「回來吧，我想不會太晚。」

「不回來也沒關係，我也懶得煮。」

「回來的，我們一起出去吃，」一平細看了看她的臉色，「你眞的不去嗎？」

「不去了，我今天眞的不行。」

「要不要找個醫生看看？」

「換季小感，看甚麼醫生，你快去吧，別多事了，」她催著他出門。

那一陣子經常下雨，她一定要他帶著傘。她送他們出門口，蒼白的手搭在門鎖上看著一大一小高高興興的離去，她和一平就像好朋友話別似的，揮了揮手。

天色灰灰的，不時飄下幾滴不成氣候的雨點，他們先乘地鐵又轉乘入新界的火車，到了那裏只見寶鑽倒比他們先到了，穿著牛仔褲和一件黑色薄絨的外套，站在那裏有點好奇地望著人羣，一平一看見她便感染到她那種青春明亮的氣息。

龍駿和她還有些生分，寸步不離的挨著一平。儘管天不作美，仍有不少人扶老攜幼來到會場，穿著臃腫的寒衣，像大大小小的灰熊到處橫衝直撞。一平不明白爲甚麼香港人的家庭總是這樣又邋遢又囂張，使他於親切之餘又不免感到厭煩。他依稀記得小時候和父親來沙田騎單車，吃一種用連殼小蝦炸成的蝦餅，那時的沙田給他的印象是遼闊乾旱的沙地和沙塵，如今已是改頭換面沒有一絲一毫舊日的影跡，再也沒有人把沙田當作郊外了。

他們按圖索驥先去參觀各組比賽的展品，甚麼中國蕙蘭、肉食植物、賞葉植物、插花藝術等等，然而色多眼亂，各種顏色在眼前亂晃，很難有甚麼驚豔的奇遇。他們都比較喜歡園圃設計，有以石景爲主的中國式庭園，種著薔薇的歐式小徑和涼台，頗有幾分雅趣。寶鑽帶了照相機，一定要給一平和龍駿拍照。他們都是極少拍照的，如喪家之犬站在鏡頭前，大家都好笑起來。

寶鑽先嚷肚子餓，他們便按照地圖找小食亭，經過人多的地方，一平習慣地向身後一探手，牽著龍駿。他一副心神全在地圖上面，過了一會才發覺自己握著的手感覺不對，分明是一個女子的纖細的手。他回過頭來，只見寶鑽和龍駿都在摀著嘴竊笑。

「噢，對不起，」他連忙鬆手。

寶鑽和龍駿都大笑起來，一平捲起地圖佯追著龍駿要打。

他們買了熱狗和飲料，在花圃旁找到椅子坐下，寶鑽問龍駿道：「我唸小學六年級的時候你爸爸是我補習老師，他有沒有告訴你，他那時候很好玩的，動不動就跟我兇，只要分數低過八十便翻白眼瞪著我……」

「你別誇張好不好？」一平笑道。

龍駿從未聽一平說過，呆呆地望著寶鑽，她開始告訴他一些那時候的種種趣事，比如說有一次上課一平伏在桌上打瞌睡，她用一條紮頭髮的緞帶把他的一隻腳縛在椅腳上，一整課他都毫無所覺，下課時起來就走，差點連人帶椅整個摜在地上，又有一回學校派成績表要見家長，她家裏誰也沒空去見，最後是一平冒充她哥哥去見她的班主任老師，那老師對他印象很好，後來還在她面前你哥哥長你哥哥短……

這話題使一平有點坐立不安，卻又不便阻止她。

「你記不記得你跟我說過的歷史上的三大名蛋？」她回頭問他。

「甚麼三大名蛋？」

「你自己怎麼倒忘了，第一隻是幸運蛋，牛頓煮蛋吃糊里糊塗把自己的錶當雞蛋煮了，原來那一隻得以大難不死，所以你叫它幸運蛋。」

「你記得這麼清楚，」一平笑道。

「還有呢，還有一隻是甚麼？」

「是甚麼？」

「是哥倫布的不倒蛋呀，將其中一端敲扁了便可教它屹立不倒，最後一隻叫做天下第一蛋，就是引起雞先生蛋還是蛋先生雞的那一隻……」

正說著，一個人兩手抄在口袋裏晃悠悠地盪到他們面前，對寶鑽道：「好久不見了，你長到這麼大了，眞是女大十八變。」

一平作夢也想不到程漢會在這裏出現，他和寶鑽同時站了起來。

程漢咧嘴笑笑，「我也是和朋友來看花展。」

一平這才注意到程漢身後不遠站著一個與他穿著類似的夾克牛仔褲裝束的二十多歲的女孩，他立刻知道她是程漢的女友，不是因爲金鑽跟他講過，而是他們之間有點甚麼像是秤不離錘地密切地呼應著。

「你就是小龍，」他摸摸龍駿的頭，「我是你程叔叔，我和你爸是好朋友，你今年幾歲了？」

「七歲，」龍駿道。

「可惜叔叔甚麼都沒準備，沒有見面禮給你，這樣吧，這五十塊給你買東西吃。」

一平心裏像是揪緊了似的，將手交疊在龍駿胸前，「你別給他那麼多錢，小孩子別慣壞了他。」

程漢好脾氣的笑笑，把那五十塊對摺起來放進龍駿的襯衫口袋，「別聽你爸爸的，他總是愛跟我客氣。」

龍駿看看一平，又看看程漢，似乎隱約地感覺到有點不妙。

程漢向一平道：「我跟你講兩句話，可以嗎？」

一平沒有猶豫，要來的總是要來的，還不如早點解決了的好，大庭廣衆，他也不怕程漢會怎樣，他回頭向寶鑽笑笑，叫她看著龍駿，和程漢並肩向一旁走去。程漢的女友一直沒有走近，只是若即若離的在附近流連。

在中環那回畢竟是匆匆一瞥，這樣的近距離，一平便注意到程漢的氣色十分灰敗，他臉上有種霉壞的氣息，像過了期的乳酪。他已經完全擺脫了當年那種年少氣盛略形輕浮的氣質，顯得陰沉得多，他使一平想起那些許多年都沒有笑過的人。

「你怎麼找來的？」一平道。

「我打電話給金鑽，是她告訴我的。」

程漢接下去所說的與一平的設想完全不符，與龍駿毫無關係。

「我是想跟你道歉，」他很令一平意外地這樣開了頭，「你記得……爲了阿寶……」

一平不知該怎樣回答地「哦」了一聲。

程漢聳了聳肩膀不太自然地笑笑，「我的事……我是說我的身世，我想你都知道了。」

「我知道。」

「是這樣的，黃……黃先生，他生前答應過我一筆錢，說一籌到現金就會給我……本來他想把我寫進遺囑的，但是他覺得這樣不太好，我想他主要是怕原靜堯會鬧起來……這些我無所謂，但那筆錢，的確是他親口答應過我的……」

宣讀遺囑之後一平才知道黃景嶽並未來得及改立新遺囑，遺囑內容與黃景嶽在于珍入院那天向他透露的大相逕庭，由於原來那份遺囑是以黃氏珠寶繼續經營爲前提，靜堯無形中成爲受益最多的遺產繼承人，一平的名字更沒有列在其中。如今黃氏珠寶的解散工程只進行了兩三成，由靜堯接管，以後的事不問可知了。不知爲甚麼黃景嶽遲遲尙未改立新遺囑，也許是于珍的大失常態使他分了心神，又或者是他打算把結束公司的事情處理得更進一步，自然他絕不會想到一場飛來橫禍……

「你打算怎樣？」他問程漢。

「自然應該由靜堯擔這筆數，你說是嗎？那筆錢本來應該是我的，只是他還來不及給我而已……」

「你跟靜堯談過嗎？」

程漢流露出憤慨的神色，「他一口拒絕了，以後一直避開我，打電話到他家他也不接，要不就是電話錄音，打到公司他又總在開會，不然就掛我電話，去找他就叫護衛員轟我出來……這不分明想賴賬嗎？你是會見到他的，你幫傳句話給他，要不他見見我，要不他把錢給我，我是不會罷休的，」他嘴裏儘管說著狠話，卻不太有信心似的，眼神浮閃不定。

「黃先生答應給你多少錢呢？」

「兩百萬……我不是空口說白話，他的確答應過我，他死前兩個星期我們還見過面。出殯那天本來我想去的，到底他是我爸爸，後來我想想……還是不去的好。」

「但是這樣無憑無證的，又沒有白紙黑字的文件證明，也難怪靜堯不信你的話，他也只是保護自己而已。」

「我有甚麼辦法呢，這兩百萬的事，我也不知道還有誰知道，多半他只跟我一個人說過，教我怎麼證明呢？」

「所以呀，靜堯給你是他大方，他不給你，也是情有可原的。」

程漢沉默了一會。他似乎感覺到冷，胸部在肩膀間塌陷著，兩隻手在夾克口袋裏由始至終沒拿出來過。

「但我和黃先生是甚麼關係他是知道的，想抵賴也抵賴不成，是他們欠我的，」他固執地說。

那兩百萬顯然已深深的烙進了他的腦子裏。「你幫不幫我？」

「幫你傳兩句話沒關係，但我相信不會有甚麼作用，他爲甚麼要聽我的。」

「你可以說……可以說……黃先生跟你提過，你說你知道這件事。」

一平沒有直接回答，「叫金鑽幫你不是更好嗎？他們是兄妹關係，由她說出來也許更可信一些。」

「老實說我問過她了，就是剛才打電話給她的時候，他們家的人裏面，只有金鑽對我很夠朋友，從前我在他們家的時候她就沒把我當下人，」程漢看了看一平，「但她說還是通過你比較好，她說她是個女人，說話沒有力量……」

一平明白這是金鑽間接告訴他她和程漢之間並無不可告人之祕，她已拒絕介入程漢的事情，請他放心。他有點無奈地說：「你最好不要抱著太大的希望。」

「老實說不是黃先生親口答應我也不會這樣異想天開，這幾年電影市道越來越差，我收入很不穩定，有時還要靠我再兼一份工才能夠維持，加上這一年多我媽的病……她過去了，你知道嗎？」

「哦，甚麼時候？」

「就在黃先生死後三個星期，」他似乎不願多說。「阿雯——我女朋友——她在加拿大有個親戚願意擔保我們過去，我們準備結婚後一起申請，你想想看，那筆錢對我會有多大的用途……我在這裏也混得夠了，本來我還想跟大陸做點生意，可是現在……我媽也死了，我實在很想重新開始，在那邊開一家餐廳，一家雜貨店，甚麼都好……」

一平聽他似乎沒有把龍駿包括在他的計畫裏面，才比較放心地道：「小龍呢？你問都沒問過他。」

程漢回頭看了看與寶鑽站在一起的龍駿，「你幫我這一次，其他的事我都不管了。」

「你幹嘛要打那些無聊的電話來？我還沒跟你算賬呢，」一平道。他曾經向金鑽要過程漢的地址想去質問他，其後由於黃景嶽的亡故，接二連三的事情使他把此事擱置了。現在他才又想起來。

程漢笑了笑道：「以後不會再有那樣的事了，你放心好了。」

一平心中也在打著如意算盤，倘若能說服靜堯用兩百萬打發了他，便可一勞永逸，不必再擔心程漢的干擾。

兩人的談話到此爲止，他們回到原來相遇的地方，各自分手。在他們談話的時候寶鑽給龍駿買了個瓶栽植物，密封的卵形玻璃瓶種植著一棵迷你秋海棠，嬌小堪憐地棲息在白皙的沙石堆中。此時大家都有點意興闌珊，隨便遛達一會便離開會場，在附近找了家餐廳坐下。這時寶鑽才問他，程漢跟他談甚麼談了這麼久。有關程漢的背景寶鑽已經知道了，一平把來龍去脈向她和盤托出，只隱瞞了龍駿身世這一點。

「你打算怎麼辦？」寶鑽問道。

「既然這樣，總要跟靜堯商量一下，你覺得機會怎樣？」

寶鑽搖了搖頭，「我看哥哥是不會憑他一句話就把兩百萬平平白白簽出去的，不過我對他還不太了解，要看程漢的運氣吧。」

「但願他肯花錢買個安心，萬一程漢橫了心，沒完沒了的，也是麻煩。」

「誰知道是不是一次就解決呢，說不定是個無底洞呀，兩百萬這個數目說大不大，說小可也不小。」

「我覺得程漢倒不像是乘機敲詐，至少他沒有誇大數目。」

「你爲甚麼不告訴他爸爸跟你提過這件事？」

「那樣一來他更要抓住我不放了，我實在沒有多大信心靜堯會答應。」

「爲甚麼？」

一平有點爲難地沉吟了一會，「怎麼說呢，現在這錢等於是他的了……」

寶鑽笑了笑道：「你同情程漢，是嗎？」

「他說很想重新開始，我相信他是有誠意的，有了這筆錢，他就不用像以前那樣胡混了，」一平道。「本來他不知道自己的身世也還罷了，想不到又發生這樣的意外，滿腔熱望化爲飛灰，他的感受是可想而知的。」何況他又是龍駿的父親，一平心想。彷彿就是自己的另一化身，使他不禁有點愛屋及烏，然而這種心理實在過於荒謬，連他自己都覺得難以解說，但是至少，他發覺他不再恐懼程漢了。

寶鑽感喟地道：「好奇怪，他居然是爸爸的兒子，而爸爸居然有情人，而這個情人居然是恆姐……如果不是發生在自己家裏，我絕對不會相信。」

「我相信姑丈主要是爲了恆姐，才答應給程漢這筆錢的，他們的感情一定很深，她一個人把這祕密隱藏了這許多年，實在也難爲了她。」

「我媽恨死她了，我實在不明白，姊姊的媽媽撞車死了之後，爸爸爲甚麼不乾脆娶了恆姐，反而又和媽媽結婚，眞是搞不淸楚。」

「很多事情恐怕永遠不會淸楚了，不是恆姐病重一時軟弱，恐怕誰也不會知道這件事。」

「不知道更好，眞相大白反而害苦了人。」

一平笑道：「假如你有這麼一個祕密，你會不會永久保密？」

「我是最不能保密的，」寶鑽笑道。「我一定急不及待就全都說了出來，記不記得從前我給你猜謎語，我比你還要急著把謎底告訴你。」

一平也笑了。他喜歡看她說話時那種又率眞又認眞的樣子。

兩人輕輕鬆鬆地談談說說，就像老朋友一樣，渾忘了身在何處，等他們重新注意外界才發覺業已暮色低垂，在這陰霾的天氣裏更是提早亮燈，明暗不一的燈光將這不夜城裝點成一座觸目生光的龍宮寶殿，教人更覺難捨這玲瓏綺麗的夜晚。一旦停止談話，兩人都有點如夢初醒。

「我們冷落你了，」寶鑽向龍駿笑道。

他抱著那個瓶栽植物十分安樂地不作聲。一平心想幸而他不是個嘵舌的小孩，否則回去不知會怎樣向金鑽描繪今天的情景呢。

他意識到分手在即，忽然想起早上還答應過金鑽回去跟她吃晚飯的。

「金鑽怕下雨，一定要我帶著傘，結果一天都沒下，」他摸了摸身邊的雨傘，心裏回想著的卻是在公園裏錯誤地握住了寶鑽的手時，那種柔軟、熨貼的感覺，她那一隻手儼然是屬於他的感覺。

4

日後當一平回想與寶鑽共度一天的情景，以及自己那種雲裏霧裏的感覺，他相信那只是短暫的煙霞倏忽即逝，而假如他容許自己繼續沉溺於種種片面的假象並與嚴肅的現實悖離，那麼他一定是接近失去理性的邊緣了。他想著寶鑽的年齡、他們之間的年齡的差距、他們過去的關係等等。也許他和金鑽的婚姻並沒有甚麼值得驕傲的地方，然而在盲目的不知所以然的生涯中那是他存在的佐證，是亂絲中一條迂迴穿引的紅線，雪地上的一滴血。早晨還未完全清醒時與金鑽的第一下碰觸、安排參加龍駿學校的家長之夜、聖誕節在聖詩合唱團中找他站在第幾排、三個人在超級市場推著滿車的雜貨、晚燈下改作業時聽著客廳的電視聲、隔著門口與金鑽大聲說話……這些瑣碎紛紜的片段構成他生活的全圖，而每次當他與金鑽鬧得幾乎破鏡難圓，他更能體會其中的嚴格與可貴。婚姻是大事，不管人們怎樣掛在嘴上笑謔都絕不是一個笑話，不是胡鬧，絕不能掉以輕心，所以當寶鑽的聲音像敲窗的雨點不住敲打著他思想的邊緣，他感到有生以來最為深切的惕凜，甚至超過了程漢曾經給他的威脅。

然而，到頭來，最令他震驚的還是寶鑽竟會驅使他求救似的反覆思考著自己的婚姻。如果婚姻是一件實物，他像是個久已熟悉它的重量的人忽然說不出來它究竟是太重還是太輕。

有一天他接到電話，由於對方長久不語使他擔心是神祕電話的重現，過了一會才聽見她說：

「是我。」

他「哦」了一聲，拿著通話器的那一隻手彷彿有它自己的心臟在噗噗地跳動。

「其實沒甚麼事，」她靜靜地說。

沒多久他們便掛斷了，她甚至沒有牽強地跟他談家常。

週末她再打電話來，便有了名正言順的理由。「今天總該可以打網球了吧，哥哥也去，」她說。

他們都知道他需要和靜堯商量程漢的事，他全副武裝地把金鑽和龍駿都帶了去。如今的網球局與幾年前又有所不同，主要的成員都已接近中年，在事業上儘管仍然年輕有為，在球場上卻不那麼勇猛精進了。最年輕的是施紘娣的弟弟施典華，一平多年前有過數面之緣，寶鑽正在與他單打，陽光在地面畫出網絡狀的細格。

俱樂部今天出奇的人少，露天茶座只有靜堯一身球服的坐在遮陽傘下，稍露倦容的臉孔落在陰影裏，喝著一杯漂著半片青檸的沒有色調的飲料，桌上放著他的車鑰匙和手提電話。經過歷年的交往，一平仍舊每次看見他都會有不同的感覺，時而欣賞，時而質疑，時而暗暗地懷著戒心。他始終覺得靜堯是個莫測高深不容易了解的人，他會不期然地揣測不知道這個星期他又開了甚麼閉門會議，與甚麼人進行祕密會談，擬定了甚麼殲敵戰略，又將誰送上祭台當了犧牲品。他不懷疑靜堯肯定都做過。

後來金鑽帶著龍駿到裏面玩電動遊戲，他便對靜堯簡略地說明在花展遇見程漢的經過和他的要求。

「死雜種，」靜堯詛咒道，憎惡的程度令一平吃了一驚。「他和他媽，一輩子就像寄生蟲一樣想吸我們家的血，貪得無饜，那個恆姐不知道已經得了爸爸多少好處，否則怎會這麼多年還藕斷絲連，甘心抵命替爸爸養著那個不要臉的臭雜種，只是我們都被蒙在鼓裏罷了，他口口聲聲說他以前不曉得自己的身世，我才不相信。」

一平陡然心裏一陣反感，卻也不想多說，用中立的聲音道：「這些不用管它吧，你打算怎麼處理呢？」

靜堯冷靜了一下，「你說呢？」

「假如你不覺得太爲難的話，他既是姑丈的兒子，就當是看在姑丈的份上應允他吧，就算是消財擋災也好。」

靜堯不悅地看了看他，「你認爲我應該乖乖的俯首聽命，任由他敲詐？」

「道義上你自然沒有這個責任，」一平忙道。「可是，如果姑丈還在世……」

「爸爸已經不在世了，」靜堯冷冷地接口。「現在萬事由我來作主，你一而再的抬出爸爸這頂大帽子來壓我，是不是覺得我沒有資格也沒有能耐處理黃家的事？」

「你怎麼這樣說，我沒有這個意思，」一平皺眉道。

兩人凝固了一般沉默了半晌。

一平沒想到三言兩語便把事情談僵，記憶所及這是第一次與靜堯發生這樣的磨擦，他緩緩道：「程漢沒有騙你，姑丈的確有這個意思，是他親口跟我說的，就是去年九月姑媽服了過量安眠藥送進了醫院那天，我去看姑媽的時候只有姑丈一個人在那裏，我們一起吃午飯的時候他跟我說的，這可以證明程漢不是無中生有，念在這是姑丈的遺願，我覺得沒有拒絕的理由。」

「假如眞是這樣，爸爸爲甚麼不跟我說呢，我相信那只是他在醫院裏一時的情緒激動，過後壓根兒就忘了，我們大可不必太認眞。」

誰知道黃景嶽有沒有跟你說過呢，一平心想，就算有你也不會承認。看來靜堯並沒有任何讓步的意思，一平原想放棄了，但是想到那天花展程漢那憂鬱卑微的神態，不覺又道：「兩百萬自然是個可觀的數目，但我想對你來說應該還不難應付……」

「你倒大方，」靜堯沒有幽默感地笑出聲來，「做生意的都是一有進賬馬上拿去周轉，誰的手上有這麼些現款，說拿出來就拿出來，否則那時候爸爸爲甚麼不馬上從銀行裏提出兩百萬來給他？」

靜堯這話倒是有些道理。一平道：「我想他不會介意等上一些時候，只要你給他一句話，我相信他不會急在一時的。」

靜堯用奇怪的目光看看他，「你怎麼倒幫起他來了？我實在搞不懂，他給了你甚麼好處？這一陣子我眞被他弄得不勝其煩，爲了籌備婚禮我已經忙得不可開交，一天有幾百樣事要處理，最近每天只睡三四個小時，今天不是阿娣一定要我來我根本不想來。」

「你看來是有些累，」一平也樂得談些別的。「你們還是按照原來的計畫結婚？」

「是的，我們商量過，酒店都訂好了婚紗甚麼的都準備好了，連環球蜜月的船票都付了錢，一旦改期這些損失不算，不知又等到甚麼時候，反正現在也不講究甚麼守孝的習俗，盡可能從簡就是了，我們本來也不準備太鋪張。」

「這倒是你開銷最多的時候。」

「你明白就好了，」靜堯表示謝意地笑笑，「一平，你也太容易相信人了，你知不知道這些年他在電影圈混得很不好，他不如自己想像中技術這麼高，膽子又小，去跟人學功夫也沒學出個名堂來，混來混去只是個普通的沒甚麼表現的龍虎武師，而且你知不知道他曾經因爲藏毒罪險些要坐牢，最後因爲罪證不足才沒有定他罪……哪，你不知道吧？你又知不知道他爛賭成性，欠了大耳窿一身賭債……哪，他是甚麼人你根本不清楚，憑他一面之辭你就相信了他，怎麼知道他不是在惺惺作態博你同情？不是我冷面鐵心不肯顧全爸爸的遺願，我早就把他調查得清清楚楚的了，這種人只要對他稍假辭色，日後必定後患無窮，從前他在我們家的時候做過些甚麼事難道你都忘了嗎，我看你不至於這樣健忘吧，像他這種人你何必還要去偏幫著他。」

靜堯的一番話使一平覺得無法辯駁，但他心裏並不服氣。他覺得像靜堯這樣的人是永遠不會眞正地了解別人的，他像個嗜血的獵人只能在別人的身上看到獵物的特性，所關心的只是如何以最簡便有效的方法將其征服、殺戮、收爲己用。他對程漢是如此，對施紘娣恐怕也是如此，只是手段不同而已。

他們像兩個戴了面具的人談笑如常，然而還是未能全然抹煞適才那瞬間的磨擦所造成的芥蒂，從裏面款款步出的施紘娣頓時感應到，比平常略形誇張地笑道：「談甚麼談得這麼認眞？」她剛從桑拿浴出來又洗過澡，像裏裏外外洗刷得發亮的不鏽鋼容器，全身透著閃閃的光澤。

「我在跟他談我們的婚禮，」靜堯道。

「老夫老妻一樣的了，有甚麼好談的，我覺得倒像是慶祝結婚十週年。」

「你來跟他說，我現在一點現錢都沒有，哪有兩百萬拿出去替爸爸還債。」

「還甚麼債？」

「感情債，」靜堯笑道。「就是那個姓程的人。」

施紘娣不感興趣地漫應一聲，眺望球場那邊的一對青年男女。寶鑽的球很不熟練，看來是回來之後才學的，不是施典華讓著她早就敗下陣來了，然而她的姿態卻是青春洋溢風采照人，她的長髮彷如舞台有陽光上面舞蹈，她整個人就好像處身於一片光明的面積之中。幾個人的視線都投注在她的身上。

「他們兩個倒是挺匹配的，」施紘娣喃喃道。「不知道小華有沒有本事打動芳心。」

怪不得施紘娣一定要把靜堯拉來，一平恍然而悟，她想給弟弟做媒。他用一邊耳朵聽著他們隨意談論著施典華在波士頓大學修讀企管碩士的種種片段、他在施家企業的未來發展、他有沒有女朋友、寶鑽有沒有男朋友等等，那普通的無足輕重的對話令他感到安心。事實上剛才與靜堯的衝突很影響了他的情緒。

「我去幫阿寶，殺殺那小子的威風，」施紘娣按著靜堯的臂膀站起來，拿起球拍向球場走去。

兩個男人看著她的背影漸行漸遠，都默默無言。一平不覺想到過往半生彷彿就跟這幾個人在同一個房間來來回回地打轉，恨是他們愛亦是他們，成是他們毀亦是他們，可是誰的一生不是如此呢？真正對自己的生命有著決定性的影響的也就不過寥寥數人而已。于珍、黃景嶽、靜堯、金鑽、寶鑽、施紘娣、甚至程漢——此刻，對於這幾個人，他胸間縈繞著一股無關是非、無關風月、卻又無法定義的綿綿的情意，彷彿他們都是他的不同面貌的化身，但他知道這種心境卻是誰也不會理解的。

「程漢想報復，」靜堯用承接上文的語氣道。「我相信這才是他主要的動機。」

「報復甚麼？」一平茫然地道。

「你想想，當他發現自己眞正的身世，他一定會想，如果從一開始他就在我們家出生、長大、留學、繼承爸爸的事業等等，他的景況跟現在比起來可以說是一個天一個地，而這些卻都理所當然地讓我得去了，而我不過是個外姓人，比他還要隔上一層，他會覺得這些本來應該是他所有的，而因爲他母親不敢將他的身世公諸於世而錯失良機，他這口氣怎麼順得下去，換了你恐怕也是一樣，你說是不是？」

一平不置可否，但他看得出靜堯顯然已經說服了自己，他意猶未盡地侃侃而道：「古希臘詩人伊里亞德曾說，報復遠比流淌的蜜糖更甜蜜，我倒要看看他願意付出多大的代價來品嚐報復的甜蜜。」

「你要我怎麼答覆他？」一平道。

「你就以我結婚爲由，幫我拖一拖，他總不會無情到不讓我開開心心的做新郎吧，」靜堯說著露出一抹無邪的笑容。

5

靜堯與施紘娣馬拉松式的十年婚約終於以喜團圓的結局圓滿收場，他們在一九九三年的六月舉行了婚禮，金鑽也被捲入這次盛典的籌備工作而忙個不已，回家不斷向一平轉述有關婚禮喜宴的各種細節，海鮮全席的海鮮如何由外國空運到港、有哪些雜誌來採訪、新娘禮服的天文數字、她當晚佩戴的珠寶……但是讓一平刻骨銘心的不是這些驚心動魄的價碼或富麗堂皇的包裝，而是當晚與施紘娣共舞時她那似憂非憂、似喜非喜的神情，以及那驀然閃現的淚光。這些年來他們共舞的次數不多，然而他們的舞蹈總是合作愉快的，如同多年的老搭擋。他們彷如極對稱的兩個人，她對他的回憶平衡著他對她的，不多，也不少。他擁著她像擁著一個曾經啓蒙自己的舊情人，心中充滿了感恩之情。

當晚的金鑽同樣顯得姿態萬千，身穿一件玫瑰紅絲絨落地晚裝，襯著一串鑽石項鍊，近來留長了的頭髮鬆鬆的束在一邊。來此之前她在美容中心耗去了三個小時，那效果是帶點零亂的瀟灑的美感，也許只有與她闊別十年的人才能在她身上察覺歲月的痕跡，而且似乎年紀越大，她越是散發出一種高貴雍容的美。她今天心情特別好，好幾次一平看見她與別的舞伴共舞時笑得很開心，不熟悉她的人也許會認爲她有調情的嫌疑了，與她在一起時一平會忽然覺得她不像是自己的妻子，不知是誰的。

「姊姊今天眞美，」寶鑽也忍不住讚嘆。「看見她我就恨不得快點年紀大一些。」

「那還不容易，」一平笑道。「明天你的年紀就會大一些。」

與寶鑽共舞又是全然不同的一番感受，她在明，他在暗，他覺得無論在何時何地自己都彷彿是隱身在暗處看著她。

「你覺得阿娣今天開心嗎？」她問他。

「以後你該叫大嫂了。」

「多老氣啊，她一定不會喜歡的。」

一平不禁微笑，想著這三個在他生命中占有過不同比例的空間的女人，一種既惆悵又溫暖的情懷依偎著他。

寶鑽靠近了一些，「聞到嗎，甚麼香味？」

「聞不到。」

她又靠近一些，「現在呢，聞到嗎？」

他不覺屏住了呼吸。

「是丁香，」她輕聲道。「喜不喜歡？」

他不知所謂地點點頭。

他也不知道他們是不是在動著，抑或只是心意的搖曳使他連帶地產生了身體搖曳之感。他聽見音樂悠悠的管弦在他們四面圍成了的密密的森林，他們在正中央，月光如水，靜靜地照著他們，他們旋轉著，每個舞步彷彿是他整個靈魂的挪移，她微微轉側著臉，額頭擦過他的顴部，他的腮頰，而彷彿只是繼續著前一個動作她的嘴唇掠過他的唇邊，極輕極輕，像是沒有。他擁著她又像是熱又像是冷的身軀，小孩裏面的女人或者女人裏面的小孩，如此嬌柔而可親，輕靈如小燕，彷彿可以在他的掌上起舞。

「平哥哥，我一直沒有忘記你，」她說，聲音輕得只是空氣的顫攣。

幽幽影影的燈光中她那通透得藏不了一粒沙子的眼神像要穿透他似的。

「你相不相信一個十二歲的小女孩也可以愛上一個男人。」

他像是甚麼都沒有聽見地注視著她，臉上保持著適度的有禮的表情。他不說一句話，也不對她笑一笑。如果能夠停止那完全違反生理常態的劇烈的脈搏他也會把它停止。他是無情又無意的。音樂太吵，他沒有聽清楚她到底說了些甚麼。

第七章

1

黃景嶽去世之後山頂的房子只剩下于珍和寶鑽，金鑽多少覺得自己是個外人，因此很少再積極的帶龍駿回去，就有也多半是一平提出，去探望于珍，他總是說。由此種種，這一年的暑假金鑽又決定與一平同回大嶼山了。

然而，長沙對他們曾經持有的魅力已經變得可有可無，彷彿只是小時候聽到過的童話，而他們已到了不再能產生共鳴的年齡。一平幾乎三兩天便往市區跑，卻沒甚麼可幹，百無聊賴地看場電影或者逛逛書店。他盼望著開學，那劃分成時間表的全無驚喜的規律已是他多年來生活的一部分，像輪船的甲板在波動中給予他立足之地，他忽然無比想念下課鈴聲響徹校園時那刹那的變奏——學生從課室蜂擁而出、椅腳拖過地板發出刺耳的聲音、值日生擦拭滿黑板密密麻麻的幾何代數、飄在半空中的令人嗆咳的粉筆灰、鬧哄哄的可惡又復可愛的學生在梯間亂跑……偶爾在市區碰見學生，他總是免不了有些尷尬，像在做甚麼見不得人的事，而不過是因爲他無處可去，隨行隨住，明明有家卻自覺無家可歸。

打不打電話給寶鑽，打不打電話給寶鑽……整個問題的核心不過如此。就在他爲此鬧得不安於室的時候他接到蜜月旅行回來不久的靜堯的電話。程漢又在糾纏不清，靜堯道，不知那小子怎麼消息這麼靈通知道我回來。

「這有甚麼難，」一平道。「你們坐甚麼船，那時報紙都有登。」

「他聽來有點歇斯底里……你說得對，消財擋災，我怕鬧出事來，現在不止我一個了，還要考慮阿娣，結婚就是這樣。」

「你答應他了？」

「是，兩百萬，我希望你也來，有個見證人比較好。」

「沒問題。」

「你現在出門差不多了。」

「就是今晚？」他看看錶，已經八點多了，外面下著盛夏的豪雨，雨水打在屋頂和門窗上發出非常響亮的近乎金屬的聲音。

「我也是臨時才想起叫你來，本來我想自己一個就行了，想想還是多找個人比較好，」靜堯接下去說十一點鐘約在長沙灣廣場的巴士總站。

「哦，他就住在那一區，」一平有點詫異地道。「為甚麼約在那裏？」

「我也不知道，地點是他選的，也許他不想提著那麼些錢走遠路吧。」

一平望望外面的夜和雨，覺得事情有點蹊蹺，很簡單的事情弄得神神祕祕，現在要反悔也太遲了，他們又談了一些細節便掛了線。

于太太和金鑽帶著龍駿到鄰居處打牌，一平本可走幾步到隔壁找金鑽，但時間緊迫，只得罷了，鳩叔又耳聾得厲害，跟他說也說不清楚。他草草寫了張紙條，告訴她靜堯找他有事，明日便回。回房穿上雨衣，走向門口經過客廳的組合櫃，他也說不清是基於一種甚麼心理，順手把裏面那對于太太不時盤在掌上把玩的保定鐵球揣在口袋裏，才匆匆出門而去。

乘渡輪到了香港他便截了計程車直奔九龍約會的地點，比預定的時間還早了十分鐘，但是等了差不多一刻鐘仍然不見靜堯的蹤影，連程漢也看不見。照理靜堯從淺水灣開車來，不該比他更晚，適才在電話裏忘了問他的手提電話號碼。可以打電話給金鑽或寶鑽，但是夤夜求問未免透著奇怪，他不願無端引起她們的掛慮。至少程漢對這次約會應該是無比熱中的，爲何亦遲遲未至？滿街飛掃著銀針般的雨暈，他在樓簷下瑟縮著，像在水簾洞裏，雨衣上的積水隔著塑料向他體內傳送著陰陰的寒意。像這種工廠區到了夜晚便異常荒涼，許多黑忽忽的大貨車蹲伏在路旁，地鐵口不時零零落落走出幾個剛到站的乘客，在街燈下略晃一晃，又各自東西地消失在雨中，幸而巴士站一帶還算明亮，站長室的窗戶映出幢幢的人影，使他不致覺得太不安。

直等到十二點多一平就覺得沒有必要等下去了，靜堯對他不盡不實，在他來說不是甚麼新鮮的事情，他只是奇怪爲何程漢也沒有出現。他的家就在附近，有一刻一平興起去查看究竟的念頭，隨即又打消了原意，因爲這樣更容易引起誤會。他等了一會沒看見空置的計程車，想著橫豎不遠，便開始冒著雨向青山道的方向走去。

一路上都是黑森森的工業大廈，雨落在雨衣上如同小鎚子敲打著釘頭，那兩顆鐵球沉沉地墜著他的口袋。經過一個很大的建築地盤，由於天雨許多地方用藍白相間的塑料布覆蓋著，望過去猶如一大片營地的帳幕，十分壯觀。他貪圖捷徑斜穿過去，踩著滿地泥濘，幽暗的光線使他看不清腳前的路，像是走在黃河的河床上一般。

他忽然聽見有人在大雨中叫他，那呼聲像是渺渺的飄在空中，一時也聽不清是不是人聲，他不禁心頭狂跳起來，緊接著又聽見了一次——于一平，那人叫道，他回頭望了一眼，一個人影在他身後不遠，雨水不住打在他的眼瞼上，他僅能憑那人的身形和神態分辨出是程漢。

「原靜堯呢，他怎麼不來，他在哪裏？」他用一種緊硬的聲調質問一平。

「我不知道，」一平退後兩步，「我也等他等了許久，你剛才在哪裏？」

程漢湊到近前又道：「你來幹甚麼，是他叫你來的？」

「是呀，他想我做見證人，可是他自己也沒來，不知道是怎麼回事。」

「狗屁，他怎麼跟你講的，你們到底是怎麼約的？」程漢的態度很強橫。

一平不肯示弱地反問道：「你剛才在哪裏？他看不見你，當然不敢出現了，拿著兩百萬當街站著，你以為是開玩笑。」

「他根本沒來，不信你問他，你有沒有他手提的號碼？」

「我沒有，沒辦法，改天再約了。」

「再約還不是一樣，他一樣有別的花樣。」

「你要怎樣就怎樣，我可要走了。」

「你現在跟我回去，我們回去找他。」

「甚麼時候了，他怎會還在那裏？」

他們在那黑天黑地的雨裏幾乎是叫喊地說著話，隔著幾步遠互相戒備著，兩人從頭到腳像河流似的淌著水。

「我早就知道他不會順順攤攤，我說在白天，在餐廳，他怎麼都不肯，他分明在玩甚麼詭計，」程漢兩手揣在口袋裏，一肚子怨氣地挪著腳。他咕噥著迸出幾句粗口，發了一會呆，像是決定不了去留。「他自己不來，反叫你來，不知他在搞甚麼鬼。」

一平心裏也懷著同樣的疑問，但他不願和程漢多言，道：「我不知道這麼多，你自己去問他吧。」

他不再理程漢，轉身要走，程漢一把揪住他的後領嚷道：「你別走，你說過幫我的，我們現在就去找他……」一平本能地掙脫他，用力一把將他推得失了重心，在泥地上滑了一跤，他粗暴地叫罵兩聲，突然起身飛撲過來，一平舉手想格開他，忽然覺得右手前臂像是被甚麼鋒利的物事在上面劃了一下，不怎麼疼，等他感覺到疼卻並非一種不愉快的感覺。他們動作遲鈍地拉扯了一陣，在感覺上幾乎是慢動作，笨重地倒在地上又滿身泥濘地爬起來。一平只求盡速脫身，卻冷不防捱了一拳，翻腸倒胃的很是辛苦，惱火的將口袋裏那兩枚鐵球掣在手中。適才在計程車上他就已經用手帕裹好，結結實實打了個結，這時他把手巾包像飛彈似的直甩了出去，不偏不倚正劈中了程漢的頭部，從手臂反震的感覺他知道這一劈力度不輕。程漢躺倒在地上沒有再爬起來。一平喘著氣呆站在雨中，低頭看他，也看不出他是不是死了。好一會他才吃力地蹲下來，手探到程漢的頸旁確定他的脈搏並沒有停止。如果任由他躺在那裏很有溺斃的危險，但又勢不能叫救傷車把他送到醫院去。他托起程漢的兩腋將他拖到一堆亂石旁，頭垂下來，又把一塊布篷拉過來替他擋雨。這些動作他極快地完成了，只覺得又冷又累，恨不得倒在程漢的旁邊。他起來慢慢地回頭走著，無意中看見那把劃傷他手臂的小刀不知甚麼時候落在地上，在水窪裏閃著瘦青的光。他撿起來扔到地盤外的垃圾箱裏。

現在看見計程車他也不能截了，滿身的泥，又滿手的血。他覺得走路都有點困難，全身骨頭像要散裂開來一般。他扶著傷疼的手臂癡癡渾渾地回到居所，一個紅色的人影站在梯口，聽見寶鑽的聲音他才認出是她。那件斗篷式的紅雨衣布滿了密密的雨珠，在街燈下她彷彿穿著繡滿了珠片的晚裝一般。

她有點被他的樣子嚇住了，怯怯地叫了他一聲，過來扶他。

「走開，」他暴躁地推開她，粗聲道。

她又過來，他又將她甩開，叫道：「走開。」

然後他理也不理她，逕自上樓。

2

寶鑽幫他包紮傷口時他暈暈沉沉地睡了過去，只依稀感覺到有人把手極輕地放在他臉上，只一下，然後他便昏迷了似的沒有了知覺。這一覺他無夢無覺地睡得十分沉酣，待醒來時房間完全在黑暗中，片刻後才藉著外面的光線慢慢辨別出空氣中的形狀來。昨夜在地盤的情景飄飄渺渺的從腦海掠過又掠來，如同古廟樑間蝙蝠的黑影，到現在他還覺得全身骨節痠溜溜的說不出來的難受，整個人是汗濕的，好一會他才發現窗旁的書桌伏著個人影，而當他想起這人是寶鑽時，他無法形容心底的感覺究竟是憂是喜，是驚是悲。他默默地躺了一會才出聲叫她。她醒了過來，含混地應了一聲。

「幾點了？」他說。

「五點，」她那裏傳來整理衣服的聲音。

「你整晚在這兒？怎麼沒回家？」

她過來蹲在床邊，他立刻感到身旁的空氣發生了變化，而且是帶著女性的馨香氣味的變化。

「你發燒了，你知道嗎，三點的時候我以爲你醒了，原來只是做夢。」

「這些被子是你幫我蓋的？我熱得很。」

她用手背貼了貼他的臉，「多蓋點好，還有熱度呢。」

她的臉離得他很近，他側轉頭看她，幽室相對，兩人都覺得很怪。

「你怎麼會來？」這時他才想起問她。

「你和哥哥約了程漢是嗎？先是姊姊從長沙打電話來問我你有沒有來，沒多久程漢打電話來，問我哥哥的手提電話號碼，又問我哥哥在哪裏，爲甚麼只看見你沒看見哥哥，我也不知道他說甚麼，不肯把號碼給他，兩邊加在一起，我心裏著急起來，打電話到哥哥家只是電話錄音，我想你多半會回來這裏……到底發生了甚麼事？」

一平大略地說明梗概道：「怪不得我看不見程漢，原來他躲在旁邊窺伺著，如果靜堯也是打著同樣的主意，那不是太好笑了嗎？」

「哥哥爲甚麼要這樣做呢？程漢志在錢財，難道還會暗算他不成，」寶鑽道。

「我也想不通，大概是雙方面誰也不信任誰，互相疑神疑鬼，結果搞成這個樣子。」

「我覺得哥哥根本沒有來。」

「你爲甚麼這樣說？」

「否則他沒有理由不出現，除非他臨時改變了主意。」

「現在這樣胡亂猜測也沒有用，明天問問他就知道了，說不定是汽車在半路上失靈，有時偏偏就有這麼巧。」

「這是他們之間的事，哥哥不該牽涉你，」寶鑽不高興地道。

「這倒是無可厚非，」一平微笑道。「因爲這事情從一開始我就有參與，你記不記得花展那天，程漢不也是通過我嗎？」

「你沒事就好，剛看見你的時候我嚇了一跳。」

「雨停了？」他聽不見雨的聲音。

他朦朦朧朧的又想睡，床褥往下沉了一沉，她從地上移坐到床上，他半睜著眼看著她頭髮垂長的纖纖的瘦影。

「你流了不少血，現在覺得怎樣？」她說。

「沒甚麼，」他好像覺得不敢多說話。

寶鑽頓了一頓，道：「我很想找你，但這段時間你在長沙……我知道你是不會打電話給我的。」

「你知道就好。」

無邊的沉默在空中擦出了火花。

良久之後，她頹然道：「你還是把我當小孩子嗎？」

他覺得沒辦法答覆她，疲弱地道：「我能怎樣？阿寶，你想要甚麼呢？我的情形你是眼見的，我沒有甚麼可以給你的。」

「我不要甚麼，」她說。「我只是想給你。」

「阿寶，你聽我說，不是這麼簡單的，很多事情不是你所想像的，一個人做點甚麼，心裏想點甚麼，那是牽連很多東西，很多人的，你不要以爲只要你自己不怕就行了，你可以很有勇氣，但現實的力量更大，你明白嗎？」

「我明白，」她說。只是這一句。

他不受控制似地說了下去，「你慢慢的也會變的，你以爲你不會，但你會的，那種變來得不知不覺，無聲無息，到最後你會發覺只要能過得去就行，不出甚麼大錯就好了，小錯你也不計較了。」

「那就趁我還沒變吧。」

寶鑽的語氣使他焦躁起來，他有點不耐地說：「你到底明不明白？做人本來就是不如意的，就是會常常失望，就是這樣，沒有別的……」

「好的，」她說。

「我不會愛你的，你知道嗎？」

「我知道，就當我知道好了。」

他們的目光在黎明前最黑暗的冷冷的晨意中交會，他感到自己的身體以一種響亮的韻律顫慄著，冰冷和熾熱兩種極端的感覺同時侵襲著他。他想告訴她他已不知道甚麼叫愛，他的世界是疑人疑己錯亂蕪雜無比空白的世界，像溫吞的白開水，發苦的污染層，他想告訴她，他只是個不徹底的人懦弱無能地學著別人過著人的日子，缺少凝聚的慾望因而缺少追求慾望的勇氣，他不快樂，而他的不快樂來自精氣的分散，生存意志的不集中，洗臉的時候不在洗臉走路的時候不在走路，心志怠惰雙肩病垂腳跟虛浮目光迷惘，滿腦的思維如黑夜蒼茫的夜徑沒有明珠引路。他寂寞畏途，四肢爲繩索綑縛，天空細小如井口，而有時，他聽見井底悲愴的蛙鳴。但他如何告訴她，他這人到哪裏都只想獨善其身，在時代的命運中維護一己貧薄的安寧，從早晨生存到夜晚又從夜晚到早晨，在這循環不息的過程中漸漸熟悉求存之道。他的生存卑微如塵土，手足僵冷如死屍，他是個蒼老的幽靈在陰風呼嘯的黑穴獨自守護微弱的火山口……

他猛地抓住她的手，緊緊的，「不行，」他說。

但她另一隻還是停留在襯衫鈕釦上沒有移開。

「不行，阿寶，不行，」他焦急地叫著，看著她如在霧中人影。

「沒人碰過我，只有你，我只讓你。」

「你不知道你在幹甚麼，阿寶，你聽我的，眞的不行。」

「我不會後悔的。」

他幾乎就想給她一記耳光。

然而一切就好像不能停止似的沒有其他的可能，她默默地褪去全身的衣服站在他面前，讓他看她所有的，眼眸通透得如同兩泓水波。他哭了，因極度的榮寵和哀矜而飲泣。她是這樣的年輕，這樣的年輕，如此聖潔而純美，他怎麼能夠，怎麼能夠。不行，阿寶，不行，他絕望地呼叫。她上了床，羞怯的同時又有種單純的坦然，在他的身邊靜靜躺下，薄瓷般的肌膚在斜斜傾入的晨光中是半透明的乳白，是月色的，是神祕多情的玉液。他喉頭梗塞，唇齒乾結，彷彿也是他的初次，而這時她又像是極老練的，扶起他沒受傷的手，把它帶向那美如雙喙，葡萄色的彷彿才剛剛綻放的雙蕾，他的手由於極度的掙扎而顫抖得像一個老人的手，如此謙遜的觸及啊此生最柔情的觸及，她充滿信心地引領，從脈脈的乳谷到斯文細膩的小腹，巧笑倩兮的臍圈，以至婀娜剛健的腿彎，他哭泣不可抑止，從最深處發出愴然的泣聲，燒熱了的淚水流到她臉上身上，她開始說話的時候他沒有立刻聽見，片刻後他才聽見她囈語般的聲音在說：「……也許我算不得是經歷豐富的人，就像你說的我還年輕，比起許多人來我見過的人不算多，但是這些年來，在英國在瑞士，大約的數數，卻也已經不少，這裏面當然有生有熟，大部分都是見過一面兩面就沒機會再深交了的，也有的交往得多一些，像同一所宿舍的同學，同一系的同學，有的人我一見就不喜歡，敬而遠之，也有的一見就覺得好，喜歡親近，有的後來就成爲較好的朋友，於是我會認識他的家人或朋友，他的哥哥、妹妹、男朋友或女朋友，有的會有一段時期很親密，很談得來，常常一起玩，一起上學，做甚麼都在一起。如果將所有這些人加在一起也就不少了，沒有一百也有幾十了，也有些男孩子對我表示好感，我也會嘗試跟他們交往，誰知道呢，試試看……這些男孩子當中有的的確非常好，聰明優秀，有才能，有教養，學業又好，比較起來也許很多方面都比你強，眞的是沒甚麼可挑剔，我也不是不喜歡，事實上我大部分都很欣賞，很珍惜，所以你看，其實我並沒有特別的要記著你，我沒有限制自己甚麼，甚至我已經忘記了你，但是，回來之後……回來之後……看見了你，我就覺得還是你好，最好最好，我一點都沒有疑問，我也不知道你好在哪裏，我只知道你沒有一個地方是不好的，就是最好、最好。我說不出那種感覺，你不相信也不要緊，我就是知道不管我以後還會認識多少人，還會喜歡多少人，歷遍千山萬水，千千萬萬個人，但是沒有一個人可以取代你、及得上你，在千千萬萬的人之中對我來說只有你最好、最好、最好……」

3

一平醒來的時候看見迷離的日影掛在簾上，廁所傳來水龍頭放水的聲音，是過往無數個早晨在這屋子裏所熟悉的。一陣恍惚之後他才意識到不是金鑽，是寶鑽。這意念使他徹底地清醒過來，而從未有過一個早晨使他像今天這樣覺得這是新的一天。他躺在那裏把身體檢查了一遍，除了手臂的傷疼還有點虛弱，卻又有一種許久沒有體驗過的乾淨和輕盈。床頭的數字鐘顯示著十點二十分，他起床披上衣服，拉開簾子，是個晴美的天。

他開門出去，看見的不是預期中的寶鑽，而是金鑽端坐在客廳的沙發上，旁邊的扶手搭著一件紅雨衣。微含在他嘴角的笑容膠著在臉上。他們對望了半晌，面部的表情難以描繪，都是極度的難堪所帶來的微微的獃傻。一平知道自己犯了個極大的錯誤，剛看見金鑽時他那種錯愕和意外的神情是沒有人可以誤會的——他以爲金鑽是另一個人，而金鑽顯然很清楚是誰。

「你以爲我是阿寶嗎？」她指了指身邊的雨衣，「我看見雨衣掛在廁所門後，但我以爲……也許有甚麼別的解釋，不過你剛才的表情把甚麼都告訴我了。」

覆水難收——他無可奈何地癡立在原地。

「昨晚看見你的字條後我越想越擔心，我想不出哥哥會有甚麼事這樣十萬火急的找你，本來馬上就想出來，但末班船已經開了。」

他知道金鑽誤會了，以爲他存心找靜堯作藉口出來與寶鑽幽會，但他沒有解釋。

「打電話來沒有人接，剛才我才看見不知誰拔了插頭，一定是阿寶了。」

要面對這樣的難關，起碼應該把自己弄得整齊些。他去洗臉、刷牙、刮鬍、更衣，然後他到廚房調了兩杯咖啡，回到客廳遞了一杯給她。

他們啜著咖啡，都覺得無話可說，偌大的客廳無風自寒。一平知道這次絕不能像從前一樣又若無其事地回復到舊時的生活，即使只是另一個女人也是難以挽回的，何況是寶鑽。而且在他來說也不一樣了，因爲是寶鑽。

「是第幾次了？你告訴我是第幾次了，」她的聲音宛如簷滴一字字的往下墜。

「是第一次，」一平道。

昨夜與寶鑽在一起的情景重回他的眼前，使他的心頭猛地劇撞了一下。

她沉默了很久很久。

一平道：「我沒有甚麼好說的，你說怎樣就怎樣，我都聽你的。」

隔了一會，她像是無視於他存在般地說：「你去接小龍，好不好？我留在這裏收拾東西，先把他送到哥哥家，我會打電話給阿娣，叫她在家裏等你。留在長沙的東西你先不用管，我會想辦法拿回來。」這時她才抬起頭來漠然地看他一眼，「我會交給嚴律師，你不反對吧？」

「好，」他說，站了起來。「我現在就去。」

直到他拉上門他沒有再聽見她發出一絲一毫代表著一個活人的聲息。她像是木雕泥塑一般坐在那裏，有時眨一眨眼睛，卻沒有眼淚流下來。

4

于太太聽完一平經過許多刪剪的敍述，廢然嘆道：「怎會搞成這樣。」

「是我不好，」他說。似乎只有這一句話才足以涵蓋事情的全面。

「你打算怎樣？」

「她說怎樣便怎樣吧，現在由不得我了。」

「也許你們眞的沒有緣份吧，從一開始就一波三折，問題重重，我就沒看見你們怎樣開心過。」

兩母子緘默良久，于太太把玩著一平帶回來的那兩枚保定鐵球，發出叮叮的輕響。最後她還是以多年禮佛的心得爲依歸，「往生經上有句話說，貪嗔癡愛，結孽甚深，迷悟都在你自己吧。」

「可是甚麼才叫悟呢？」他想也許能從母親那裏得點甚麼啓示。

于太太想了一想道：「我怎麼知道呀，我想到那時候應該是甚麼都很清楚，沒有疑惑了，否則……應該就不是了。」

他在屋後的菜園找到龍駿，正和鳩叔一起幫一隻肥頭短耳、像個大麵包一樣的黃毛小狗洗澡。陽光下的菜園碧油油的，蜜蜂和蒼蠅的馬達不絕於耳，天氣很熱，藏在襯衫裏的手臂上的傷口霍霍作疼。

「哪來的小狗？」一平笑道。

龍駿告訴他是于太太常去打牌的牌友家的母狗生了一窩小狗，送了他一隻。

「你說叫牠甚麼名字好？」

「你想叫牠甚麼？」

「牠這麼圓圓的，叫牠波波好不好？」

「好名字，」一平笑道。

「開學的時候可不可以帶回去？」

「得問你媽，」一平道。「牠這樣小，你要小心照顧牠才好。」

鳩叔找來一條毛巾幫小狗抹身，牠翻著四蹄蠕蠕地扭動著，發出嚶嚶的叫聲。

鳩叔的牙齒差不多掉光了，又耳背得厲害，跟他說話很費神。他還不知道一平已經離開過又回來了，也不知道金鑽已經走了，還當他們都還好好的在那裏，問一平今晚想吃甚麼菜，番茄好了，黃瓜好了，菜心也可以割了。

「做個番茄肉碎吧，家嫂喜歡吃，」他向來稱呼金鑽家嫂。

「甚麼都好，」一平道。他問龍駿要不要到海邊走走。

暑假的海灘好像只是屬於二十歲以下的年輕一代的，許多小孩濕淋淋的穿著泳衣跑來跑去，逗著狗、抛著球、逐浪嬉水。一平不禁想起十五歲時在這裏和金鑽的初會，他們如何走過這片沙灘，結果沒有把它走完。龍駿起初還沒有覺察他有甚麼異樣，蹦蹦跳跳的走在他前面，不時彎下身來檢驗著不知從何處流落到這裏的鳥羽、玻璃瓶、主人已逝的彩紋的貝殼、小生物的屍骸。他近來得了個新習慣，走路的時候像大人一樣把手揷在褲口袋裏，金鑽曾跟他嗔道龍駿都是跟他學的。

「不要這樣走路，媽媽看見了又要不高興，」一平覺得好像在盡他最後的身爲父親的責任。

他們找了處乾爽的地方坐下來，一平讓他挨在旁邊，跟他說金鑽會帶他去舅舅家住一段時期。

「其實跟以前沒甚麼不同，舅舅很喜歡你，他太太也會待你很好，」他極感吃力地說著，「有機會我會來看你。」

龍駿納悶地看了看他，「那麼你呢？」

「我還是在原來那裏，還是像以前一樣，一樣的上班、下班，沒有甚麼不同。」

「要住多久呀？」

「我也不知道，總要一段時間吧。」

龍駿分明聽到了某種弦外之音，怏怏地不作聲。

「你記不記得你去年班上那個姓尹的同學，他只跟他媽媽住在一起，他爸爸偶爾來看看他，帶他出去玩，是不是這樣？」

「是呀，他爸媽離了婚，」他直接地說了出來。

「是了，就是這樣，我和你媽也是這樣。」

龍駿沉默了一會道：「你自己一個人住嗎？」

「是呀，我一個人住。」

「我不想去舅舅家，我想跟你一起住。」

「別這樣說，你捨得媽媽嗎？在媽媽面前你千萬別這樣說，她會不開心的，知道嗎？」他不放心的叮嚼道。

龍駿不再說話，但那文秀的幾乎透著幾分女子氣息的五官像是重新排列了一下，使一平想起他更小的時候摔破了玩具時那種欲哭未哭的神情。他只是個普普通通的還算是聰明的小孩，沒有甚麼特別的出衆，在學校的成績只比平均稍好一些，平常也很少作出甚麼令人驚嘆的表現，然而小孩心智的發育是難以預測的，他會長成一個甚麼樣的人，現今還言之過早。

一平橫了橫心，「你知道嗎，你不可能跟我的，以後我能不能見你都要得到你媽的同意，也許我們會很少見面，但是就算開始的時候你會有點難過，很快你就會習慣的，所以你甚麼都不用擔心，甚麼都會過去的。」

他這番話只有令龍駿更無所適從。看見他紅了眼睛，一平不由得暗怪自己，爲甚麼要說這些臨別贈言似的話，增加他的難過呢，應該鼓勵孩子展望未來。他說：「那隻小狗你要是喜歡，問過媽媽後可以回來拿，我也可以回來幫你拿。」

「我不想要了，」龍駿搖搖頭道。

他們一起望著海上徐徐的浪花生生不息的一撥接著一撥，最濁、最重的全部沉到了海底，最輕的浮上來，變成浮光掠影。

「你還有甚麼要跟我說的？」一平道。

龍駿像是經過深長的考慮，「我想留在這裏，不去舅舅家行不行？」

「爲甚麼？」

龍駿卻說不出爲甚麼。

「不行呀，媽媽在等你，她叫我送你去。」

「那麼你呢？」

「你不是問過我了嗎？」

龍駿顯得很沮喪，微聳著肩胛坐在那裏，像是哪裏都不想去，就在那裏永遠坐下去也沒甚麼不可以。他低頭在腳旁堆著小沙丘。

一平忍不住道：「小龍，如果有一天，我不再做你爸爸，讓另一個人做你爸爸，你願不願意？」

龍駿不解地看看他，一平又道：「你記不記得那個程叔叔？就是今年三月我們和你寶姨去看花展那天，在那裏碰見的那個人，他還給了你五十塊錢，你記不記得？你覺得他怎樣，你喜歡他嗎？」

龍駿不知道應該怎樣答覆他，一平覺得胸口像是漲滿了甚麼似地接下去道：「我是說……如果我跟你說……他會願意做你爸爸，你喜歡嗎？」

龍駿哭了，爲了躲開他的視線而拚命低著頭，讓眼淚落沙地上。一平慌忙把他抱起，拍著他道：「好了好了，我不說了，是我不好……」

龍駿緊緊地抓著他腰間的衣服，窄窄的身軀偎在他身上只是一堆輕輕的瘦骨，再也不會長大似的。要是讓金鑽看到這情形一定又要怪他不懂得照顧小孩，一平心裏想道。

後來他抱著龍駿走回去，幫他清理鞋裏的沙子。他已經許久沒有這樣抱過他了。收拾完畢，于太太送他們到梅窩，把一袋豆沙餃塞給一平叫他帶回去吃。他站在露天的甲板上看見她一直站在碼頭，淡綠的衣裳在海風中微微飄揚著，和周圍的晴天構成非常和諧的畫面。

5

當學校開學的幾天前寶鑽帶著行李來到他家的門前，一平沒有拒絕她。她早在幾個月前便決定不回瑞士了，託人把東西運了回來，其中有她做首飾的工具，她也一併搬了過來。一天早上她爬到床上來吵醒他，用軟尺幫他量手指，說要幫他們做一對結婚戒指。於是一平便常常看見她坐在工具堆中，用本生燈燒焊著甚麼，或敲敲打打，或把烙紅了的金屬捅到冷水裏發出嗤嗤的響聲。他喜歡看著她工作，雙手交抱在她的腰前，臉偎著她柔潤的頸背，他們的心臟如同孿生姊妹同步同調。他們是兄弟姊妹朋友夫妻情人，她的存在如一團芳香的氣體包圍著他，而這一切自然得如同花開葉落毋須任何解釋。他們一起去于強的墳前拜祭，在高高低低的石級間徘徊，樹影在山坡上投下蕭蕭之意。有時在稀薄的晨光中他看著她發亮的胴體如同看著一個親人，被單上褪色的花紋映著她雪月的手臂，而良辰美景，賞心樂事，忽然都在他的懷抱之中。

他不再問爲甚麼。人生本來是難以如願的，謹慎、周密、但求無愧於心，並不足以避免無心之間的錯失與毀壞，這是他與重重險阻的現實相對時常常興嘆的原因。每個人都不過是在歲月的石磨下盡力的保留全屍，縱然具有廣大如海的智慧又何嘗能夠避免勞勞的困阨？天真地相信他和寶鑽的未來將會是康莊的坦途，或者一味悲觀，強項地自以爲勘透人生的虛無，都是一樣的沒有意義吧。上下班他混跡在哪一刻也不慢下來的人羣中，人和車的呼吸共同循環的空氣令他鼻孔堵塞，舌頭酸餿。到處氾濫著誇張的廣告海報，天空也是一方藍色的海報，像貼在窗上的假月亮，商店和人的身上掛著時興的衣服，樓房和道路由於過量的交通微微地震動，而他走在這個十年過渡期已過去了一半的城市之中，不知道誰比誰更有希望或者更沒有希望。

而人生之信念，其難以捕捉一如風中之塵埃。當每一天來到他的面前，他覺得自己在向著茫茫冥冥中行進。一切好像就這麼決定了。如今他已不再祈求安穩，亦不祈求精神的超生，如果有甚麼可以說的，也許就是一息尚存。無論如何不放棄。無論經過何等山崩地裂的改變仍然提起勇氣活下去，仍然每天起來洗臉、梳頭、行住坐臥，充滿了信心，充滿了意志。無論如何活下去——這是他在世上度過三十三年歲月之後唯一殘存的信念。

自與金鑽分手後他們沒有再見面，只偶爾通個電話，甚至她和龍駿剩餘的衣物也是他收拾好了，她找人來運走的。就在他和寶鑽在一起後不久，似乎為了對他們的同居表示抗議，金鑽和龍駿開始疏遠他。未幾，他們另外租賃了房子，不再住在靜堯家，搬出去那天施紘娣打電話給他說，金鑽請他不要再打電話給龍駿。

「她這樣做太過分了，」一平道。

「這也不能怪她，事情的確有點難以令人接受，」施紘娣道。

「你也這樣想嗎？」

「我也不知道該怎麼想，不過你的確很令我意外，看不出你眞的就做了。」

甚至施紘娣都不能諒解他，使他覺得若有憾焉。他想起她是曾經有意撮合她的弟弟和寶鑽的。

「小龍呢？」他說。

「他有一棵種在瓶裏的那種迷你植物，搬家那天他一聲不響地扔了，我撿了回來，後來金鑽告訴我，我才知道是阿寶送的。」

一平心裏一陣的難過。「怎樣都好吧，」他放下電話時說。

寶鑽儘管難免感觸，然而新生活向著光明的質地使她毫無保留地願意接受一切。她總是顯得那麼無憂無慮，就像她小的時候一樣，以致一平每次看見她不管有著甚麼煩惱都會忘得一乾二淨。

到了十二月，寶鑽懷了身孕，一平亦全神投入於陞遷爲數學部主任之後的忙碌的工作中。學校附近開始飄墜亮銅的落葉，一九九三年又要在許多問題尚未得到解決的情形下結束了，打開報紙全是末日將臨般的頭條，中英政制會談經過第十七輪談判面臨破裂的危機，毒品價格下降導致吸毒者大幅增加、大陸劫機案創下世界新紀錄……但是對於一平來說最壞的消息莫過於那個下午金鑽打到學校來的電話。小龍不見了，她哭哭啼啼地說，被程漢擄去了，要他們拿兩百萬去贖他回來。

第八章

1

金鑽像客人一般站在客廳四面顧盼，也不知道她是找尋與昔日相同的抑或不同的痕跡。她看看寶鑽的首飾工具，又看看窗台上新添的幾種室內盆栽，最後在掛在牆上的全家福前佇立了一會，道：「還在這兒。」那是龍駿週歲時他們闔家去照相館合照的相片。

「喝茶？」一平道。

他們在窗下他們從前吃飯用的飯桌前坐下，一平倒了兩杯茶，那茶煙便嬝嬝地在夜晚的燈光下留下淡白的微影。她把頭髮在腦後挽了個髻，露出耳垂上的淡咖啡玻璃耳環，那照顧得十分工整的眉眼很恬靜，本來就白皙的臉上薄施脂粉，如果不是那尚未消腫的哭過的眼睛，一點也看不出有甚麼異樣。她身上那套秋葉色剪裁名貴的套裝是他從未看見過的，現在想起來，她很喜歡穿這種適合成熟仕女的套裝衣裙，他從未看見她穿過牛仔褲或運動服之類的較隨便的衣服。她總是能夠將自己料理得一絲不苟，這樣地端莊而矜持，從來不會做出甚麼失態或不持重的舉動，似乎無論任何環境下她都能夷然無損地以自己的最佳面目面對人世。

離婚似乎很適合她，抑或是小別之後他看她的目光異於往日？可惜見面卻是在這樣的處境之下。現在剛獲得消息時的那種張皇已經過去了，像極度的痛楚會使人失去知覺，張皇的狀態也是難以持續的，取而代之是一種教人透不過氣來的沉重的窒息感。

金鑽深深的吸了口氣，望著他微笑一笑，「阿寶好嗎？」

「還好，」他說。因爲金鑽要求與他單獨會晤，寶鑽回于珍那邊住一夜。他猶豫了一下，終於因爲時地不宜沒有提到寶鑽懷孕的事。

金鑽的目光掃過他手指上那隻暗銀戒指，同時一平也注意到她已經把往日經常戴著的結婚戒指脫除了。她開始告訴他如何中午到學校接龍駿放學等了許久都看不見他，直到學生都走光了，她跑到學校裏問，沒有人看見他或者知道他在哪裏，大家正焦急地到處尋找，靜堯突然打電話來找她，告訴她在辦公室接到程漢的電話，叫他們拿錢贖人。

「你們當然不會報警，」一平道。

「當然，絕不能報警。」

「小龍見過他，就是去看花展那天，他大概以爲程漢是我們的朋友。」

金鑽露出慚愧的神情，「兩三個禮拜前我在小龍學校的門口碰見他，我以爲是偶然的，我們一起吃中飯……現在我才知道他別有用心，我眞是太不經心了，我無論如何想不到他會做出這樣的事來……」

「現在不要去追究這些了，你們有甚麼安排？」

「程漢堅持我們這邊由你出面，他說只信得過你一個。」

一平很有點詫異，他以爲經過地盤那一幕他和程漢已經結下了不解之仇，本來他還有點擔心程漢是爲了報復他才在龍駿的身上打主意。假如那天晚上不是節外生枝，事情得以圓滿地解決，今天就不會連累到龍駿了。後來他質問靜堯，原來他因爲不熟悉長沙灣區，車子開到那裏便迷了路，一直開到很遠的地方才找路繞回來，等他找到那個巴士總站已經人蹤杳然了。

「約了時間沒有？」

「還沒約定，他給我們一天的時間準備，明天或後天會打電話來。」

「你別太擔心，我想他不會傷害小龍的……」他頓了一頓又道：「雖然他不是小龍的爸爸。」

金鑽就像是突然整個人掏空了似的整張臉往下一跌，失神地望向他。

「他不是小龍的爸爸，對嗎？」

金鑽怔怔地發了一會呆，軟弱地道：「我想單獨見你，就是想告訴你這件事……我知道這回一定瞞不住的。」

「其實花展那天我就有點疑心了，」一平道。「他看見小龍的反應實在不像是一個父親看見自己的親兒子，我也說不上有甚麼具體的不對，只是一種模糊的感覺，不過我還沒有眞正的疑心，我想也許程漢就是這麼一個人……是你叫程漢不要揭破，在我面前假裝是小龍的父親的，是嗎？」

「那些怪電話出現之後你向我要了程漢的地址，我就擔心你眞會去找他，」金鑽接口道。「他由始至終不知道這件事的，事情非弄糟不可，我跟你說的那些話，只是爲了暫時穩住你，後來我先去找他求他幫我這個忙，幫我在你面前圓謊，我不得不告訴他小龍是哥……是靜堯的兒子。」

「事情到了那個地步，你怎麼還瞞我？」

「爲了那些怪電話我和哥……和靜堯大吵了幾次，那時我就想告訴你，因爲他這樣鬧了起來，你遲早總會知道的，但是我又怕一旦告訴你之後你就……不會要我們了。」

結果因爲寶鑽的介入，他們仍然是分開了，金鑽的努力完全白費了。一平默默地呆坐著。他終於明白了事實的眞相，那種感覺彷彿是置身於某種四面八方而來的透明的呈現，有如極輕極輕的風，而那一刹那間他像是忽然窺見了事物的雙重或多重本質，隨之而來的抽象感分裂著他的心。

「靜堯的兒子，」他如在夢中地說。「沒想到眞的……是呀，也許是我以己度人，但我總不相信一個父親會爲了錢財擄劫自己的兒子……」

「程漢出現之後，靜堯就知道事情很有揭穿的可能，他就將計就計，利用你畏懼程漢的心理來試探你，」金鑽道。「爸爸一死，他就毫無顧忌了，從一開始只有兩樣事情使他擔心眞相敗露，一個是爸爸，一個是他和阿娣的婚約。」

「我還是不明白，他想怎樣，他想要回小龍嗎？」

「是的，爸爸死了，他和阿娣也結婚了，而我和你也正好……鬧到這個樣子……」

「這是沒可能的事。」

「對他來說沒有甚麼是不可能的，」她第一次用一種堅信的語氣說話。「當初就是他一定要把孩子留下來，他說這是他的親骨肉，無論如何要保留下來，某方面他是這樣的，把這些看得比甚麼都重，你也許不知道，他是個不容易拒絕的人，只要他想得到的就千方百計非要到手不可，我心裏實在是有點害怕他的。」她泫然欲泣地接著道：「我記得他在英國寄宿的時候，常常給我寫來很長篇的信，很詳細地告訴我他在那邊的生活，各種各樣的小細節，那些信寫得眞好，不管是一花、一草，在他的筆底下都變得那麼新奇、生動，我們很要好，又像朋友又像兄妹，在我心目中沒有甚麼人比他更重要，更出色，就在我十六那一年，他回來度暑假，就……」她彎下身軀，臉幾乎碰到桌面，抽抽啼啼地哭了起來。

一平找到紙巾遞給她，她接過來用含蓄的動作擦了一下。

「我們並不是一開始就想到你的，靜堯覺得程漢貪財，會比較容易控制，盡可以用錢收買他，但我不願意，我不想跟他結婚，哪怕是假的也不願意，而且我也擔心會弄假成眞，如果程漢用這件事情威脅我們，那就後患無窮了，所以我背著靜堯偷偷的去找你，回來我跟他說，你……也許有可能，他不知道我其實已經對你……對你有感覺了，我沒有告訴他，在我來說是將計就計，一方面保住孩子，一方面穩住靜堯，一方面又……可以得到你，是一舉數得。他親自去大嶼山試探你，覺得事有可爲，照我們當時的計畫就是把孩子套在程漢頭上，然後很快我便和你離婚，他認爲我對你既沒有眞正的感情，你對程漢的孩子想必也不會怎樣重視，應該是不會有問題的，以後慢慢的，我不知道他打算用甚麼方法，他再認回他的孩子。」

訴說著，她的情緒漸漸平伏下來，語調也慢慢穩定，口齒淸晰地追溯著故事中那個昔日的她。在一平來說，這些曾經在他背後進行著的與他最爲切身的往事，如今已是遙遠得如同一本很久以前看過的書上的情節，喜怒哀樂都已沉澱，毫無思想感情可言了。

金鑽用同樣的語調接下去道：「但我不想跟你離婚，這是我第一次不聽他的話，那時他專心事業，和阿娣的婚事又未成定局，也就不怎麼理會我，但他堅持要定期看見小龍，我只好經常藉故往娘家跑，你不知道我多累，老是擔心露出馬腳，比如說他搬到淺水灣後，我也不敢帶小龍到他家，怕小龍回來說，每次還是要回山頂那邊，跟他在那邊會合，這些全都要想到，你和阿娣的事情發生之後，他逼得我很緊，非要我離婚不可，也許他怕日子越久事情就越難了。這時我對他已經沒有感情可言了，也不想他做小龍的爸爸，在我心目中小龍的爸爸就是你，我不想離婚的另一個原因是我知道一旦離婚，也就等於失去了小龍，靜堯一定會接管有關小龍的一切，不管他以甚麼身分，我是鬥不過他的，於是那回我又沒有聽他的話，但我也不敢得罪他，怕他一旦豁了出去，一定會鬧得不可開交，我想只要多忍耐些日子，等他結了婚有了自己的孩子，也許慢慢的就不會看得那麼重了，但他偏偏許久都不結婚，而且對這事情他似乎一天都沒有忘記過，他常常跟我發脾氣，說現在小龍大了，跟你也有了感情，這都是我的錯。」

回想起來一切都淸晰無比了，爲甚麼金鑽總是那麼若有所思又若有所失，爲甚麼在他面前她有時顯得如此兢兢業業，有時又像要補償甚麼似的柔情萬種，爲甚麼在他對她不忠之後她仍然委曲求全，一再容忍，爲甚麼他總是覺得在她周圍縈繞著一團他看不透的迷霧，在她心內有個地方他伸出手來卻無法觸及。他們惘然相對，只覺得前塵影事，敎人神傷。窗戶開著，那種舊式的髹著綠漆的鐵質窗花映著凝冷的夜空，萬家燈火滙成流麗的星河。空氣裏有歲末的涼味。

「要是你及早告訴我，也就用不著這麼辛苦了，」一平痛惜地道。「你一直存著僥倖之心，其實，怎麼可能這樣下去呢，我可以想像每次聽見小龍叫我爸爸，靜堯會感到多麼難過。怪不得我總覺得他對我的態度有點奇怪，他對我的積怨大概就是這樣形成的，事情沒有早點發作已經算是奇蹟了。」

「這的確是我沒有想到的，也是因爲我已經騙過你一次，我實在不想再有第二次，」她搖了搖頭黯然道：「總之，我們的事從一開始就錯了，以後怎麼弄也弄不好，但這些年我是很感激你的，不管你心裏對我怎樣，對於我所做的事你從來一個字都不提，再怎樣你從不會拿那件事來責怪我，我心裏是很明白的，」她將揉成一團的紙巾按在鼻前啜泣著。一平按住她的手想給她點甚麼，卻只怕是更多的傷感而已。他將茶送到她手裏，至少那上面還有點殘餘的暖意。她口渴地喝了兩口。

「靜堯能籌到錢嗎？」他說。

「他說時間太緊，只能用鑽石代替，程漢沒有反對。」

「這回牽涉到小龍，靜堯該不會再耍花槍了。」

「我想不會，他對小龍倒是眞心疼愛的。」

「你放心吧，我想程漢不會眞的傷害他，即使看在你面上他也不會，我知道他對你始終很有好感，多半是因爲靜堯一而再的敷衍他，他氣不過用這方法來洩忿而已。」

「有件事我要告訴你，」金鑽道。「我還沒去過律師樓，我……」

「是呀，我正在奇怪爲甚麼一直沒收到律師信甚麼的。」

「也許這就是我的個性吧，」她強笑了一笑，「就像你說的，我總是存著僥倖之心……沒有想到的是，我搬到靜堯那裏沒兩天他就和小龍說了，他告訴了小龍他才是他爸爸。」

隔了半晌，一平道：「他不怕阿娣知道嗎？」

「她又能怎樣，他們已經是夫妻了，雖然現在離婚好像已經不是甚麼大不了的事，可是……比如說我，能不離婚其實還是不想離婚的。阿娣儘管家裏有錢，畢竟是個女人，她風光慣了，玩得多了，比我看得更透徹，她知道找個稱心的終生伴侶不是那麼容易，何況她還要考慮施家的面子問題，這些都是閒談的時候她跟我說過的，除非迫不得已，我想她對靜堯只是睜隻眼閉隻眼的。」

「小龍知道是應該的，」一平艱難地道。「也許這樣對大家都比較好。」

「結果弄巧反拙，」金鑽道。「小龍不肯再跟他說話，把自己關在房間，連飯也要我端進去他才肯吃，誰也沒想到他有這麼一股牛脾氣，平常看他馴得像隻小綿羊似的，靜堯自然又怪我，後來鬧得實在不行，我才急著要搬出來。」

「他年紀還小，自然是受不了，等他大一點再說也許反而好。」

「他就是等不得呀，」金鑽露出微惱的神色。

一平也不知道應該怎麼想，這件事會演變到甚麼局面實在難以預料。

「程漢的事情完了之後，如果你願意，可以隨時來看小龍，甚麼時候都可以。」

「不是這麼簡單吧，」一平道。「靜堯不會放棄的，我這邊一加入，事情就更複雜了，這樣對小龍未必是好事。」

金鑽不言語，然而觀諸她臉上的那種失落的神色，她是同意他的話的。

「那麼，就隨他去嗎？」

一平沉默了片刻，「假如這樣來說對小龍比較好的話。」

「不會的，」她像是忽然生出了新的力氣，「你在小龍心裏的地位很重要，靜堯是不能取代的，他自己也知道，否則他也不會這樣生氣了。」

「大人都會變，何況小孩子，他現在只有七歲，日久天長，只要靜堯不斷下功夫，小龍慢慢總會接受他的，」他好像是有意的硬著心腸，非常理性地道。

而由於此話的難以駁斥，金鑽也就無話可說了。

他們隔桌對坐，茶在他們中間早就冷了。桌子、茶壺、燈光、人面，甚麼都是冷冷的。人生的虛妄如重重疊疊浪向他襲來。儘管靜堯絕不是他心目中龍駿的好榜樣，但自己何嘗又是呢？不管靜堯個人的人格如何，他對龍駿十分愛護，是有目共睹的。他想像龍駿在靜堯的護蔭下將會擁有的前景，漂亮豪華的房子、入時的衣服球鞋、新式的玩意應有盡有、講究儀態的社交圈子、名車、名校、某個外國的高等學府……未始不會給他帶來更多的幸福和歡愉，說不定幾年之後他就會淡忘曾經有過他這樣的一個父親了。這樣也好，就當他沒有過這個兒子，他在心底這樣對自己說。

2

程漢的居址是修車業的聚集地，街道兩旁開著好幾家車房，現在都關了門，地上流淌著日間遺留下來的油漬分明的髒水，可以聞到那汽油與機器混合的冷腥的氣味，瀰漫於市中心的聖誕氣氛在此地一點也看不見，無星無月的夜空在那夾道的石屎樓間猶如黑暗的長巷，沒有盡頭。

送走金鑽之後，他忽然一刻也按捺不住，逕直來找程漢的家。他並不奢望程漢會把龍駿藏在自己家裏，但他絕不會想到自己會突然找上門來，至少可以了解一下情況，取回一些主動。他挨戶找到正確的門牌號碼，先站在外面細看了一看，漆黑的樓梯口像甚麼山洞的入口引向無限深，逼仄的階梯岌岌而上，臭垃圾和殘羹剩飯的味道撲鼻而來。

程漢家在二樓，一道鐵閘後面又有一扇木門，門口上方的燈泡沒有亮著，顯得黑黑的，他按了半天門鈴無人答應，將手穿入鐵閘的洞孔敲了敲裏面的木門。

「誰？」聽來就像是程漢把嘴湊到門縫邊，彷彿不敢大聲說話。

「于一平，」一平道。

另一邊好一會不再發出任何聲息。半晌後他才聽見程漢道：「你一個人？」

「我一個，」他說。

客廳裏只有電視螢幕放出跳閃的光暈。程漢一個人坐在暗黑的屋子看電視——一平估計這大概是他進來前屋內的情形。程漢亮了燈，調低電視的聲量，和他隔開幾步站著。

「你怎麼不開門，門鈴壞了嗎？」一平道。

程漢聳聳肩，「忘了換電芯……你來這裏也沒用，他不在我這兒。」

本來在路上抱定宗旨務必要保持冷靜的，然而此刻看見程漢那無賴的樣子，一平再也隱忍不住，疾言厲色道：「你為甚麼這麼做？你以為這樣就能解決問題？萬一靜堯不甘就範決定報警你打算怎麼辦？撕票？殺了小龍？割下他的耳朵寄給靜堯？你知不知道這種做法多麼愚蠢、多麼卑鄙？別以為小龍是他的兒子他就會乖乖的聽你擺布。你以為你鬥得過他、玩得起他？就算這回他受你要脅就範一次，你以為以後就可以安安樂樂的享受那兩百萬？要不是他不想事情張揚出去現在來的就是一大隊警察而不是我。你為甚麼不為金鑽想想，為你的女朋友想想？」

「我能怎樣，你叫我怎樣，那筆錢明明是我的，我是要定的，我要回我自己的東西哪有甚麼不對，」程漢七情上面，受了甚麼冤屈似的申訴著，「你以為我想的嗎？我想這麼做嗎？錢不是多，為甚麼他不給我，他偏不給我？不是他幾次三番的當我兒戲我也不會出此下策，你以為是好玩的，為了這件事阿雯不知跟我吵過多少次，我這樣做還不是為了她，為了我們的將來，為甚麼我就要挨窮受苦一輩子出不了頭，像他那樣的人卻穿名牌、娶名女人、開名汽車，他甚麼地方強過我，掛狼頭賣狗肉自以為蒙蔽了天下人……」

「哦，是，你替天行道，」一平沒好氣地道。「這些我不管，你傷到小龍一根汗毛，我追你到天涯海角，他在你女朋友那兒是不是？」

程漢咧著嘴歪歪一笑，「你放心，他好得很，你以為我是那樣的人嗎。」

兩人對立著，忽然都沒話說。在地盤那一次一平沒看清楚，這時才注意到比起大半年前的花展程漢的外形更爲憔悴寒傖，像是患上某種慢性病，從頭頂罩落的燈光使他的眉骨顯得分外高突，濃淡不均的眉毛及鬍渣泛出陰青的影子。

「我想和小龍說說話，」一平道。

「阿雯剛打電話來說他睡了，」程漢道。「你放心，他好好的，阿雯帶他去吃雪糕，又看電影，他還以爲是聖誕禮物呢。」

「明天我到靜堯那兒取錢，鑽石也好現金也好，你非收不可，我馬上要看見小龍。」

「好了好了，我也不想拖下去，我東西都收拾好了，一拿到錢我就走，這裏我不會住下去了。」

一平自也不便問他打算到哪裏去。他看看那淡米粉牆的小客廳，家具雜物堆放得沒有多少空地，卻打掃得十分乾淨整齊，地板也擦得蠟亮。角落裏一個空置的彩釉花瓶吸引了他的注意，于珍不知多少年前對他說過的話又回到他的耳邊：「……連玉恆都分到一筆退休金，她房裏有個甚麼雍正年的琺瑯彩花瓶聽說拿去拍賣要值不少錢呢，居然也留了給她……」

他把手在那光滑的瓶身上略放了放，道：「你有沒有找人看過，可能值些錢呢。」

「早拿去估過價了，」程漢冷冷道。「是假的，你以爲那老怪物眞有那麼大方。」他轉身在沙發上坐下，從茶几上的煙包彈出一支煙來劃了火柴點上。他似乎完全鬆懈了下來，開始暢所欲言，「那天晚上的事，就是地盤那天，我回來想了很久，我懷疑靜堯根本不懷好意，他想幹掉我或者伏擊我甚麼的，他一定是隱在旁邊守著，我看見有輛黑玻璃的福特在你旁邊經過兩次，只是我一直沒出現破壞了他的計畫。本來我要約在白天，他怕有熟人看見，我說晚上也可以，不過非約在那裏不可，幸而我有先見之明，那一帶我最熟悉，我在暗他也在暗，才躲過一劫，後來我跟你到地盤就是想問明究竟……」

一平很不習慣這種話題和字眼，道：「假如眞是這樣，他叫我來幹甚麼？」

「因爲這整件事的始末你最清楚，萬一我有個好歹你一定疑心他，所以他安排你在那裏出現，事後你爲了保護自己，就有動機爲他保密了，至於阿寶和金鑽，他們是同一家人，他是不必擔心的。」

儘管程漢說得頭頭是道，一平還是覺得難以置信。「是你神經過敏吧，以他現在的事業、地位，他犯不著冒這個險。」

「他要證明我玩不過他，像我這樣的人天生就是應該像螞蟻一樣被他踩在腳底下，就是這麼簡單。」

「我還是認爲他不會小題大做，對於有錢人來說，用錢來解決問題是很平常的。」

「就是因爲他有錢，他以爲他甚麼事都可以做，」程漢道。「你有沒有想過黃先生到底是怎麼死的？」言下之意不言可喻。

「你不是開玩笑吧，」一平道。「你是說他半夜從淸水灣跑到山頂潛入後園，將自己的養父推入游泳池，再趕回自己家？」

「爲甚麼不可以？你不覺得太巧合嗎，也許他想阻止黃先生解散公司和改立新遺囑，他不知道黃先生的心意，以爲新遺囑一定對他不利，又說不定他們因爲我的事情發生爭執，總之我覺得黃先生的死很可疑。」

「這些事對你來說也許很重要，現在靜堯有了施家這樣一個大靠山，他只會明哲保身，怎會為了這樣的事走極端。」

程漢見說服不了他，便緘默下來，自顧自吸煙。過了一會，才惘惘地道：「黃先生的死，我本來想瞞著我媽，我也是聽到收音機報導才知道，但是等我趕到醫院，那些沒腦子的護士已經告訴她了，黃先生常常偷空去探望她，那裏的護士都認識他。」他心神不屬地撣了撣落在身上的煙灰，「本來醫生說她至少還可以拖個一年半載，但是……沒一個月她就去了，不是因為黃先生的死她不會去得這麼快。」

靜堯說得沒錯，一平豁然而悟，程漢是想報復，只是報復的理由並非如靜堯所假設的，而是程漢將母親的亡故歸罪到他的身上。他似乎咬實了黃景嶽是靜堯謀害的。當靜堯跟他談到程漢的報復動機的時候，一平曾認為是無稽之談，現在他不能確定是靜堯更荒謬些，還是程漢更荒謬些，而他們都如此認眞地堅信自己的論調。

自然兩個人坐在這暗靜的燈下埋首交談，似乎甚麼都有可能，甚麼都可以相信，黎明時分的凶殺、獰惡的陰謀、心機淫穢的報復……簡直就是他向來最不欣賞的電視連續劇的誇張虛假的情節，而忽然之間都變得無比的眞實。

程漢彷彿從這種氣氛中得到某種潤澤，熱中地往下道：「如果不是為了那筆錢，我不會這麼輕易放過他，在他身邊沒有人的時候，在哪條冷巷裏，我會給他一刀，」他眸中有種灼灼如狼的光，「也說不定我還會那樣做，看那時候他還有沒有這麼不可一世……」

一平忽然一刻也待不下去了，只想趕快回家，快點見到寶鑽，他看也不看程漢一眼，站起來向門口走去，然後他赫然發現自己的相貌從一張擱在橡木櫥上的舊照片中向他微笑著。他立刻記得那是他給寶鑽補習那一年，聖誕節前不久他們爲山頂那幢房子完成粉刷工程時合攝的，由全伯掌機。相片洗出來後寶鑽也給了他一張，早已不知落在何方了，想不到會在這裏看見。相片中除了他還有靜堯、程漢、金鑽、和十二歲的寶鑽。大家搭著肩膊，看來就像五個和睦共處的兄弟姊妹，他和程漢就像是黃家的一份子一般。他們看來顯得如此天眞純樸，喜氣洋洋，同時一平也驚訝於他們當時的年輕。只有回過頭去，才發覺不知不覺之中，到底仍是改變了不少。

「我媽特別喜歡這張照片，我也不知道爲甚麼，」程漢幾乎是難爲情地說，彷彿被一平窺見了某種隱私。

一平回過頭來，在凝止的沉默中與程漢對視了一眼。

程漢又道：「在地盤那晚我差點被你打死，但我一點都沒有怪你的意思……我們恩怨兩銷。」

一平說取到贖款便打電話給他。

3

一平請了半天假在金銀島的辦公室與靜堯會面，他將一個寶藍色袋口有拉索的羚羊皮袋打開，將幾顆鑽石倒在墊著絲絨的銀盤上。映著沉色的背景，那一樣大小的剔透晶瑩的鑽石顯得玉潔冰清，如同凝固的淚珠給人一種尙在流轉的錯覺，完全像電影裏的一樣。一平也不禁心裏動了一動。

「每一顆剛好一克拉，最高淨度的西伯利亞無色鑽，圓形切磨，我八八年的時候買到一批，本來我是不輕易動用的，」他充滿憐惜的輕撫著銀盤上的鑽石，「這裏有二十顆，當時的市價是一克拉一千八百美金，現在不止這個數目了，已經超過了兩百萬。」

一平默算了一下，「你還可以留下五顆，給他十五顆足夠了。」

「算了，我也不是個小器的人，」靜堯瀟灑地笑笑，「就像你說的，看在爸爸份上……」

「你要是及早看在姑丈的份上，小龍也不會無辜受累了，」一平忍不住帶點問罪的語氣道。

靜堯點起了一支煙，好整以暇的像帝王般靠著大班椅，銳利地注視著一平道：「程漢眞聰明，他看準你的弱點，指定你做中間人，他知道你一定會爲他據理力爭，其實你從頭到尾根本就幫著他的，假如你有能力，早就把全副身家雙手奉送給他了。」

「假如我有這個能力，也不會生出這許多事了。」

「所以呀，到頭來還是要我來把問題解決，你說我們誰更有資格做小龍的爸爸。」

「他惹上這樣的麻煩也是因爲你，」一平針鋒相對地道。

這是他們第一次公開承認靜堯的這個身分，一平心裏說不出的不是滋味。

一絲難以察覺的戾氣在靜堯臉上掠過，他冷哼一聲，「你不多謝我還罷了，別在那裏說風涼話，你以爲小龍還會認你做爸爸嗎？他根本不願意再跟你說話，你和阿寶在一起後你在小龍心目中的偶像形象算是完了，你不覺得很諷刺嗎，就好像你在幫我似的。」

「那些怪電話都是你打來的，是嗎？我從來沒有想到你會做出這樣的事，你這樣有才幹，有魄力，我向來是很佩服你的。」

「你想不到的太多了，」靜堯道。「你活在自己的象牙塔裏，根本不知道外面是怎麼回事，到處是爾虞我詐、弱肉強食，我今天所有的都是我一手一腳爭取回來的，你以爲是天上掉下來的嗎？我不用點手段，你還以爲可以高枕無憂的永遠保住小龍，你不覺得自己太可笑嗎。」

一平儘管很受刺激，但他不願意讓龍駿成爲他們爭執的話題，因此他沒有反唇相稽，只是提醒靜堯道：「你不要太小看小龍了，他雖然年紀還小，可也有自己的主張。」

「我不是隨便小看人的，像你我就從來沒有小看過，」隔著起伏的煙霧，靜堯半瞇著眼用研究的目光看著他，「我曾經想過這個問題，爲甚麼女人好像都對你不錯，我想現在我有點明白了……因爲你肯爲她們受苦。」

「我的興趣就比較廣泛，」他繼續道，「也許因爲這個緣故，女人覺得我不夠重視她們。阿娣也眞夠目中無人的，從前我無奈她何，那時我在施家的地位還沒有鞏固，她爸爸對我還不是完全信任，現在不同了，米已成炊，是她該付出代價的時候了。」

一平只感到身上暴冷暴熱，很想解開襯衫領的鈕釦。

靜堯笑了起來，露出粉紅的牙肉，「我就知道你一定會生氣，別緊張，我還不至於無聊到虐待女人。」

「精神虐待也是虐待。」

「那我不知道我們當中誰是更變態的虐待狂，也許應該請教金鑽，難道說她跟你在一起過得很好、很快樂。」

一平第一次眞正的體會靜堯原來是多麼的憎恨他。像他這樣的人絕不會想到一切惡果都是他自己一手造成的。他只會以己度人，相信所有的人都能夠做出最壞、對他最不利的事情。都是別人對不起他、虧負了他。他像記賬一般將一切一毫一釐分毫不差地記在胸中那本賬簿裏，金鑽、施紘娣、龍駿的每一聲爸爸……種種積怨長年累月在他內心繁殖蔓延，發大成瘤。他和程漢都遠遠不是靜堯的對手，就是因爲他們都恨得不夠深。也許只有程漢說的那個方法是可行的，在哪條冷巷裏冷不防的給他一刀。

事已至此，亦毋須有任何保留，一平索性告訴他昨夜見到程漢的事。「他相信姑丈的死和你有關，」他說。「你想阻止姑丈解散公司，改立新遺囑，或者因爲其他的事發生爭執……你知道嗎，姑丈死後沒多久，他母親就過世了。」

靜堯覺得很有娛樂性似地笑笑，「你相信他嗎？」

「我不知道。」

「至少你是願意相信的，不是嗎？可惜我又要令你失望了，」靜堯氣定神閒地又點上一根煙，「你不妨去問問你的好姑媽爸爸的那兩瓶降血壓的藥和風濕藥到哪裏去了，還有那天早上她去後園的工具房幹甚麼，全伯在樓上看見她手裏拿著那個網兜出來，他自然不以爲意，甚至他發現爸爸的屍體的時候他還沒有完全明白是怎麼回事，過兩天他才偷偷跑來告訴我，是我叫他不要聲張的，老實說費了不少唇舌，他對爸爸很忠心的。」他似笑非笑的看了看一平的反應又道：「怎樣，你還不應該多謝我嗎，假如不是我勸服全伯做假證供，她現在不是舒舒服服的住在山頂那幢她不知用甚麼手段叫爸爸轉到她名下的房子，而是在牢房裏了。」

一平盡量的保持表情不變，然而一種欲哭不能的挫敗感籠罩著他，他想起有時坐車會有的感覺，明明車子沒動，因爲旁邊的車子發動而誤以爲自己的車子也動了。此刻他就有這種恍惚不定的感覺。而靜堯就像個同時拋著六個球的身手高超的耍雜技的人，絕不會有一個球落到地上來。

「你爲甚麼要這樣做，你大可以不顧姑媽的死活。」

靜堯不太認眞地笑笑，「她去坐牢對我有甚麼好處，我要她把房子還給我，如此而已。」

一平也數不清這是他今天第幾次有結舌的感覺了，過了一會，他沒有多大信心地說：「你現在等於僞造證供，讓警方知道了你一樣有罪。」

「僞造證供的是全伯，到時候我大可以甚麼都不承認，不過我想事情不會發展到那個地步，」他完全是一種在商言商、不附帶任何感情色彩的態度。「你多久沒見到她了？我也不知道像她這樣的人應該當是正常人呢還是瘋子，下次見到她你不妨仔細觀察一下，我相信只要你走到她面前說，姑媽，我甚麼都知道了，你跟我到警察局自首吧，她一定會乖乖的跟你走的，不信你試試看。」

一平再也沉不住氣，站起來大聲道：「她這樣大年紀了，你怎能讓她去坐牢，你要回房子，你要她住到哪裏去，你這人到底有人心沒有？」

「她害死了二十多年的丈夫，難道就有人心嗎？難道你沒聽過天網恢恢，疏而不漏？要不是我講人情，早就去告發她了，」靜堯說著，又帶著幾分得意地道：「你發覺沒有，你一點都不懷疑事情是她幹的，我一說了出來你就深信不疑，可見你早就心裏有數，你跟我發脾氣幹甚麼？」

一平忍不住要戳破他那副幸災樂禍的臉皮，「我在想，二十年後你回憶今天的所作所爲，不知道會不會感到一絲一毫的悔意，抑或你非但不後悔，還感到非常的驕傲，不知道小龍知道他有這樣的一個父親之後，又會有甚麼感覺。」

靜堯將那張石鑿般的從不輕易表露眞情的臉孔定定地對著他，微微笑道：「那我們就不要讓他知道好了。」

而一平知道不只在今天，甚至在今生，他和靜堯之間已經是言盡於此了。如今他們經過峯迴路轉的恩恩怨怨終於來到這決定性的時刻，隔座相對如仇人相見，他們曾經擁有的友誼如露電泡影不復存在。在他們來說時間的功用並不是沖淡一切，而是水落石出，使一切變得更清晰。

4

洪叔和全伯在黃景嶽故世不久便辭職他去，連齊姐也因爲山上太冷清而婉轉求去。偌大的房子像是沒有住著人，所有聲音都是來自戶外黃昏將至的山林。于珍那向著前院的房間一到下午便陰沉沉的，此時室內開著很充足的暖氣，亮著一盞坐地燈。望出窗外，柔藍的天由淺到深如多層的裙裾款款下沉，居高臨下，可以看見遠近的草樹如綠雲湧動，豔豔秋紅翻飛其中，予人一種季節之感。

「你來了，」于珍微笑，「剛放學。」

「嗯，」一平道。

「就你一個人？」

「心血來潮，來看看你。」

于珍用眼角瞅他一眼，「你們兩個怎麼了，昨天阿寶來，今天你來，要來怎麼不一起來，倒像輪流當值一樣。」

「我剛見過靜堯，」一平道。「你最近有沒有看見他？」

「有呀，前一陣子來過一次，是關於你姑丈一些身後的事，怎麼，有甚麼事嗎？」

「沒有，沒甚麼，」一平道。

她所坐的安樂椅斜對著窗，腿上蓋著毛毯，一塊木板橫架在兩邊的扶手上，做成一張簡便的小桌，上面鋪著紙筆和她那金絲的老花鏡。

「小龍好嗎？家裏眞的沒甚麼事？不是你和阿寶之間有甚麼事吧，」于珍又看看他。

「不是，沒事，眞的沒事，」一平道。「我只是想來陪陪你。」

「我不用你陪，你應該回去陪阿寶。」

「我坐一會就走。」

「是不是我一個人在這裏，你怕我會覺得孤單，但我喜歡這樣呀，我喜歡在這裏，至於一個人，我也習慣了。」

一平站在她旁邊，看了看木板上的紙張道：「你在幹甚麼，又在寫東西？」

「說出來你可別笑我，我在寫小說，」于珍有點靦腆地道。「也是因爲那時候在英國的心理醫生叫我寫日記，又叫我將過去印象深刻的經歷寫出來，這是她的治療手法之一，寫著寫著，自己也覺得滿有意思，很多事情都慢慢的清楚了，後來我想爲甚麼不乾脆寫成一本書呢，當作消磨時間也好，現在誰都能寫書、出書，爲甚麼我不能呢，我向來就喜歡看小說，而我的經歷也是有很多令人意想不到的……」

一平作出一個鼓勵的笑容道：「這是很好的事，已經寫了多少了？」

「已經有四五萬字了，再寫幾萬字，我想就差不多了，你認不認識甚麼出版社的人？」

「我可以幫你問問，」一平道。「但我想不是那麼容易的，能夠寫成就已經值得高興了。」

「你說得是，」于珍翻了翻面前的紙張，「我不是說過有機會給你看嗎，我唸一段給你聽好不好？」

「好的，你唸給我聽，」一平拖過一張椅子，靠近于珍坐著。

于珍戴上眼鏡，看看他又有點羞意地一笑，道：「女主角的名字叫赫蘭娜，她是中國人，但我在書裏稱呼她的英文名字。」

「好的，」一平微笑道。

然後她用一種安靜得幾乎像是說著體己話的聲音唸道：

「赫蘭娜覺得她對這個男人是充滿愛心的，她的手掌塗滿棕櫚油，專心而有力地替他按摩著那經常使他受苦的右膝，他告訴過她裏面鑲嵌著鋼管鋼片，但她一點都感覺不到，她感到的只是他充滿了男性氣息的體膚，他硬硬的心。

「巴西七月的冬夜不涼不熱，她穿著在香港時前夫幫她買的閃緞底裙和背心，對過房間的住客開著收音機，輕盈曼妙的森巴舞曲在這個三流旅館的走廊細細迴響著。她又抹了點油，擴大揉搓的動作，從他的大腿一直到他仍然結實的小腹，無比耐心地揉著圈。男人像死了一般任她擺布，手裏捧著一杯蔗糖酒。如果你不帶我走，她說，我就說人是你殺的。我說你為了得到我，僱人到那酒吧藉故生事趁亂殺了我丈夫，你說那些警察相信我還是相信你。男人不回答，不發出任何聲音，他閉著眼睛像是魂遊著。她雙手的動作挪到他的肩膀。早知今日何必當初，她說。甚麼朋友妻不可奪，你眞是這麼君子，去年你來我家為甚麼跟我說那些話，跟我說應該努力創造自己的幸福，你爲甚麼要同情我。她說這些話的時候是充滿了情意的，因爲她對他的愛實在是無論如何都無法停止。她對他始終如一，不離不棄。是風霜雨露，荆棘蒺藜。

「街上傳來玻璃瓶的碎裂聲，大概又是從附近的貧民窟跑來這裏尋歡覓醉的醉酒鬼。她恨不得快點離開這鬼地方，這個被本地人譽爲上帝花了六天造了全世界之後、花一整個第七天所造成的里奧城。五年來沒完沒了的森巴舞曲，沒完沒了的醉酒鬼，她都快要發瘋了。

「那對複色的電氣石，我幫你留了下來，她對床上的男人說。你不是很喜歡嗎，現在一個錢都不用付了，你說我對你好不好？她趴在他身上，貼他的臉，在他耳旁吃吃地嘻笑起來。那個醉酒鬼操著滿嘴嘰哩呱啦的葡萄牙語謾罵著。瘋女人……那是赫蘭娜唯一聽得出來的一句話。瘋女人……他高聲詛咒，像是找到了代表著他整個悽慘的人生的最關鍵的名字……」

一平坐在那裏就彷彿他是從半天空掉到那張椅子中一般。他盡力掩藏著他的震驚，然而他感到他已經來到力氣的盡頭，他起身走到于珍面前，扶著她的肩膀道：「姑媽，靜堯來的那一次，這些東西，你有沒有給他看？」

「有呀，」于珍含著笑意道。「他很感興趣，又說可以想辦法幫我出版，我就讓他看了，不過不是這一段，是更早一些，赫蘭娜怎樣引誘和教唆在她丈夫店裏打雜的馬里奧去刺殺她丈夫，他是從智利來的十八九歲的年輕人，一直在暗戀赫蘭娜，赫蘭娜跟他說，事成之後，整個店裏的寶石都是他的，連保險箱的密碼她都可以告訴他……」

「姑媽，眞的是這樣？」他聽見自己的聲音很虛弱。

「景嶽沒辦法，」于珍癡癡地道。「他已經騎虎難下，不能不帶我走，但我知道他不是心甘情願的，他心裏一直恨我，恨我困住了他，教他沒法娶翁玉恆爲妻。」

一平覺得靜堯說得不錯，不論是誰，只要跟于珍說一句跟我走，她一定會毫不遲疑地跟著他去自首的。

「不管怎樣，姑媽，你甚麼都別承認，他們沒有證據的，這些記錄也不可以當證據的。」

「當初我還不知道行不行得通呢，自己在腦子裏空想好像很容易，實行起來原來很難的，所以我先拿了他的藥，他像個小孩般急得甚麼似的，跑來問我，我幾乎忍不住就要還給他，」她臉上始終帶著淡淡的寬適的笑意，她的聲音像是從很遠飄過來似的，「我用那個網壓在他身上，他雙手亂抓亂舞，我幾乎壓不住他，那一剎那我幾乎要放棄了，恨不得掉頭就跑，但我沒有跑，然後很快的，他就不怎麼動了，我一直看著他，看著他，眞是可憐呀，他太太死了之後他就等著翁玉恆跟她丈夫離婚好跟她雙宿雙飛，沒想到她還是那種傳統的夫妻觀念不肯離婚，一直心軟說不出口，恐怕也是怕老太太知道了怪罪她，既然這樣當初又何必把孩子生下來，錯了一次何妨再錯第二次呀，眞是糊塗透頂，後來反而是她丈夫拋棄了她，可惜太遲了，那時已經有了我，你說她是不是太糊塗了，便宜了我呀。」

「姑媽，別說了，」一平在她身前半跪下來，像在教一個小孩子過馬路似的道：「關於這些事，不管誰來問你，你千萬不要說，你就說甚麼都不知道，甚麼都沒看見，不管怎樣都不要說，你明白嗎?或者你就全推到我身上，讓我來應付，這樣好不好?」

她看著他微微一笑，像是有幾分蒼涼又有幾分憐恤，伸手撥了撥他額前頭髮，「傻孩子，你別擔心，你姑媽還怕甚麼，還有甚麼好怕的，現在我是眞正的無牽無掛了，以前的事都過去了，我也不再去想它了，我現在安樂得很，我好多年沒有這麼好過。」

「反正誰問你你都不要承認，你答應我，」一平重申著，「還有你寫的這些東西，你讓我幫你扔掉吧，不能再讓人看見了……」

她立刻用手按著面前的稿紙道：「我辛辛苦苦寫的，爲甚麼要扔掉，我不讓人看見就是了。」

「尤其是靜堯，你千萬要防著他，他已經知道了你的事，他是不懷好意的……」

「我知道了，」她微笑著阻斷他。「他一個跳樑小丑，能把我怎樣，你也太小看你姑媽了。」

「他是不好對付的，沒有甚麼他做不出來……」他不知不覺採用了程漢的論調。

「怎麼，他欺負你嗎？我早知道那小子不是好東西，他敢欺負你和阿寶，我可不會饒他。」

「阿寶很需要你，你不能有事，還有我們的孩子，你一定要見到他，」一平作出最後的努力。

「好的，一言爲定，」于珍道。一度沉默之後，她說：「你怪我嗎，一平？你會不會覺得我是個醜惡齷齪的人？」

「我不會，我沒有。」

「但我是的。我是個滿身罪孽的人，但我兩次自殺都不成，殺人卻輕而易舉，逍遙法外，你說這是甚麼道理呢，這就是我的報應嗎？」

「姑媽，姑丈不恨你的，」一平道。「那回你入了醫院他覺得對不起你，他結束公司一半也是爲了你。」

「是嗎？」于珍舒坦地笑一笑，「這樣就好，但是我也並不後悔，他的死就好像抵銷了巴西那件事似的，這些年他爲了那件事心裏很不安樂，覺得很內疚，我等於是幫他贖罪了，現在我覺得一身都輕了，我也相信他不會怪我的。」

一平注視著那不均勻的光線下她那半明半暗的柔婉的輪廓，那額上的橫紋，孤僻的唇角，他總算認清了她的眞面目：自私、扭曲、不潔。她造成了兩個她最親近的人的死亡，而最終獲得了走到了盡頭之後的解脫和平靜。然而她是他的至親，他父親最關愛的小妹妹，而她注視他的眼神如斯親切，充滿了如許純粹的欣賞和讚許。一切道德判斷不過是空泛的言論吧。行爲的根據往往基於人與人間的愛恨，自己對別人的，別人對自己的。善惡的行爲由種種的愛恨而生，而因爲偶愛或偶恨，人們便偶善或偶惡，如此而已。

他望著她殷切地道：「你搬來和我和阿寶一同住吧，我們想跟你在一起，這裏就賣掉或者給靜堯，怎樣都好，阿寶有了孩子，她很需要你照顧。」

「她有你照顧她不就行了，但我希望你不要把這些事情告訴她，我想你知道怎麼做的，」她露出欣慰的微笑道：「老實說看見你們在一起我眞的很高興，我早就覺得金鑽不適合你，只要你們好好的，我就別無所求了，我想留在這裏，在這兒終老，我覺得你姑丈好像還在這裏陪著我似的，」她的目光像是隱喻著某種神祕的所在。

一平見她執意如此，也不便太勉強她。下山時他不禁回想到十年前那個有雨的春末傍晚，當于珍在電話上跟他說將要不久於人世的時候，何曾想到她原來身處於如此的水深火熱之中。原以爲她的病源不外乎父親的亡故以及不如意的婚姻，何曾想到原來背後隱藏著如此不可告人的醜行。以後的十年間死的死散的散，他何曾想到會是一條甚麼樣的路把他帶到今天這個山坡上，而在家裏迎接著他的，是寶鑽和他們未出生的孩子。他感到人生的神祕確是無止境的。

5

那天晚上他告訴寶鑽去探訪過于珍。她太孤單了，他說，一個人住在那麼大的房子裏實在不安全，他們應該好好勸勸她，把房子交給靜堯賣了或者怎樣，叫她搬來與他們同住。

「我也這麼勸她，但她不肯離開，」寶鑽道。「她好像很留戀那個地方。」

「你慢慢的勸她，總要勸得她回心轉意爲止。」

「不如我們搬過去吧，這樣不是更好嗎？那邊的地方又大房間又多……」

「這樣不好，」一平馬上道。「我天天上班多不方便，而且你不覺得那地方有點陰森森的。」

「我們乾脆到英國去，走得遠一點，」寶鑽熱切地道。「媽會肯的，她最喜歡英國。」

一平笑起來，「你越扯越遠了，我怎麼能去呢，這裏有我的工作，去了英國我幹甚麼。」

「那麼大嶼山呢？你這工作也別做了，乾脆像你爸爸當年那樣，我們一起經營度假屋，」寶鑽充滿了憧憬地道。「寶蓮寺那個甚麼大佛快要開光了，住在大佛腳下不是頂安全的？我們可以用爸爸留給我的錢在那裏造個好房子，你媽媽、我媽媽、我們的孩子，我們全都住在一起。」

「等機場和青馬大橋建成之後，我看你也未必會喜歡那地方了。」

「你專門愛潑冷水，」寶鑽打了他一下，「可是媽媽怎麼辦呢，我眞怕她一個人在那邊會出甚麼事。」

「所以這件事完了之後，我們一起去勸勸她，無論如何要她搬過來，我最怕的是她一時想不開，又沒有人在旁邊……」

寶鑽知道他是暗示于珍前兩次的自殺不遂，不覺緘默了下來。一平想著有寶鑽幫忙從旁相勸，成功的機會便多幾分，雖然他仍舊認爲靜堯不會眞的實行他的要脅，他只是愛玩這種遊戲罷了。

他們彼此偎貼著並排躺在床上。一平每次與她在一起總是情不自禁的想親近她，讓她靠在懷裏，藉著窗外稀微的夜光慰撫她，觸及她的香味、膚質。那時他就像是欣賞著美好的藝術品有種精神上揚的感覺。他輕輕撫著她的小腹，裏面的孩子已經兩個多月了。

「我在看一本書，」寶鑽道。「胎兒在第三十天他的手就像剛剛發芽的花蕾，手臂像花莖一般貼在身體兩邊，到了第三十七天就有十分之一寸長，鼻子和嘴巴也勉強可以看見了，還有你知不知道他原來是有尾巴的，一個月後開始萎縮變成脊椎的尖端。」

「嬰兒一下地爲甚麼哭呢，書上又怎麼說？」

「那是自然的生理反應，因爲突然離開熟悉的環境，外界的空氣刺激他的呼吸系統，催動肺葉擴張，所以就哭了。」

「哦，」一平道。

他們墜入安適的沉默中，絞纏的手指彼此撩撥著。正在此時，電話鈴響了起來。是金鑽。

「我在等你電話呢，你和程漢安排得怎樣了？」金鑽略帶嗔意地道。

「哦，對不起，我差不多十二點才找到他，我怕你睡了才沒有打擾你，」一平這樣解釋了一番。

「這種時候我怎能睡得著，」她脾氣像是很不好，「怎樣，都約好了嗎？」

「約好了，明天十點在他家碰頭，把鑽石給他，再一起去接小龍。」

「爲甚麼不叫他先去接小龍，叫小龍在他那裏等你？」

「不好吧，小龍一直以爲是我們把他託給人家的，鑽石甚麼的最好不要讓他知道。」

「不會節外生枝吧，」她不放心地道。

「不會的，你想我直接把小龍送到你那裏嗎？」

「我跟你一起去，好不好？我們一起去接他。」

「不好，說好是我一個人的，人多了反而容易出事，阿寶要去我也不讓她。」

金鑽頓了一頓，一平感覺到是因爲他提到了寶鑽。他說：「一見到小龍我就給你電話。」

「好的，謝謝你，」她客氣地說。

掛斷了線，一平的手在電話機上又停留了一會才拿開。半晌之後，他對寶鑽道：「靜堯的話不是沒有道理，我做了小龍八年的父親，到了眞正需要的時候我卻一籌莫展，還是要他親生父親出面解決……當然這種事不能用金錢來衡量，可是，我說不出來……這裏面好像有種天理甚麼的。」

「別亂做文章了，不是因爲他，才不會發生這樣的事。」

「物歸原主，也沒甚麼不對，這是天經地義的事。」

「你以爲我不知道嗎，你怕長此下去小龍夾在裏面一定很不好過，爲他考慮你只好退出，你總是要做讓步的那一個。」

「不是我要或者不要，他有他的命運吧，」一平道。「從前我總以爲我能保護他，雖然我沒有向自己承認，但潛意識中我覺得他跟我會比跟著靜堯好，我以爲程漢是他父親的時候也是一樣，我以爲我會更懂得怎樣照顧他、教導他，現在我覺得這想法本身是錯誤的，完全是自以爲是。」

「你那樣想也沒有錯呀，不然爲甚麼姊姊要選你做爸爸呢。」

「結果證明她選錯了，我不是個好丈夫，憑良心說我待她並不好，而現在我也不是個好父親。」

「如果這事情鬧到法庭上哥哥可不會像你這麼謙虛，他一定出盡法寶證明自己是天下間最好的父親。」

「客觀條件上他的確優勝許多。」

寶鑽笑道：「兩個父親爭一個兒子，如果將這齣戲搬到《律政風雲》裏面去演你說會是怎樣的結局。」

一平笑道：「多半是法官大人將兩個父親臭罵一頓，然後容許每人輪流擁有半年的監護權，到孩子十八歲的時候讓他自行抉擇。」

「有理有理，」寶鑽笑著拍手讚道。

沉默了片刻，一平道：「希望明天不要出事才好，你真的肯定那些鑽石是真的。」

「如假包換，是百分之百的高淨度鑽石，我的書可不是白唸的。」

「我真怕靜堯搞鬼，他不是願賭服輸的人。」

「他總不會不顧小龍呀，他又不知道程漢是假戲真做。」

「真真假假誰知道呢，萬一靜堯弄鬼，程漢一怒之下，還不是一樣甚麼都做出來。」

「你別說得那麼可怕好不好？哥哥也不是甚麼都做得到，你別太高估了他。」

「我不是高估他，我只是不敢低估他的惡意和貪念，今天下午見過他之後我心裏很不舒服，就像你明明知道被人騙了卻又不知被騙去了甚麼。」

「真討厭，」寶鑽抱住他道。「僅是在別人心中造成這樣的感覺他就已經很成功了，他騙去了安寧，騙去了睡眠，騙去了我們的時間……」

「你說得對，我們不要再去說他了。」

然而他們好像捨不得睡似的，一直睡睡醒醒地說著話，有時其中一個迷迷糊糊地要睡著了，卻又被另一人的語聲吵醒，一平恍恍惚惚地也搞不清到底談了些甚麼，似乎談起了很久以前他當她的補習老師的時候，她多麼淘氣刁鑽，有時氣得他半天不跟她說話，又談起那回怎樣打破她房間的玻璃，揹著她從那個破洞走了出去，而那年聖誕他們相對共舞，在燈光燈影裏，好像就這麼旋轉著舞去了好多年……那時候的情景她都記得好清楚，比如說她第一次看見他的時候，母親把她從樓上叫下來，她先從樓梯的欄杆間偷看他，一個穿著白襯衫戴灰領帶的正正經經的青年，頭髮修得很短，很乾淨的樣子，前額有點髮蔭披了下來，使他看來很有種深沉的神氣……那時候她覺得他好大好大，有時甚至覺得他好老，現在他三十三了，她又覺得他一點都沒有變，還是當年那麼年輕……不過是好像而已，他欲睡未睡地道，一切都不過是好像而已。你總是這樣，她說他，我不知道你是清醒呢還是悲觀。我不悲觀，他說，有你我不悲觀。他細細地吻她，撫挲那嫩蕚一般的乳尖，她的身體很快便爲他熱了起來，溫暖脂滑如絲絨……嬴氏亂天紀，賢者避其世，黃綺之商山，伊人亦云逝……

不知甚麼時候他瞑然入睡，忽然感到寶鑽搖著他在說話，他昏昏然地極不願意醒來。她到底比我年輕得多，他惺忪地想著。她把電話塞到他懷裏。

又是金鑽。「吵醒你不好意思，」她致歉道。「我實在睡不著，我害怕得很，老是想著小龍，明天眞的不會出事吧。」

她的聲音聽來如同山上的泉水，一平馬上醒了。「你放心吧，」他說。「我一定把他帶回來，我一定把他送回家。」

「我在想是不是應該早就報警呢，也許我們都錯了，我們不該自己來解決……」

「早知道你應該到靜堯那兒，今天晚上你不應該自己一個人的，」一平不由得有點內疚，因為不便請金鑽到他這裏來。

「他有叫我去，剛才我們還通了電話，但我說不去了，」金鑽道。「還有波波呢，他那個大廈不讓狗進去的。」

「哦，」他忘了波波了。金鑽後來還是去過長沙接走波波。他想著與金鑽分手後他們母子倆的生活——兩人一狗，彷彿那隻狗是代替他的。

「你有沒有甚麼藥，可以好睡一些的。」

「我喫了，還是不行，我想我是太緊張了。」

「這是難免的，熬過今晚就沒事了。」

「不好意思，爲這點小事吵醒你，我知道都是我的心理作用。」

「你不要這麼說，」一平道。「我們聊聊也好。」

於是他抱著電話跟她閒談了一會，盡量不再提明天的事，她說想找點事情做，也許跟施紘娣和另外兩個朋友合資開一家時裝店，還在洽商階段，順利的話很快便要開始找鋪位，她們考慮在尖沙咀一帶……談著這些未來的計畫她的情緒慢慢的平靜了下來。寶鑽躺在他旁邊，稍一挪動那床褥便跟著她的身體移動起來，他就彷彿是躺在兩個女人中間，心裏也說不出來是甚麼滋味。

放下電話時寶鑽已經睡著了，他卻變得了無睡意，眼睜睜看著天花板。他想著自從與寶鑽共同生活以來，本以爲與過去連結的臍帶已然一刀割斷，而如今，他的過去又回來催迫著他。他像個失憶的人在恢復記憶的時候充滿幻滅地發現他還是他，一切都何等的難以改變。他想起很久以前讀過的一本以美國男性爲主的關於成年失蹤人口的報導性小說，講到有些人突然在某一天毫無預兆地離家出走，也許他們像過往無數個早晨在七點半吃過早餐後提著公事包上班，或者中午離開辦公室照常出外吃一頓簡單的三明治午餐，而在這段路程中他們改變了整個人生觀，從此沒有再回來過。沒有人知道這段時間內到底發生了甚麼事。他們拋家棄子，隱姓埋名，在一個沒有人認識他們的地方開創新生活。奇怪的是他們所謂新生活與他們遺棄在身後的生活基本上並無兩樣，依舊是結婚生子，操持故業，甚至所挑選的配偶也沒有多大的不同。他們依舊平平凡凡，庸庸碌碌，過著一個普通人的日子。作者由此總結事實上人們所追求的並非眞正嶄新的生活，而是自由選擇的幻象，他們所希冀的並非實質的成果，而是一次跳躍的機會，一次大膽的跨越。一平覺得他是了解那些人的心境的。他不是有時也興起過從這世上消失的衝動嗎？誰不想衝破牢籠品嚐乘風遠去的滋味？牽牽連連的因果之中誰不想破繭而出飛躍至萬里晴空？而寶鑽是否就代表著他的跳躍、他的飛行？

早晨他出門的時候寶鑽還在睡夢之中。他在白色的火燄一般的晨光中靜靜地看她，覺得她是那樣的可愛與美，彷彿是在某個時刻某個地點才會短暫地顯現的靈體。她攤手攤腳地睡在那裏像個不小心從雲頭上失足墜落的天使，跌得頭昏腦脹，眼冒金星，也不管這裏是甚麼地方便呼嚕呼嚕地睡了過去。

第九章

在街上吃過早餐之後他覺得精神非常好，全身精力充沛。時間還早，他決定步行到程漢家，走過熱氣騰騰的販賣著一籠籠蒸包的酒樓，顯示著當天頭條的報攤，亂哄哄的巴士站，人車交戰的馬路。這是個星期六，賣旗籌款的學生將一方貼紙貼到他衣領上，用錢箱接住他的五塊錢。現在幾乎沒有一個星期六他不需要捐出三五塊錢。籌款的團體多不勝數，也許因爲人實在多。到處是人。然則這就是他出生、長大、以至成家立業的城市，不管怎樣他是這裏的人，隨便某個街角，行人間某句寒暄的話，沒有不是他無比熟悉的，是他的鄉音。但是當他摸到口袋那盛著二十顆一克拉無色鑽的羚羊皮袋，那種不眞實的感覺與周遭的一切劇烈地衝撞著，他彷彿一頭栽入了迷離之境，周圍的景物變成畢卡索式的畸形的幾何。不管怎樣一定要把龍駿接回家，不管用甚麼手段也要保護他周全，這是他對金鑽和自己的承諾——想到這裏他覺得自己心如鋼鐵，有著不可動搖的意志。

是那種在涼和暖之間的天氣，太陽照在臉上只是個淡白的印象，如果閉上眼睛而只用眼皮去感受那颯然的微風，也許能想像遠方秋熟的麥田掀起黃金色的波浪，但是在這裏卻只能看到漫天的濁塵。程漢家在白天看來完全是另一種景象，有人在街口堆放了一大堆車輪，滿手鴉黑、穿著污穢的工作服的年輕人鑽在扛在石屎墩上的車身底下，敲打聲、刺耳的鑽磨聲掩蓋著一切人的聲音，整條街像是野蠻的不人道的機器世界。灰灰的石屎樓間露出一線藍天。

他慢慢走到二樓，日光透過塵封的窗口斜照著樓梯上一排排的黃磚，一個穿著嚴密的冬裝的中年男人從上面下來，低著頭從他身旁擦過，此外他沒有再碰見第二個人。到了住戶外面的走廊便陰暗得多，有一股帶著魚腥的貓飯一般的氣味，在這白天令人更覺噁心。程漢家傳出嘈吵的電視聲浪，雄厚的男配音員充滿權威地報導著甚麼。他舉手敲門，這才發現鐵閘沒有鎖，木門也是一碰就開。

他卻步不前，在那幽暗的門口呆立了半晌，紛亂的思緒接二連三在腦中晃閃，來自街上的噪音遙遠如夢境。他希望有個鄰居經過或者有人叫他一聲，但是想著龍駿，想著他所許下的承諾他便不由自主地一步步跨了出去。血的氣息泉湧而至，甚至他的舌尖都可以嚐到那鐵腥的味道。他先是看見那圍繞著客廳的淺米的粉牆，在日光中顯得甚是淡雅，最裏面的角落拖過幾條稀稀拉拉的血印，但是大部分的血聚集在地上，在程漢身邊形成濃濃的湖泊。程漢側躺著，一隻手屈在底下，另一隻手微微伸前，像是指向落在他前面不遠的彩釉花瓶。一平站在那裏定定地往地上看著，視線像是流連忘返似的離不開眼前的情景，他覺到鞋子底下像是踩著了甚麼物事，撿起來看，卻是一片花瓶的碎屑。那一剎那間他覺得有點甚麼完完全全地無聲無息地流走了，像是時光，又像是血，或者是東流的河水上一片片白色的花瓣。

「你殺了他？」有個聲音在他身後道。

他不知道哪一樣令他更感驚愕，靜堯的現身抑或他那一身前所未見的裝束。他穿著牛仔褲球鞋，雙手藏在黑夾克的口袋裏，頭上低低的戴著一頂暗青的鴨舌帽，使他看來特別年輕，像個成年不久的大學生。他的表情說不出來的古怪，異常的肅穆和沉鬱，額角和嘴唇周圍膩著一層油汗，臉色非常蒼白。

一平以為他是跟在自己身後進來的，囁嚅著道：「不是我殺的，我進來的時候他已經死了。」

「不是你是誰？你看，他剛死不久，」靜堯道。「我說過要回小龍的，你記得嗎？」

「他說在他女朋友那兒。」

「他女朋友莫綺雯，住在九龍城獅子石道，你當我不知道嗎？你們根本就是同黨，為了瓜分鑽石而窩裏反……」

「你在說甚麼？那有這樣的事……」一平被他弄得莫名其妙。

「不是嗎？那麼也許是程漢看見了鑽石見財起意，向你勒索更多的贖款，你認為對警方來說哪個版本可信些？」

「你殺了他？」一平恍然道。他心頭砰砰地狂跳起來，慌亂地道：「你殺了他？為了甚麼……」

「你不會明白的，你就跟他一樣的笨。」

「是因為小龍嗎？」

「我不是說過嗎，是你殺的。」

一平終於明白了，靜堯眞正想除去的是他，由於從龍駿身上而來的多年的積恨，金鑽的移情別戀，甚至施紘娣與他之間的情誼，或者更多更多的無可理喻的理由，而這是個天衣無縫的布局，程漢的擄劫龍駿觸動了他的靈機，給了他一個千載難逢的機會……一平充滿悸慄地凝視這個對他來說已經相當陌生的男人，迫切地想跟他說些甚麼，很想告訴他自己其實是一無所有的，一切並不如他所想像的那麼斬釘截鐵，他們其實同樣的身處於飄渺模糊之中，所謂擁有和占有，其實不過是一些危險得令人誤入歧途的想法……這些話在他的胸腔之內傾軋排擠，他感到自己的嘴唇吃力地翕動著，幾乎就有甚麼要脫口而出，卻終於沒有聲音吐出來。

他聽到靜堯那空洞得出奇的聲音如同冷鐵一般穿過電視的聲浪道：「有寶鑽爲你撑腰，大概還是後者可信些，你說是嗎？你爲了救小龍，而程漢這個狗熊貪得無饜，實在該死，可惜你不知道他身上有槍……」在他那纖長的戴著肉色手套的手掌裏面，那柄手槍顯得異常嬌小，幾乎只露出個槍頭。

在一平的感覺裏他們彷彿在那秋天的陽光中站了許久許久，幾乎就是永遠，照在身上的陽光很溫暖，只要伸出手來便能夠觸摸到那柳條般的光線的末梢。電視機上幢幢的人影，樓下車房的鐵器碰撞的聲音，飄在空中的發光的微塵，種種細節在他的感官裏構成一幅悠久的、彷彿蘊含著某種永恆的意義的畫面。然後，他不知道孰先孰後，那連續的兩下比手掌相拍大聲不了多少的聲音抑或是他身體往後倒撞了出去，鐵絲穿透般的痛楚橫過他的胸膛。他撞在身後的木櫥上，然後整個人像是從極高極高的地方越過了幾千萬尺墜在一個全然陌生的平面上，而在墜落的同時彷彿也在升高，飄飄搖搖，一點也不可惜的把累贅的肉身留在下面。他幾乎是懶懶地望著白色的天花板向無限大擴張，胸前的衣服淹淹地濕了，他看見靜堯，像是從極遠極遠的雲端俯瞰著他，他想衝上前去抓住他，不管抓住點甚麼也好，但他無法控制全身任何一塊肌肉地癱瘓著，平淡地睜著眼，任由靜堯從他的外套口袋把鑽石搜出，扯開袋口的拉索，將部分鑽石撒在地面，然後他拈著一顆送到他眼前，啊，多麼的美呀，多麼的明亮，使他不由得想向那充滿了光明的所在走去，將它摘在手中，他實在很想告訴靜堯關於他和寶鑽那個尚未出生的孩子，那個孩子，現在他還只有米粒般大小，像微弓著的小爬蟲，但是沒幾天他的手腳便會開始顯露雛形，然後，啊，多麼的快呀，他的腦髓、脊椎、神經系統將會在渾沌中凝聚，沒多久他膝部和肘部的關節便隱隱若現，心臟也開始緩緩地跳動，這時他就完全是個迷你的小人了。多麼美麗的孩兒，是的，完全是個正常的人類，有了臉孔，藍綠色的眼睛，兩個鼻孔分得很開，嘴巴寬寬的像魚的嘴巴，手指現出指紋，而且他開始蠕蠕蠢動。到他的乳齒開始植根，眼瞼成形，嘴唇和舌頭如幼芽般茁長，他便已經能聽見母體內那略似瀑布的聲音，他的肺葉漸漸飽滿，睡著了又醒來，而很快地他就會懂得吮吸手指，閉眼又闔眼，到他的耳殼進一步發育的時候他漸漸能聽見母體以外的聲音，這是他最初的得自外間人世的經驗。是呀，多美的孩子，以驚人的速度成長，頭部加大，四肢拉長，他的骨骼和血液在歲月中構成完美的體系，而一平依稀記得那是在許久許久以前，也許在千千萬萬年以前，曾經是他在那燦爛的海邊跳躍奔跑，濯足於水湄，被千千萬萬道太陽的金線迷刺過眼睛，曾經是他在那海浪聲中聞到過風和沙的氣味，那使人聯想到自由的氣味，也聽見過自雲霄飛落的海鳥的鳴叫，以及海風在耳邊冷然的呼嘯，曾經是他在那裏親見過勢如山火的日照，沒有兩片浪花相同的汐潮，黑臉的岩石，風雨撞擊的山林……

不知多少年後那個孩子的母親會對他說出一個謊言，雖然他不知道那是個謊言。在一些寂寥的時刻他會想念素未謀面的父親，衆人都誇說他是個多麼英明有爲的青年，曾經多麼勇敢地爲了拯救一個被匪徒擄去的小男孩的性命而孤身涉險，深入虎穴，不幸與綁匪談判失敗以致演變成毆鬥，雖身負槍傷仍鼓起餘勇將對方擊倒。他是多麼的英勇和剽悍，縱然最後不免身死，卻死得像個英雄。

鍾曉陽創作年表

書名	文類	版本
停車暫借問	長篇小説	一九八二　台灣　三三書坊（一九九二　遠流出版公司） 一九八五　香港　天地圖書公司
流年	短篇小説	一九八三　台灣　洪範書店
細説	詩、散文	一九八三　台灣　三三書坊（一九九四　遠流出版公司）
春在緑蕪中	散文	一九八三　香港　大拇指出版社 一九八五　香港　天地圖書公司
愛妻	短篇小説	一九八六　台灣　洪範書店 一九八六　香港　天地圖書公司
哀歌	短篇小説	一九八六　台灣　三三書坊（一九九二　遠流出版公司） 一九八六　香港　天地圖書公司
燃燒之後	短篇小説	一九九二　台灣　麥田出版公司 一九九二　香港　天地圖書公司
普通的生活	自選短篇小説	一九九二　台灣　洪範書店

國家圖書館出版品預行編目資料

遺恨傳奇＝A romance of unending sorrow /
鍾曉陽作. -- 初版. -- 臺北市 : 麥田, 民
85
面； 公分. --（當代小說家；3）
ISBN 957-708-445-1(平裝)

857.7 85010891

鳴謝

此書由澳洲文化局之亞洲太平洋作家基金資助完成，謹此致謝。

Acknowledgement:

The author wishes to express her thanks to the Literature Board of the Australia Council for their Asia/Pacific fellowship which helped support the writing of this book.

851106

1111203882

11112

佩瑜購于何嘉仁
85.10.